KB048516

헤세의 이탈리아

헤세의 이탈리아

헤르만 헤세

박광자 편역

청미래

옮긴이 박광자(朴光子)

충남대학교 독어독문학과 명예교수이며, 한국헤세학회 회장을 역임했다.
저서로는 『괴테의 소설』, 『헤르만 헤세의 소설』, 『독일영화 20』, 『독일 여성
작가 연구』 등이 있고, 역서로는 『마리 앙투아네트 베르사유의 장미』(공역),
『벽』, 『페터 슐레밀의 기이한 이야기』, 『산책』, 『얽힘 설킴』, 『프라하로 여행
하는 모차르트』, 『그랜드 호텔』, 『싯다르타』, 『시와 진실』, 『헤세와 융』, 『4월,
어느 사랑 이야기』 등이 있다.

헤세의 이탈리아

저자/헤르만 헤세
편역자/박광자
발행처/도서출판 청미래
발행인/김실
주소/서울시 용산구 서빙고로 67, 파크타워 103동 1003호
전화/02 · 739 · 1661
팩시밀리/02 · 723 · 4591
홈페이지/www.cheongmirae.co.kr
전자우편/cheongmirae@hotmail.com
등록번호/ 1-2623
등록일/ 2000. 1. 18
초판 1쇄 발행일/2022. 6. 30

값/뒤표지에 쓰여 있음

ISBN 978-89-86836-80-6   03850

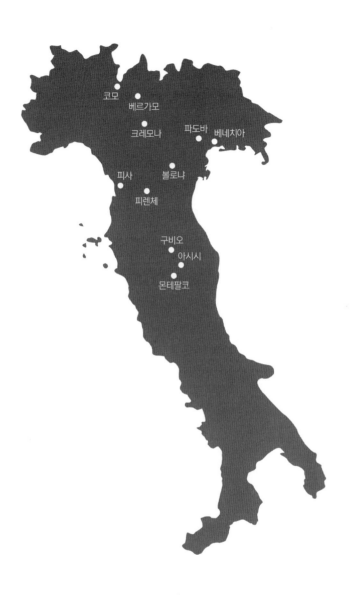

코모
베르가모
크레모나
파도바
베네치아
피사
볼로냐
피렌체
구비오
아시시
몬테팔코

이 책에서 헤세가 여행한 이탈리아 도시들

차례

일러두기

1. 이 책은 *Hermann Hesse : Italien*(Suhrkamp, 1983), *Mit Hermann Hesse durch Italien*(Insel, 1988)을 저본(底本)으로 삼아 옮긴이가 엮은 것이다.
2. 각주는 모두 옮긴이 주이다.

여행벽

Reiselust

한겨울이다. 높새바람이 눈으로, 흙먼지가 얼음으로 바뀌었고 들길은 통행이 불가능하다. 가까운 이웃과도 단절되었다. 추운 아침이면 호수에서는 차가운 안개가 피어오르고, 호숫가에는 깨질 듯한 유리 같은 살얼음이 얼었다. 하지만 곧 따뜻한 바람이 불어오면 호수는 검게 생기를 띠고, 화창한 봄날처럼 동쪽을 향해서 푸르게 물결칠 것이다.

지금 나는 따뜻한 서재에 앉아서 쓸데없는 책들을 읽고 쓸데없는 논평을 쓰며 쓸데없는 생각을 한다. 1년 내내 집필되어 출간된 책들은 누군가는 읽겠지만, 나는 대중과 책더미 사이에 제동을 거는, 아무도 하지 않는 이런 일을 동료 의식과 관심, 다른 한편으로는 나 자신을 위해서 한다. 꽤 많은 책들이 아름답고 슬기롭고 읽을 가치가 있다. 나는 종종 내 글쓰기가 전혀 쓸모없고, 혹시나 내 의도가 잘못된 목표를 향한 것이 아닌가 걱정한다.

잠깐씩 침실에 가보는데, 벽에는 커다란 이탈리아 지도가 걸려 있다. 애타는 내 시선은 포 강과 아펜니노 산맥을 넘어 푸른 토스카나의 계곡을 지나고 녹색과 노란색의 리비에라 해안을 지나 시칠리아 섬을 곁눈질로 내려다본 후에 코르푸 섬과 그리스에서 방황한다. 이 모두가 서로 얼마나 가까이 있는지 모른다. 어디든 금방 갈 수 있다. 나는 휘파람을 불며 서재로 돌아와서 다시 쓸데없는 책을 읽고 쓸데없는 글을 끄적거리고 쓸데없는 생각을 한다.

지난해 나는 여섯 달, 엄밀히 말하면 다섯 달 동안 여행을 했는데, 가장家長이자 농부, 정원사인 나에게는 호사스러운 것이었다. 그래서 마지막 귀로에 객지에서 병이 들어 수술을 받고 한동안 입원을 하게 되었을 때, 내가 영원히는 아니지만 꽤 오래 나돌아다녔으니 이제는 평화 조약을 맺고, 집으로 돌아가서 가정적인 사람이 되어야겠다고 생각했다. 하지만 허약하고 피곤한 상태에서 회복되어 다시 책을 읽고 원고지가 필요하기 시작한 지 몇 주일 지나지 않은 어느 날, 눈앞에서 태양이 정든 시골길을 밝고 힘차게 비추고 검은 배들이 눈처럼 흰 돛을 달고 호수 위를 달리자, 갑자기 나는 짧은 인생의 덧없음을 생각했고 온갖 계획이나 희망, 지식 같은 것은 억누를 길 없는 미칠 것 같은 여행벽旅行癖에 비하면 하찮은 것이라는 생각을 하게 되었다.

아, 소박한 여행벽이란 막힘없이 생각하고 세상을 떠돌면서 모든 사물들과 인간들, 사건들에서 대답을 얻고자 하는 위험한 욕망일 뿐, 그 이상 아무것도 아니다. 그것은 계획이나 책으로 진정시킬 수 없는 것, 그 이상을 요구하며 그 이상의 값이 드는 것, 피와 땀을 쏟아부어야만 하는 것이다.

창문 앞으로 검은 호수에서 부드럽고 따스한 바람이 불어온다. 바람은 아무런 목표도 목적도 없이 열정에 사로잡힌 채로 미친 듯이 스스로를 불태우며 거칠게, 지치지 않고 불어댄다. 참다운 여행벽, 인식과 체험에 대한 욕망은 어떤 지식으로도 진정시킬 수 없고, 어떤 체험으로도 채워지지 않을 만큼 강렬하며 만족을 모른다. 그것은 우리보다, 혹은 그것을 지배하는 어느 누구보다도 강인하며 계속 희생을 요구한다. 이 세상에는 극도의 모험에 몸을 내맡긴 채 파멸할지언정 미친 듯이 돈을 좇거나 여인이나 왕의 총애를 구하려고 애쓰는 인간들이 있지 않은가? 그렇다. 우리 역시, 여행벽을 가진 우리 역시 가질 수도 붙잡을 수도 없지만, 그저 꿈꾸고 열망하면서 어머니 대지를 이해하고 체험하는 것, 대지와 하나 되는 것, 완벽한 소유와 몰입을 모색한다. 이런 우리의 모색이나 열정은 도박꾼이나 투기업자, 돈 후안, 또는 야심가들과 비교하여 별다를 것도, 더 나을 것도 없다. 하지만 황혼을 생각해보면 나에게는 우리의 열정이 다른 어떤 것보다도 더 훌륭하고 더 커다란 가치를 지닌 것으로 보인다. 대지가 우리를 부르고, 우리 여행자들에게 귀향을, 안식처가 우리 정처 없는 자들에게 손짓을 할 때, 마지막은 이별이나 겁먹은 투항이 아니라 감사하고 갈망하며 심오한 체험을 들이켜는 것이다. 우리는 남아메리카와 남쪽 바다의 아직 발견되지 않은 섬에, 지구의 양극에, 바람, 폭풍, 번개, 산사태 등의 자연현상에 관심을 가지지만, 죽음에 대해서, 현존하는 가장 대담한 최후의 이 체험에 대해서 더 많은 호기심을 가지고 있다. 왜냐하면 모든 깨달음과 체험 중에서 죽음만이 가치 있고 만족스러운 것이며, 죽음을 위해서 우리가 열심히 삶에 헌신하고 있음을 아는 까닭이다.

코모 호숫가 산책

Spaziergang am Comer See

늦은 오후, 바람 부는 맑은 하늘과 보슬비가 교차하는 날씨였다. 날은 쌀쌀했고 산에는 깨끗한 하얀 눈이 보였다. 나는 코모에서 내렸는데, 고트하르트를 넘어갈 때 이 길이 이탈리아 땅으로 들어가는 가장 아름다운 길이라고 생각한 까닭이다. 아직 산 주변이었지만 곧 평야와 넓고 조용한 수확의 땅이 가까워지는 것을 느낄 수 있었다. 코모는 북이탈리아를 대표하는 도시로, 깨끗하고 부유하며 친절하고 손님을 후대한다. 루가노나 다른 유명한 호반 도시들과 달리, 코모는 호수를 등지고 있다. 그래서 아담한 작은 포구에서 탑승권을 주머니에 꽂은 채, 구경을 잘 할 요량으로 경치와 마주하기 좋은 맨 앞줄에 앉으려는 답답하고 불안한 생각을 할 필요가 없다. 코모의 단 한 가지 단점은 브루나테*가 있는 가파른 산인

---

* 이탈리아 교외의 유명한 여름 별장지대.

데, 요란한 낡은 건물과 "토어"나 "페르네 블랑카"를 광고하는 집 높이만 한 광고 글씨가 눈에 띄었다. 나는 산과 호수에 등을 돌리고, 아름답고 생기 넘치는 마을 안으로 어슬렁거리며 걸어갔다. 지난날의 아름다움이 눈에 많이 띄었는데, 박물관은 없는 것 같았다. 이곳 사람들은 친절한 마음으로 외지인을 받아준다. 이들에게 외지인은 괴물처럼 보이는 놀라움의 대상이 아니고, 억측의 대상으로 악용되지도 않는다. 이곳 골목길의 삶은 이탈리아 특유의 마법을 지니고 있다. 수공업자들은 노래를 부르며 밖에서 일한다. 아름답고 부지런한 아가씨와 아낙네들은 숲속의 행복한 새처럼 아름다운 거리를 오간다. 아무런 힘든 일도 없고 새나 나비들이 그러하듯이 아양을 부리지도 않는다.

조용한 걸음으로 골목을 지나 항구의 텅 빈 광장에 도착했다. 날씨는 오늘이 좋은 하루가 될 것임을 약속해주고 있었다. 작은 증기선이 대기하고 있다가 출발의 뱃고동을 울리기에 나는 판자 다리를 건너 급히 달려가서 어디로 가는지도 모른 채 무턱대고 배에 올랐다. 배는 단순히 큰 항구에 불과한 코모의 소박한 내항을 빠져나와 별장과 봄의 정원을 지나 더 넓은 호수로 나아갔다. 좁은 갑판 위를 찬바람이 휩쓸며 지나가자 몇몇 여행객들이 엔진 주변으로 모였다. 나는 이 호수를 온전히 사랑할 수 없었다. 호수는 아름답고 찬란히 빛나며 풍요로움을 기꺼이 보여주지만, 호수가 가지는 가장 아름다운 것, 조용하고 멋지게 펼쳐진 호숫가를 찾아볼 수 없었다. 산들은 부담스러울 정도로 높고 사정없이 가파르다. 산봉우리는 험준하고 황량하고, 아래에는 마을과 정원, 여름 별장과 여관이 넘쳐난다. 모든 것들이 찬란하고, 가깝고, 화려한 현실의 세계이다. 모든 것들이 맑은 소리를 내고, 화려함과 충만함으로 빛난다. 갈대가 우거진 늪지대나 잠든 버드나무, 호숫가의 젖은 풀밭이나 유혹적인 덤불 벌판 그 어디에도 꿈이나 환상의 여지는 남아 있지 않다.

그럼에도 나는 넘치는 아름다움에 강하게 끌리고 매혹당했다. 가파른 비탈에 위치한 마을의 낭만적인 바위, 정원과 공원과 선착장을 갖춘 귀족적인 별장의 자부심 넘치는 근엄함, 대지와 건물의 다정한 인접성에 나는 끌렸다. 마을 중에 토르노라는 곳이 있었다. 우아하고 애교스러운 곳ᵐ에 위치한 그곳에서 나는 하마터면 배에서 내릴 뻔했다. 배는 변덕스러운 만ᵃ을 따라서 해안 가까이 달렸다. 연푸른 어린 너도밤나무 뒤로는 소리 없는 긴 폭포가 불가사의하게 베일처럼 흰빛으로 흘러내렸다. 이곳 어디에서도 보이지 않게 숨겨진 호수는 조용했다. 경사진 언덕에는 자그마한 마을이 자리하고 있었다. 호수에서 바라보면 마을의 황홀한 전면이 보였다. 넓고 평평한 돌로 만든 계단이 있는 선착장, 세탁장 먼발치에 묶여 있는 보트, 아치형 대문과 조그만 발코니가 있는 녹색으로 뒤덮인 집,

조용하고 밝은 자갈길, 그 뒤로 보이는 아름다운 성당의 전면과 탑, 어린 나무들 아래 항구의 반원형 성벽. 그것은 너무도 완벽하고 조화를 잘 이룬 그림이었다. 너무나 사랑스러워서 나는 그것이 망가질 수 있다는 생각을 결코 할 수가 없었다. 나는 자리에 앉은 채 그 작은 보물이 스쳐 지나가 멀어지도록 내버려두는 수밖에 없었기 때문에, 마을에 감사를 보내며 가볍게 작별을 고했다. 나는 "첫눈에 반하는" 사건이 그림, 다시 말해서 풍경보다 건축에서 나한테 더 자주 일어난다는 사실을 깨달았다.

호수 건너편 몰트라시오 마을에서 배가 섰다. 나는 배가 여기에서 한 시간쯤 머물다가 코모로 돌아간다는 이야기를 들었다. 그래서 배에서 내려 외지인의 유쾌한 기분으로 어슬렁거리며 마을로 들어갔다. 그곳에는 전면이 매끄럽고 차분하며 덧창이 내려진, 위압적일 만큼 커다란 고요한 별장 외에는 구경할 만한 것이 없었다. 나는 입구의 높은 쇠창살 앞에 서서 엄격하게 대칭을 이루고 있는 경사진 정원을 들여다보았는데, 타원형의 조그마한 연못가에는 동백꽃이 피어 있었고 잔디밭에는 향기별꽃이 피어 있었다. 정원에서 저택으로는 넓고 우아한 정원 길이 나 있었다.

그뒤 나는 첫 번째 오솔길을 따라서 산 위로 계속 올라갔다. 끝없이 이어지는 높은 돌담 옆으로 많은 돌계단들이 있었는데, 돌담 위에는 축대에 높다란 측백나무들이 빽빽하고 일정하게 서 있

었다. 집들이 나타났고, 가까운 골목에서 들리는 희미한 사람 소리에 섞여 어디에선가 물 떨어지는 소리가 들렸다. 오솔길은 컴컴한 지붕 아래를 비좁게 지나 성당의 작은 안뜰로 이어졌다. 나는 성당 안으로 들어갔다. 성당은 비어 있었다. 나는 색색의 귀여운 프레스코화가 그려진 성가대석 앞에 잠시 서 있다가 되돌아와서 아치형의 홀로 들어갔는데, 갑자기 작고 약간 휘어진 다리가 나타났다. 머리 위로는 개울이 경사를 따라서 거품을 내면서 흐르고 있었다. 개울은 아래쪽에 있는 다리를 지나 이끼 낀 담장과 녹색의 정원 울타리 사이에다 서너 개의 물웅덩이를 과감하게 만들며 계곡으로 이어지고 있었다. 아름다운 소녀들이 머리에 양동이를 이고 물을 나르고 있었다. 소녀들은 균형을 잡으며 다리 위를 걸어가 좁은 골목길의 습기 찬 어둠 속으로 사라졌다.

나는 갓 씨앗을 뿌린 채소밭을 지나 언덕길을 계속 걸으며 가끔 아래쪽과 저 멀리 호수를 바라보았다. 곧 되돌아갈 시간이 되었다. 나는 선착장으로 가는 길을 찾아보기 시작했다.

그러다가 나도 모르는 사이 높다란 측백나무들 사이의 풀이 무성한 길로 접어들었다. 위아래가 온통 초록으로 뒤덮인 정원의 담이 나타났다. 그 옆에는 비바람에 풍화되어 쓰러질 것 같은 회색의 종탑이 있었다. 사방이 조용하고 서늘했고, 동화 속 세상처럼 잠들어 있었다. 내 시선은 왼편의 긴 정원 담을 따라갔다. 나는 창문처럼 시커먼 구멍이 담에 난 것을 보고 종탑에 좀더 가까이 다가갔다. 낡은 석조 건물에 깊고 음침한 벽감이 입을 크게 벌리고 있고 창살은 잠겨 있었는데, 창살 너머 차가운 어스름 속에서 뭔가 이상하게 흐릿한 것이 희미하게 빛나고 있었다. 좀더 가까이 가서 보니 해골로 만든 탑이었다. 그것은 보는 사람들로 하여금 죽음을 생각하도록 하고 경고하기 위해서 여기 어둠 속에서 여러 시대를 인내하고 있었다. 그 광경은 낯설지 않았다. 나는 오스트리아와 알자스 지방에서 그런 해골 탑을 여러 번 보았기 때문에 특별히 색달라 보이지 않았다. 하지만 이 탑은 내 마음을 빼앗았고, 결코 잊을 수가 없었다. 왜냐하면 우울한 검은 창살과 그 너머의 경직된 질서 속에서 쓴 웃음 짓고 있는 인생의 무상함이 아이들의 손에 의해서 온통 싱싱한 진홍색 동백꽃으로 장식된 까닭이었다. 해골 창살을 뒤덮은 어린아이들의 밝은 꽃 장식은 호수 구경이나 화려한 호숫가, 폭포, 평화로운 그림이 조각된 성가대석보다도 내 기억 속에 더 강렬하고 깊게 남아 있다.

베르가모

Bergamo

현대식 역사驛舍와 현대식 도시가 나를 맞이했다. 넓고 위풍당당한 거리에는 불을 밝힌 음식점과 가게들이 늘어서 있었다. 비 내리는 음산한 저녁인데도 많은 사람들이 거리를 오갔고, 전차는 만원이었다. 구시가와 케이블카 역이 가까워질수록 점점 전차가 비어갔다. 마침내 가파른 역에 오르자 결국 나 혼자 남아 있었다. 발밑에서는 활기찬 저녁 도시가 빛을 발했는데, 위로 올라와보니 평범한 시멘트 승강장이 나를 맞았다. 궁금해서 전차를 내려 밖으로 나와보니, 그곳은 어두운 구시가 한가운데였다. 텅 빈 좁은 골목이 나를 맞았고 상점은 닫혀 있었다. 갑자기 주택의 골목 사이로 높은 탑이 비현실적으로 솟아올라 밤하늘 속으로 사라진 것을 보고 무척 놀랐다. 별안간 남쪽의 토스카나나 움브리아의 산골 마을에 와 있는 기분이었다. 그런데 놀랍게도 골목길이 금방 사라지고 무척 아름다운 넓은 광장이 나타났다. 오른쪽에는 긴 아치형의 회랑이 있었는데, 저녁 산책을 나온 사람들은 파이프 담배를 피우고 있었다. 왼쪽으로는 커다란 기념비가 흐릿하게 보였는데, 현대식으로 세운 가리발디* 동상 같았다. 그 뒤로는 고상한 검은 건축물의 묵직한 기둥과 아름다운 아치형의 천장이 보였다. 광장에는 흐릿하게 불을 밝힌 조그만 카페와 약국의 유리창 외에는 아무것도 없었다. 약국의 창문 안에서는 초록색과 주황색 병들이 보석처럼 빛나고 있었다. 나는 숨을 내쉬었다. 불길한 어둠에 이끌려 걷다가 갑자기 나타난 당당한 건물들에 놀라거나, 습기 찬 좁은 자갈길의 인사를 받으면서 한밤중에 이탈리아의 고풍스러운 숙소에 묵은 경험이 한 번도 없었다.

나는 붉은 타일이 깔린 호텔 방에 들어갔는데, 궁전의 방만큼이나 컸다. 부드러운 염소 구이를 먹었고 포도주도 좋았고 주인에게는 아름다운 처제가 있었다. 그렇지만 나는 곧 다시 밖으로 나왔다. 거리의 넓은 포석 위로 부드럽게 비가 내렸고 사람들이 분주하게 오갔다. 가리발디 동상은 무척 사나운 네 마리 사자가 지키는 높은 받침대 위에 근엄하고 조금 우울한 모습으로 서 있었다. 나는 포효하는 세 마리의 청동 사자의 입에다 2솔도 동전을 넣었는데, 동전은 다음 날 아침에도 모두 그대로 있었다. 잠시 동상 주위를 돌아보다

---

* 주세페 가리발디(1807–1882). 이탈리아의 통일을 이끈 영웅.

가 어느 굉장한 궁전 앞에 멈춰 섰다. 1층에 아치형 천정이 있는 넓은 회랑이 있었는데, 바깥쪽에는 각이 진 큰 버팀돌이, 안쪽에는 아름답고 조금 가벼워 보이는 둥근 기둥이 있었다. 안으로 들어가보니 왼쪽에 베르가모 대성당으로 통하는 크고 하얀 계단이 있었고, 환상적인 또다른 대성당이 내 앞에 나타났다. 둥근 지붕이 밤하늘에 흐릿하게 모습을 드러냈다. 고딕식으로 보이는 낡은 입구의 작은 아치 아래에는 조각상이 있었고, 옆에는 장식이 화려하고 전면이 아름다운 한 예배당이 있었다. 모든 것들이 어스름 속에서 흐릿했고, 더없이 아름다운 놀라움의 예감과 약속으로 가득했다. 나는 내일에 대한 기대로 들뜬 마음으로 그곳을 지나쳤다. 긴장감과 여행의 즐거움을 여행 안내서나 광고 안내서를 읽어 망치려는 생각은 조금도 없었다.

다음 날 아침, 나는 밤의 모든 약속을 낮의 햇살 속에서 실현해줄 광장으로 제일 먼저 갔다. 동상은 실망스러웠다. 동상은 높다란 받침돌 위에 초라하게 서 있었다. 다시 보니 네 마리의 사나운 사자들은 못나 보일 뿐 아니라 다행이지만 크기도 작았다. 아치형 회랑이 있는 궁전에는 베르가모의 유명한 도서관이 있었는데, 수백 권의 진본을 소장하고 있다고 했다. 마음만 있다면 구경할 수도 있다고 했다. 기둥이 떠받치고 있는 벽돌 지붕의 대담하고 거대한 계단은 도서관으로 통했다. 나는 도서관은 놔두고, 기대에 차서 회랑을 지나 시인 타소*를 조각한 역동적인 바로크 동상 옆으로 가서 밤에 유령처럼 나를 바라보던 두 채의 성당 건물을 쳐다보았다. 성당은 아침 햇살에 대담한 모습으로 우뚝 서 있었다.

베르가모 대성당은 한편에는 장엄한 모습으로 밝게 서 있었다. 입구 앞에는 넓고 위엄 있는 계단이 있고, 그 옆에 내 앞으로 산타 마리아 마조레 대성당이, 그 옆에는 이어서 지은, 놀랄 만큼 강렬한 장식과 치장을 한 콜레오니 예배당이 있었다. 성당 입구에는 작고 천장이 높은 건축물이 있었다. 여섯 개의 소박한 돌계단, 두 마리 사자가 떠받치고 있는 기둥 위의 넓은 로마식 원형 아치, 그 위의 높고 대담한 고딕식 구조물, 그리고 세 개의 벽감으로 장식된 작고 귀여운 회랑이었다. 벽감마다 오래되고 소박한 조각물이 있었는데, 가운데 조각물은 말을 탄 모습이었다. 위로는 뾰족지붕이 있는 층™이 하나 더 보였다. 그 층 앞쪽에는 밝은 빛의 기둥 두 개가 있었고, 그 안에 세 명의 성자가 들어 있었다. 이 모든 것들에는 엄격한 품격과 꾸미지 않은 천진함, 익명성의 매력이 있었다. 이런 종류의 예술품은 원시 민족의 예술품과 마찬가지로 한 사람의 두뇌가 아니라 모든 세대와 모든 민족의 생각과 감정에서 나온 것이기 때문이다.

내 시선은 성당에 들어가기 전, 콜레오니 예배당의 풍성한 외관

---

* 토르콰토 타소(1544–1595). 이탈리아의 대표적인 시인. 서사시 『해방된 예루살렘 (*Gerussalemme Liberata*)』을 썼다.

에 머물렀다. 건물의 구도는 아름답고 단순했다. 전통적이고 아름다운 배열이 운치 있게 반복되었다. 입구와 두 측면 창, 입구 위에는 커다란 장미 무늬, 그 위에는 귀엽고 작은 기둥이 있는 밝고 경쾌한 회랑이었다. 그런데 뭔가 맞지 않았고, 전체가 정확하고 완벽하게 어울리지는 않았다. 벽과 지붕 사이는 뭔가가 비어 있었고 불완전했다. 게다가 성당 내부에 있던 크고 작은 조각 수백 점을 훗날 정면에 가져다 붙였는데, 개축할 때 했던 그런 작업은 불필요한 것이었다. 예배당 전면에 크고 작은 기둥, 가능한 온갖 재료들로 만든 부조, 인물화와 작은 천사들이 넘쳐난 까닭이다. 건물의 토대가되는 두 가지 색의 대리석 무늬는, 어울리지 않는 현대의 보도 블록같이 정육면체의 배열로 보여서 거칠어 보이고 자연의 법칙과도 어긋나 눈에 거슬렸다. 이탈리아인들 역시 몰취미와 심한 이탈을 한다는 것을 찾아내서 기분이 좋았다. 원래 이탈리아인들은 굉장히 외양에 신경을 쓰고 자신감 넘치는 사람들로, 우리 나라 사람들이 건축과 장식에서 매번 하는 그런 실수를 저지른 적이 거의 없다.

　나는 요란한 치장에 겁먹지 않고 예배당 안으로 들어갔다. 그곳에는 베네치아의 콜레오니 사령관*이 딸과 함께 묻혀 있다. 예배당은 독실한 사령관이 거액을 기부한 것을 기려 지금도 매일 그를 위

---

* 　바르톨로메오 콜레오니(1395-1475). 베르가모 태생의 베네치아 공화국의 총사령관이 되었다. "15세기의 가장 앞선 전략가"라는 명성을 얻었다.

한 미사를 드리고 있다. 오목한 벽감에 있는 관 위에서 금빛의 장군은 다소 경직된 위엄을 보이며 멋진 모습으로 금빛 말을 타고 있었다. 바로 옆의 벽에는 돌에 조각된 가냘픈 어린 딸이 돌베개를 베고 사랑스럽고 우아한 모습으로 누워, 자신들의 수명과 명성은 알지 못한 채 위대한 아버지와 마찬가지로 미지의 예술가에 의해서 불멸의 존재가 되어 잠들어 있었다.

호기심이 가득해서 입구의 기둥을 지탱하는 붉은 사자 동상을 지나 대성당을 향해 서둘러 안으로 들어갔고, 곧 경건하고 장엄한 빛과 향기에 둘러싸였다. 어두운 제단화와 흐릿한 프레스코화는 으스름한 금빛에 둘러싸여 있었다. 벽감과 벽 곳곳에 끌로 새기고 조각한 작품들이 있었는데, 화려함과 풍성함이 넘쳐났다. 이 화려한 성당 안을 지나면서 자랑스러운 과거의 영광과 자부심을 호흡하고, 돌에 새겨진 얼굴을 힐끗 쳐다보고, 풍경 혹은 풍경처럼 보이는 경치와 금빛 장식을 보면서 앞으로 걸어가다 보면 과거를 거의 잊어버리게 된다. 남아 있는 것은 넘치는 화려함과 기품 있는 어스름의 울림뿐이었다. 하지만 한 가지만은 잊을 수 없는데, 그것은 바로 특이한 모습을 한 성가대석이었다. 모두 합해서 수십 개쯤 되는 이 걸상들의 뒷면은 상감象嵌 목제 조각으로, 하나하나가 로토*

---

* 로렌초 로토(1480−1556/1557). 르네상스 후기의 이탈리아 화가. 초상화와 종교화의 거장이다.

나 베르가모 화가들의 스케치를 조각하고 조립한 것들이다. 할아버지와 아들, 손자들이 150년 이상 이 일에 종사했다.

이 시간과 수고가 정말로 아깝지 않다. 이런 귀하고 우아하며 특이한 예술보다 더 큰 행복을 주는 것은 찾아볼 수 없다. 목재는 갈색, 노란색, 녹색, 하얀색, 벌꿀색인데, 서로 같은 향기와 연륜 깊은 금빛을 발하며 따스한 음조로 나지막하게 빛나면서 우리의 눈을 따스하고 행복하게 씻어준다. 아브라함은 하갈을 추방하고, 솔로몬은 판결을 내린다. 다윗은 사울 앞에서 하프를 연주하며 거인을 때려죽인다. 유디트는 홀로페르네스의 천막에서 나오고, 왕과 족장들은 천막과 신전을, 정감 넘치는 나무와 바위가 있는 산악의 아름다운 풍경 속을 거닐며 담판을 짓는다. 여기저기에 특별한 광채를 내는 조각이 있었는데, 섬세한 스케치의 아이디어가 멋지게 빛을 발하고 있었다. 하지만 150년 전에 제작된 이 그림들은 대부분 진지한 작업이 불가피하게 가져오는 동일한 매력, 동일하게 풍성한 색조, 동일하게 끈질긴 정확함과 신중한 기품을 담고 있다. 그래도 나는 수도사들의 세밀화에서는 기품 있는 단순미를 느낄 수 있었는데, 이런 그림을 그리려는 유혹에 빠진 사람은 조용하고 섬세하며 인내심 많은 사람일 것이라는 생각이 들었다. 그런 사람은 끊임없이 작업을 계속하면서 한낮이 어떤지 알지도 못한 채로, 열심히 그림에 빠져 햇볕에 그을려가면서 자신의 재능에 기뻐하는 사람일 것이다. 일본의 목공예와 중국의 자수를 볼 때도 같은 생각을 하게 된다.

　나는 성당 안을, 흰색과 금빛, 그리고 단조로움이 화려함과 묘하게 어우러진 안을 다시 들여다보았다. 그런 다음 햇살의 유혹에 따라서 비스듬히 경사진 작은 광장으로 올라갔는데, 보도블록 사이에 가늘고 뾰족한 연녹색 풀들이 자라고 있었고 그 뒤로 큰 건물이 보였다. 입구가 활짝 열려 있어 안으로 들어갔다. 그런데 곧 제복을 입은 직원한테 점잖게 제지를 당했다. 그곳은 학교였다. 나는 걸음을 멈추고 귀를 기울였는데, 위쪽의 멋진 넓은 홀에서 처량하고 말할 수 없이 지루하고 재미없는 알파벳 읽는 소리와 단어 읽는 소리, 많은 학생들이 암송하고 조심스럽게 낭독하는 소리가 뒤섞여서 그것은 마치 협곡에서 나오는 소리처럼 들렸다. 내가 이제 학생이 아니라는 것에 다시 한번 감사하는 순간이었다. 나는 테르치 광장이라는 거창한 이름의 한적하고 외진 모퉁이 쪽으로 걸어갔다. 광장의 한쪽은 높은 계단식 담으로 되어 있었다. 소박하고 묵직한 담장에는 매혹적인 커다란 벽감이 있었는데, 그 안에는 실물보다 큰 아름다운 여성의 조각상이 부드럽고 기품 있게 서 있었다. 케레스*
같았는데, 마지막으로 이 모든 것들 위에는 작고 귀여운 회랑이 있

---

* 로마 신화에 나오는 농경의 여신.

고 그 양쪽에는 풍요의 뿔^{Füllhorn}*과 볏단을 지닌 두 개의 벗은 동자상^{童子像}이 서 있었다. 나는 황홀한 기분으로 걸음을 멈추었는데, 그 광경은 이탈리아 최고의 명품, 수많은 작은 놀라움과 여행의 기쁨 중의 하나였다. 이런 것들 때문에 여행은 할 만하다. 돌아서서 보니 조각상 맞은편에 저택의 정면 입구가 보였다. 높고 깔끔한 아치 아래에는 나무와 현등^{懸燈}이 있는 정원이 보이고, 그 뒤로는 우아한 난간과 선명한 윤곽의 커다란 입상^{立像} 두 개가 하늘 아래 꿈결처럼 서 있어서, 비록 좁은 담 모퉁이 안에 있었지만 포 계곡의 하늘이 무한히 멀고 넓다는 것을 다시 한번 일깨워주었다.

---

* 뿔 모양 소쿠리에 꽃과 과일, 곡식을 담은 것으로, 풍요로운 수확의 상징이다.

발코니의 여인

Die Frau auf dem Balkon

더운 여름날, 최근에 밀라노 근처를 여행하던 중에 지난 일이 생각났다. 수년 전의 일이다.

　1911년의 늦여름이었다. 불타듯이 무더운 날씨로 온 세상이 하얗게 이글거리는 여름에 나는 갈라진 강바닥을 따라서 기차 여행을 하고 있었다. 더위에 시달렸지만 덕분에 평소 이 지역에 넘쳐나던 관광객 무리는 피할 수 있었다. 들판에는 사람이 하나도 보이지 않았고, 지나치는 역마저 죽은 듯이 고요했다. 기차에는 독일 북부 출신의 좀 나이가 든 신사가 타고 있었는데, 이틀 전부터 나와 일 없이 수차례 마주쳤다. 그는 일등석, 나는 삼등석을 타고 있었지만 식당 칸과 기차 안 여기저기에서 계속 마주쳤다. 냉철하고 어쩐지 쏘는 것 같은 그의 언행은 마음에 들었다. 그는 대충 지금의 내 나이 정도였는데, 당시 나는 그와 함께 있으면 마치 어린아이가 된 것 같았다.

밀라노는 썰렁했다. 역은 적막하고 거리에는 인적이 없고 마차 한 대도 보이지 않았다. 먼지투성이 덧창 너머의 건물 안에는 셔츠 차림의 사람들이 그림자처럼 느리게 움직이고 있었다.

두 시간 전에 식당 칸에서 다시 마주쳤던 노신사도 기차에서 내렸다. 호텔 직원이 그를 맞으면서 짐을 받아들었다. 신사는 나한테 가볍게 고개를 끄덕이며 "안녕히 가십시오"라고 인사를 보낸 뒤, 공원 근처 어느 고급 호텔 안으로 사라졌다. 반면 나는 전차를 타고 첫 이탈리아 여행 후로 매번 머무는 낡은 숙소로 갔다.

골목길은 죽은 듯이 조용했고 연기에 그을린 여관 앞에는 사람의 모습을 찾아볼 수 없었다. 누더기를 걸친 늙은 거지만이 지팡이에 기댄 채 몸을 숙이고 길바닥의 하얀 흙먼지에서 꽁초를 찾고 있었다. 여관 주인은 나타나지 않았고 대신 하인이 나를 방으로 안내했다. 나는 옷을 벗고 씻은 후에 덧창이 내려진 방에서 오후 내내 셔츠 차림으로 책을 읽고 레모네이드를 마셨다. 저녁이 되어도 더위는 식지 않았지만, 사람들이 밖으로 나왔고 나 역시 사람들에게 휩쓸려서 공원과 산책길로 나섰다. 신문팔이들이 목이 터져라 외쳐댔고, 오렌지 상인들과 달콤한 물이 넘치는 멜론 조각을 파는 상인들로 거리는 활기가 넘쳤다. 상류층 가문의 마부들은 주인이 휴가를 떠난 틈을 타서 으리으리한 마차에 친구들을 싣고 돌아다녔다. 당시에는 자동차가 많지 않았다.

잠을 이루지 못해서 피곤한 데다가 재미있는 일도 없어서 나는 다음 날 오후 다시 길을 떠났다. 더위와 먼지, 피로감이 나를 억눌렀다. 독일로 돌아가기 전에 최소한 하룻밤은 편하게 자고 싶었고 여유 있는 분위기에서 이탈리아의 공기를 만끽하고 싶었다. 그래서 코모에서 기차를 내리기로 작정했다. 햇빛이 환하게 쏟아지는 역을 빠져나와 한 손에 여행 가방을 들고 시내로 막 접어들자, 이틀 전에 헤어진 그 노신사가 이륜마차에 앉아서 고개를 끄덕이며 인사를 보냈다.

'피할 수가 없군'이라고 나는 생각했다. 그렇지만 노신사와 여기서 다시 마주친 것이 싫지만은 않았다. 그를 태운 마차는 날개를 단 것처럼 부드럽게 모퉁이를 돌아 빠르게 사라졌고, 나는 대성당을 향해서 걷다가 다시 호수의 아름다운 작은 광장으로 방향을 바꿔서 숙소를 찾아다녔다. 어려운 일은 아니었다. 코모는 한적해서 여관마다 충분히 여유가 있었다.

해가 기울자 풍요롭고 충만한 저녁이 호수에서 떠올랐고, 멀리 보이는 기슭에는 보랏빛 바람이 일었다. 행복감이 나를 채웠다. 집으로 돌아가기 전에 다시 한번 이탈리아의 여름을 호흡하게 되어 기뻤다. 나는 신이 나서 아름다운 소도시 곳곳을 돌아다녔다. 집집마다 실컷 낮잠을 잔 사람들이 저녁 시간을 만끽하기 위해서 밖으로 나왔다. 성당으로 향하는 여인들은 햇빛에 눈을 가늘게 떴고,

유복한 집안의 젊은이들을 태운 마차는 요란한 소리와 함께 도시 외곽으로 나갔다. 젊은이들은 밀짚모자를 쓰고 흰 바지에 노란 구두 차림에다가, 단추 구멍에 카네이션을 꽂고 입에는 버지니아 담배를 물고 생기 넘치는 골목길을 누볐다. 하모니카 소리가 들렸고, 구두닦이는 이제 그늘이 진 자기 자리에 앉아서 밀려드는 손님들을 맞았고, 작은 카페의 주인들은 차양을 걷어 올리고 가게 앞의 대리석 탁자를 닦았다. 잠들었던 도시가 15분 만에 분위기가 바뀌어 활기를 찾았고, 웨이터는 아이스크림과 베르무트 술병을 양손에 들고 균형을 잡으며 빈틈없는 탁자 사이를 누볐다. 이어지는 아가씨들의 웃음소리가 거리에 길게 퍼졌다. 청년들이 나타나자 아가씨들은 한편으로 도도하고 거만하게, 다른 한편으로는 부끄러워하며 달아나듯이 사라졌다. 그때 갑자기 광장 한 모퉁이에서 누군가 손풍금을 연주하기 시작했고, 서툴고 요란한 음악에 맞춰 아름다운 젊은이들이 아름답고 멋지게 춤을 추었다.

이 모든 것들이 내게 익숙한 어떤 풍경과 감정을 불러왔다. 즐거운 저녁에 어두운 거리를 홀로 배회하기, 길모퉁이의 춤, 먼지 덮인 대리석 탁자에 놓인 베르무트 술병, 아름다운 아가씨들, 대담하고 잔뜩 기대에 차서 저녁을 향해 춤곡의 가사를 부르는 그녀들의 목소리. 북쪽에서 온 젊은 여행자는 꿈에 젖어 행복하게 골목을 누비며 춤추는 아가씨들을 구경했다. 충만함과 유혹이 씁쓸하게 느껴지기 시작할 때까지, 젊은이가 외로움을 느껴 한 시간만이라도 같이 이 사치와 사랑의 장터에 참여하여 진정한 일원이 될 수 있다면 무엇이라도 하겠다는 생각이 들 때까지 구경했다. 독일 청년은 그런 다음 서둘러 조용한 작은 주점으로 돌아와 우울하게 리소토를 먹고 생각에 잠겨 커다란 현지 포도주 한 병을 마시며 저녁을 보냈다.

이 모두가 내게는 익숙했다. 나는 아름답고 활기찬 사람들을 미소와 함께 우월감을 가지고 바라보았고, 비슷했던 많은 날의 저녁들을 회상했다. 그러다가 어느 음식점에 들어가서 리소토를 먹고 현지 포도주 몇 잔을 마셨다. 그러자 멍한 관찰자로 저녁의 삶에 다시 어울릴 힘이 나서, 호숫가의 매혹적인 광장 모퉁이 야외 카페에 자리를 잡았다. 나는 얼음물 한 잔을 천천히 마셨고 호수가 어둠 속으로 가라앉고 산이 푸르스름해지는 것을 바라보았으며, 브리사고 시가를 한 대 피우면서 산책하는 사람들과 노래하는 아가씨들, 춤추는 사람들의 소란한 뜨거운 웃음이 불러오는 달콤한 유혹에 넘어가지 않도록 조심했다.

"안녕하시오?" 누군가 옆에서 인사를 했다. 그동안 그토록 마주쳤던 노신사였다. 밝은색 여름 양복 차림이었는데, 굉장히 멋진 외국 시가를 피우고 있었다. 그가 냉철하게 들리는 북부 억양의 독일어로 말했다. 그를 다시 만나게 되어 나는 무척 반가웠다. 그가 옆에 앉았다. 그는 레모네이드를 주문했고 나는 네비올로 포도주를 주문했다. 우리는 곧 이야기를 시작했다. 영리한 이 노신사는 내가 생각한 것, 경험한 것을 이미 모두 오래 전부터 생각하고 경험한 사람이었다. 단지 좀더 영리하고 좀더 냉철하고 좀더 분명하게 생각하고 경험했다는 것이 달랐다.

"당신은 분명 이탈리아에서 연애를 해본 적이 있을 겁니다." 그가 문득 호의적으로 말했다. "그것 역시 여행의 일부죠."

나는 천천히 꿈꾸듯이 말했다. "그렇기는 합니다."

노신사가 다시 미소 지으며 말했다. "그렇습니다. 그런데 유감스럽게도 항상 똑같습니다. 이처럼 아름다운 저녁이면 청년은 이탈리아 여인들의 뒤를 쫓을 수밖에 없죠. 여인들을 사랑하지 않을 수 없어요. 그런데 만약 운이 좋아서 여인을 품에 안는 순간 결국 원하는 것이 돈이라는 것을 알게 됩니다. 안타까운 일이죠."

우울해서 나는 침묵을 지켰다. 이 노신사는 환상을 믿지 않는 사람이었다. 나는 좋은 포도주를 한 모금 마시고 저녁의 광장을 바라보았다. 그때 광장 건너편 호텔의 위층에서 한 여인이 좁은 발코니에 나타났다. 검은 머리에 흰 드레스를 입은, 가냘프고 키가 큰 여인이었는데, 날이 어두워져서 반쯤밖에 보이지 않았다. 조심스럽게 앞으로 걸어 나온 그녀는 양쪽 팔을 철제 난간에 올렸다. 여유로우면서도 기품 있는 몸짓이 나를 사로잡았다.

"포도주 맛이 괜찮은가요?" 노신사가 친절하게 물었다. 아주 좋으니 한번 맛보시라고 권하고 나는 그를 위해서 잔을 하나 더 가져오도록 했다. 한 모금 마시더니 그는 맛을 칭찬했다. 나는 그의 잔을 채워주었다. 내가 잔을 채우는 동안 그 역시 발코니 위의 여인을 보고 있었다. 하지만 아무 말도 하지 않았다. 그렇게 한동안 우리는 말없이 등을 의자에 기대고 앉아 점점 짙어가는 어둠 속에서 외롭고 날씬한 여인의 자태를 조용히 바라보았다.

"저쪽도 혼자네요." 노신사가 말했다. 나는 대답하지 않았다. 우리 두 사람은 나란히 그녀를 올려다보면서 사이사이에 맛있는 포도주를 한 모금씩 음미했다.

"혼자네요." 잠시 후 노신사가 다시 입을 열었다. "저리로 올라가서 여인한테 뭔가 해야 할 것 같은데, 아닌가요? 잘생긴 청년이라면 저런 아름다운 젊은 여인이 저녁 내내 4층 발코니에 혼자 서서 사람들이 춤추고 즐기는 광경을 내려다보기만 하는 걸 그냥 보고만 있어서는 안 됩니다."

나는 포도주 한 잔을 마셨다. 병이 비었다. 한 병을 더 주문하고 나는 노신사와 내 잔에 따랐다. 이제 밤이 깊었다. 광장은 조용해졌지만 카페의 자리들은 아직도 사람들로 가득했다. 광장에는 아직도 젊은이들 몇몇 쌍이 춤을 추고 있었다. 발코니의 낯선 여인은 아직도 하얗게, 고독한 모습으로 서 있었다.

노신사는 생각에 잠긴 표정으로 잔을 비웠다. "이 포도주 정말 맛이 좋습니다." 그는 분명하고 명확한 발음으로 말했다. 아주 사소한 사실까지도 직접 최종 확인 선언을 해야만 직성이 풀리는 말투였다. 순간 나는 그를, 그 늙은 잔소리꾼을 미워하기 시작했다.

그때 그 신사가 갑자기 내 어깨에 손을 얹었다. 대개의 늙은이들이 더 이상 가지고 있지 못한 청춘에 대해서 젊은이들에게 복수할 때 쓰는 그런 뻔뻔스러운 호의 같은 것이었다.

"난 그만 돌아가야겠습니다." 그가 말했다. "이제 선선해졌으니 잠을 잘 수 있을 것 같습니다."

"네." 나는 멍하게 대답했다.

"그래요. 하지만 당신은 잠시 여기에 더 앉아 포도주를 더 마시면서 저 위를 쳐다보겠지요, 아닌가요? 행운을 빕니다. 아름다운 여자입니다. 분명 그럴 겁니다. 하지만 이것만은 잊지 마십시오, 젊은 친구, 이제 나는 나이가 들어 잠을 푹 잘 수 있습니다. 하지만 항상 그랬던 것은 아닙니다. 내가 젊었을 때, 나는 당신과 똑같았습니다. 오늘 저녁 당신을 살펴보니 내 젊은 시절이 또렷하게 기억납니다. 우리 두 사람은 사랑을 찾아 돌아다니며 여자를 내 것으로 만드는 그런 남자들이 아닙니다. 우리는 그저 발코니를 올려다보는, 슬픔에 잠겨 아래에서 포도주를 마시는 남자들입니다. 아마 아직은 내 말을 이해하지 못할 겁니다. 그래도 내 말을 믿으세요, 달라지지 않습니다. 굉장히 많이 봐왔거든요. 아주 어린 나이라면 아마 한 번쯤 어떻게 해볼 수 있습니다. 교육을 통해서 말입니다. 하지만 그건 우리를 진정으로 행복한 존재로 키워내는 교육자가 있을 때의 일입니다. 하지만 사람은 천성 그대로이고, 변하지 않습니다. 내일, 혹은 다른 날 당신이 다른 발코니를 올려다볼 때도 오늘 이 발코니를 바라볼 때와 달라지지 않습니다. 나도 꼭 역시 마찬가지입니다. 젊은 시절에 나는 내가 소극적인 이유가 가난 때문이라고 믿었습니다. 하지만 부자가 된 후에도 나는 조금도 달라지지 않았습니다. 자, 난 이제 갑니다. 안녕!"

그리고 그는 갔다. 저주스러운 그 인간은 갔다. 그가 자신의 지혜를 지껄이는 동안 나는 수십 번도 더 그의 말을 막고 싶었다. 하지만 그러지 못했다. 마치 마비된 것 같고 저주에 걸린 것 같았다. 악마 같으니! 나는 웨이터를 불렀다. 노신사는 자신의 레모네이드 값을 정확하게 계산하고 갔다. 포도주 두 병의 값은 내 몫이었다.

자리에서 일어났을 때, 내 시선은 내 의지와는 어긋나게 다시 발코니로 향했다. 어두운 호텔 전면의 발코니는 작고 흐릿한 모습이었다. 여인은 들어가고 없었다.

크레모나의 저녁

Abend in Cremona

나는 다시 산에서 이탈리아의 저지대로 내려간다. 눈^雪의 지방에서 옥수수 지방의 묵직한 푸른 안개 속으로, 지나치게 밝은 산과 계곡의 청명함에서 녹색을 띤 포 강 일대의 조용하고 따스한 무한의 세계로 내려간다. 원치 않게 며칠간 묵게 된 베르가모의 여관 주인이 크레모나행 열차를 알아봐주었다. 두 시간이 걸리지 않는 거리라고 했다. 엄청난 먹구름 속에서 열차는 산에서 넓은 연푸른 평원을 향해서 출발했다. 만사가 순조로웠다. 기차는 정시에 출발하여 적당히 빠른 속도로 달렸다. 반 시간 후에 트레빌리오에 도착했다. 그런데 이상하게도 그곳에서 많은 사람들이 기차에서 내렸다. 홀로 기차에 남은 나는 여행자의 느긋한 우월감으로 바삐 움직이는 사람들을 바라보았다. 그때 차장이 나더러 내리라고 소리쳤다. 알고 보니 그 기차는 거기가 종착역으로, 크레모나로 가려면 그곳에서 세 시간 반을 기다려야 했다.

나는 트렁크를 들고 기차에서 내려 역에다 맡겼다. 이런 식의 기차 환승은 마음에 들지 않았다. 과거에 언젠가 이런 비슷한 역에서 좋지 않은 경험을 한 적이 있기 때문이었다. 당시 나는 포사토 디 비코라는, 움브리아의 북부 폴리뇨 근처에 있는 도시에서 내렸다. 급행열차가 멈추고 대기하는 교통의 요지인 만큼, 나는 크레모나가 여행 안내서에는 나와 있지는 않지만 훌륭하고 오래된 아늑한 도시일 것이라고, 에트루리아풍의 자그마한 시청이 있을 것이라고 생각했다. 하지만 시청은 없고 도시도 없었다. 오후 내내 나는 쓸쓸한 역에서 시간을 보내야 했다. 생각에 잠겨 나는 역에서 작은 마을 쪽으로 어슬렁어슬렁 돌아다녔는데, 햇볕이 내리쬐는 거리에서 먼지를 뒤집어쓴 채 별로 기대할 만한 것이 없는 작고 허름한 신축 건물 옆을 걸어갔다. 그런데 마을이 나타났다. 그곳은 아담하고 한적하고 고요했는데, 산 마르틴 성당이 눈에 띄었다. 성당 입구의 벽에는 고딕 시대의 매력적인 성 마르틴*이 말을 타고 있었다. 늙은 부인이 엽서 가게를 지키고 있었는데, 젊은 시절 며칠 취리히에 가본 적이 있다고 했다. 아직도 스위스에서 쓰는 독일어를 세 마디 정도 기억하고 있었고, 내가 그녀의 말을 알아듣고 대답을 하면서 취리히가 요즘 번화해지고 달라졌다고 이야기하자 몹시 기뻐했다.

---

* 성 마르틴(316-397). 프랑스의 대표적인 성인. 추위에 떠는 거지에게 자신의 망토를 잘라준 일화로 유명하다.

처음 한 시간은 이럭저럭 지나갔다. 나는 한적한 광장으로 나가서 양지쪽의 작은 탁자에 앉아서 커피를 주문하고 담배를 피우면서 작은 시골 마을의 생활을 지켜보았다. 누군가의 장례를 치르는 중이었다. 하얀 어깨띠를 걸친 아이들이 촛불을 들었고, 그에 맞춰 높은 종탑에서는 약간 불협화음인 종소리가 들렸다. 그후 다시 조용해졌고 얼마 뒤에는 여행 중인 자동차 한 대가 광장에 멈춰 섰다. 다시 활기가 돌았다. 아이들이 몰려오고 운전사가 기름을 넣는 동안 둔탁한 경적이 울렸다. 그것마저 지나간 후, 반쯤 졸고 있는 나를 새로운 한 무리의 아이들이 깨웠다. 학교가 파했다. 아이들이 맨발로 달려와 광장을 뜨거운 삶의 활기로 채우며 성당 앞의 모서리 돌 위에서 체조를 했다. 다시 한 시간 이상 지났다. 나는 카페에서 나와 역으로 가는 길을 찾아보았다. 어느 집 창문틀에 활짝 핀 히아신스 네 그루가 화분에 담겨 있었다. 위를 쳐다보니 지하실처럼 침침한 골목에서 밀랍처럼 희미하게 빛나고 있는 꽃들이 보였다. 꽃 뒤에는 두 명의 어린 소녀가 앉아서 바느질을 하고 있었다. 한쪽의 예쁜 소녀는 나를 보지 않는 척했다. 하지만 열 걸음쯤 가다가 내가 다시 몸을 돌려서 쳐다보니 깔깔대며 웃었다. 소녀는 언니와 우스운 대화를 시작했고 낯선 이방인을 곁눈질하면서 계속 웃음을 터트렸다. 유감스럽지만 나는 가야만 했다. 꽃으로 가득한 창가, 언니와 함께 있는 내 뒤의 소녀 때문에 트레빌리오에 머물 수는 없었다.

역에서 나는 좋은 포도주 한잔을 마셨다. 기차가 왔고 구름이 낮게 깔려 어둑어둑해진 그 지방을 지나 남쪽으로 가는 동안 트레빌리오가 마음에 들기 시작했다. 바퀴의 소음 사이로 천둥소리가 들렸다. 얼마 지나지 않아 후드득 소리를 내면서 비가 비스듬히 쏟아졌다. 그런 뒤에 비와 구름 사이에서 가늘고 창백한 하늘의 섬이 수줍은 푸른빛으로 모습을 드러냈다. 비가 잦아들어 나직하고 조용하게 흘러내리자 저녁 불빛이 어스름한 창가에 하나둘씩 들어와 넓은 평원에 퍼졌다. 평원의 적갈색 농토에서 결실의 냄새가 났다.

크레모나에 도착했을 때는 거의 밤이었다. 나는 여관이 있는 도시의 반대쪽 끝까지 꽤 먼 거리를 우산을 쓰고 걸었다. 여관은 이탈리아의 젊은 출장객이나 지방에서 온 사제가 묵는 숙소로, 베르가모에서 추천받은 곳이었다. 먼 거리가 힘들어 하마터면 변심할 뻔했다. 하지만 몸이 젖었어도 마음을 바꾸지 않은 것을 후회하지 않았다. 여관은 꽤 괜찮은 곳이어서 야채수프와 가르다 호수에서 잡은 송어를 맛있게 먹었고, 기분이 좋았다. 비가 내렸지만 나는 호기심이 발동하여 일단 도시를 둘러보기 위해서 밖으로 나갔다.

멀리 가지 않아 빗방울이 떨어지는 아름다운 조용한 상가가 있는 작은 광장과 마주하게 되었다. 우산을 접고 만족한 기분으로 회랑 아래를 지나자 좁은 길을 건너 어둠 속에 육중한 몇 개의 돌계단이 서 있는 곳에 이르렀고, 나는 비에 젖은 채 들뜨고 긴장해서 커다란 건물 안으로 들어갔다. 높은 천장 아래를 지나서 안뜰로 들어가 다시 맞은편의 컴컴한 둥근 천장 아래로 갔는데, 거대한 기둥들이 밖을 향해서, 비에 젖은 광장 쪽으로 빛을 발하고 있었다. 나는 밖으로 나와 놀라서 위를 쳐다보았는데, 눈앞에 성당 광장이 보였다. 너무도 아름답고 대담한 건축술의 건물이었다. 조그만 광장 위로 성당의 전면이 흐릿한 빛을 발하며 균형 있고 당당하게 우뚝 솟아 있고, 거대한 전면의 상층부에는 알 수 없는 조각품과 아름답고 거창한 장미 장식이 보였다. 옆으로는 사랑스럽고 정교한 작은 기둥 위에 고상한 두 줄의 아치가 가볍고 우아하게 놓여 있고, 그 위에는 크지만 속이 빈, 대담한 소용돌이 장식 두 개가 박공博栱 장식용으로 놓여 있었다. 눈앞에서 이 모든 것들이 음악과 아름다운 조화를 이루며 모습을 드러냈다. 그리고 그 옆에는 환상적으로 높은, 엄청나게 높은 탑이 거만하게, 거의 무시무시한 모습으로 허공에 솟아 있었고, 위에는 조그만 회색 기둥의 회랑이 밤 속으로 뻗어 있었다.

나는 빗속에 서서 이 어마어마한 광경을 몸으로 받아들였고, 건축물들의 크기와 뻔뻔스러운 대담함에 행복과 감동을 느꼈다. 거대한 소용돌이 장식은 틀림없이 하부 구조보다 나중에 생긴 것으로, 르네상스의 전성기에 장난스러운 대담함으로 그 위에다가 추가한 것으로 보였다. 전혀 다른 시대에 만들어진 것, 고대 로마 건축과는 다른 시대의 것인데도 그 장식은 당연하다는 듯이 자신 있게 광장에 자리하고 있었다. 이 모두가 놀라운 이곳 광장에 모여 있는데, 전부 대담하고 거창하고 굉장히 모험적인데도 모두 아름답고 감각과 절도가 넘쳐났다. 깜짝 놀랐던 충격이 사라지자 처음의 인상은 부드럽고 조용해졌고, 마음은 순수하고 즐겁게 고동쳤다. 이 모두가 내일 얼마나 아름답게 보일까! 낮의 햇살에서 조용하고 느긋하게 바라보면 예기치 않은 아름다움이 얼마나 많이 더해질지 알 수 없는 일이었다.

나는 여관에 돌아와서 오랫동안 침대에 앉아 있었다. 성당 광장의 소박한 음악이 떠올랐다. 사이사이 추억의 장면들이 건축물, 정원, 베르가모의 사람들, 기차 여행에서 본 넓은 평원, 트레빌리오의 햇볕 쏟아지는 석조 광장과 함께 떠올랐다. 몇 시간 전에 본 이 모두가 이상하게도 벌써 오래된 일처럼 느껴졌다.

그러다가 나는 다시 생각에 잠겼다. 우리 같은 사람을 여행하게 하고 예술 여행까지 하게 만드는 것은 과연 무엇일까? 무엇 때문에 우리는 매해 수백 킬로미터 떨어진 곳으로 여행을 하는가? 무엇 때문에 조금 더 풍요로웠던 시대의 건축물과 그림 앞에서 감사하는 마음으로 즐거워하는가? 무엇 때문에 우리와 아무 상관 없는 낯선 민족들의 삶을 호기심 어린 눈으로 바라보며 흡족해 하는가?

무엇 때문에 기차와 배 안에서 낯선 사람들과 대화를 나누고, 낯선 대도시의 번잡한 거리에서 외롭게 귀를 기울이는가? 한때 나는 이런 것을 일종의 배움에 대한 욕구, 교양에 대한 열망이라고 생각했다. 당시 나는 옛 성당의 프레스코화에 관해서 수첩에 가득하게 적었고, 식사에서 아낀 돈을 옛 조각품의 사진에다 썼다. 그후 나는 그런 일이 싫증 났고, 대신 풍경이나 낯선 민족성이 관심을 끄는 약간 가난한 나라를 여행하기로 작정했는데, 별난 이 여행벽은 일종의 모험처럼 생각되었다. 하지만 그것은 모험이 아니었다. 다른 곳으로 배달된 트렁크, 도난당한 외투, 뱀이 나오는 방과 모기가 있는 침대를 모험으로 생각하지 않는다면 말이다. 그렇다, 모험심 역시 답이 아니었다. 이제 교양에 대한 내 갈증이 색 바랜 지금, 도시 곳곳이나 성당, 대형 박물관을 돌아다니는 것은 별 볼 일 없는 일로 생각되지만, 반면 그런 대상에서 발견하거나 본 것을 전보다 더 심도 있고 더 섬세하게 즐기게 되었다. 그 결과 여행에서 모험심은 사라졌지만 나는 아직도 여행에 대해서 변함없는 충동과 욕구를 가지고 15년 전이나 10년 전, 혹은 5년 전 못지않게 자주 여행을 다니고 있다.

내가 보기에 여행은 우리 같은 사람들을 조금 더 이성적으로 만들어 불분명하게 체험하고 있는 일상적인 삶의 한 부분을 보완하도록 할 뿐 아니라, 순수한 미적 욕구의 활동도 보완하도록 해준다. 이런 욕구는 지금의 우리 민족에게서는 거의 찾아볼 수 없는 것으로, 위대한 시대의 그리스인들과 독일인, 이탈리아인들이 가졌고 요즘의 일본 같은 아시아 곳곳에서 발견할 수 있는 것으로, 그런 곳에서는 현명하고 성숙한 사람들이 목재, 나무, 바위, 정원, 꽃한 송이를 바라보면서 감각을 훈련하고 촉진하며, 전문 지식을 향유한다. 우리에게서는 찾아보기 힘들고 우리는 별로 배워보지 못한 것들이다. 순수한 직관, 어떤 목적 추구나 욕구에 흐려지지 않은 인지, 눈과 귀, 코와 촉각의 자족할 만한 숙련이야말로 우리 중에서 섬세한 사람들이 깊은 향수를 느끼는 일종의 천국 같은 것으로, 여행하면서 우리가 최상으로, 또한 가장 순수하게 추구할 수 있는 것이다. 미적으로 훈련된 사람이라면 언제라도 가능한 이런 집중이 우리처럼 불쌍한 사람들은 적어도 속박에서 벗어나 해방된 날, 또는 해방의 순간에나 가능하다. 그럴 때면 우리는 고향이나 일상에서 벗어나 아무런 걱정이 없다. 여행의 감정으로 우리는 평소에는 못하던 일을 할 수 있게 되어 몇 개의 훌륭한 그림들 앞에서 조용히 감사하며 아무런 목적도 없는 시간을 보낼 수 있고, 열린 마음으로 고귀한 건축물에서 들려오는 아름다운 음향에 황홀하게 귀를 기울일 수 있으며, 풍경의 아름다운 선線을 진심으로 따라가며 즐길 수 있다. 그럴 때면 평소에 단지 우리의 욕구와 관계, 우리의 희망과 근심의 흐릿한 그물망 속에서만 보았던 것들이 골목과 시장의 삶, 태양과 물과 땅의 그림자 유희, 수관(樹冠)의 형태, 동물의 외침이나 동작, 사람들의 걸음걸이나 태도 같은 이미지로 바뀐다. 하지만 마음속에서 목적을 추구하는 삶으로부터의 해방을 갈구하지 않는 여행자는 아무 결실 없이 빈손으로, 기껏해야 교양이라는 보따리를 약간 무겁게 만들어 집으로 돌아올 뿐이다.

그러나 순수하게 바라보며 사심 없이 수용하는 이런 미적 자극은 더 광범하고 더 높은 연관을 가지고 있는 것이 아닐까? 그 자극이 막연한 쾌감에 대한 동경에 불과한 것일까? 그 자극이 단지 소홀히 다루었던 능력과 욕구, 은폐된 배고픔과 은폐된 에로티시즘, 은폐된 분노와 은폐된 나약함이 복수하고 경고하는 고통일 뿐일까? 만테냐*의 그림을 보는 것이 멋진 도마뱀을 보는 것보다 더 많은 것들을 우리에게 주고, 조토나 시뇨렐리**의 그림이 그려진 교회당에서 보내는 한 시간이 해변에서 뒹굴면서 보내는 한 시간보다 더 많은 의미가 있는 것은 무엇 때문일까?

그렇다. 어디에서든 우리가 근본적으로 추구하고 갈망하는 것은 인간에 관한 것이다. 아름다운 산에서 나는 우연한 현실을 향유하는 것이 아니라, 단언컨대 내가 즐기는 것은 본다는 것, 선(線)을 느

---

* 안드레아 만테냐(1431–1506). 고대 미술품에서 많은 영감을 받은 이탈리아의 대표적인 화가.
** 루카 시뇨렐리(1441/1445–1523). 인체의 근육을 과장되게 표현한 것으로 유명한 이탈리아 화가.

끼는 것이다. 아름다운 낯선 풍경에서 나는 결코 그곳의 문화로부터 도주하지 않으며, 풍경에 대한 내 감각과 생각을 실험하면서 그곳 그대로의 문화를 익히고 사랑하며 즐긴다. 그래서 나는 항상 감사한 마음으로 예술로 되돌아가고, 그런 까닭으로 대담한 건축물, 아름답게 그려진 벽, 좋은 음악, 가치 있는 그림은 나에게 제어되지 않은 자연을 관찰하는 것보다 더 많은 즐거움, 어두운 탐색에서 오는 더 많은 만족을 준다. 내가 볼 때 미적인 자극이 지향하는 바는 우리가 자신에서 벗어나는 것이 아니라 우리가 나쁜 본능이나 습관에서 벗어나 우리 내면에서 최상의 것을 확인하고 인간 정신에 대한 비밀스러운 믿음을 확인하도록 하는 것이다. 바다에서의 즐겁게 헤엄치고, 신나게 공놀이를 하고, 눈 속을 대담하게 걷는 것이 내 신체적인 자아를 강화하고, 내 커다란 충동과 상상에 정당성을 준다. 유쾌함을 통해서 자아의 욕구에 답하듯이, 인류의 문화와 지적인 성과라는 위대한 보물은 바라보기만 해도 인류에 대한 우리의 강한 믿음에 답하는 것과 같다. 만약 티치아노의 그림을 보며 느끼는 기쁨이 내 상상을 실현하고 자극을 강화하며 꿈을 정당화해주지 않는다면 무슨 의미가 있겠는가?

　그래서 우리가 낯선 곳을 여행하고 구경하고 경험하는 것은 근본적으로 인류의 이상을 향한 구도자가 되어 그렇게 하는 것이라고 나는 생각한다. 미켈란젤로라는 인물, 모차르트의 음악, 토스카나 지방의 성당이나 그리스 신전 하나하나가 이를 확인시켜준다. 그리고 이런 의미, 깊은 합일, 인류 문화의 불멸성에 대한 갈망을 강화하고 정당화하는 것은 우리가 그런 것을 생각하지 않더라도 여행을 하면서 얼마든지 마음속으로 향유할 수 있다.

오랫동안 나는 앉아서 생각에 잠겼고, 여러 가지 생각들이 젊어서부터 했던 수많은 여행들에 대한 추억에 함께 녹아들면서 다음과 같은 생각이 확실해졌다. 즉 내가 아무리 많은 시간을 빼앗기고 아무리 늙고 지치고 약해진다고 해도, 체험은 여행 충동의 의미로서 결코 그 광채를 잃지 않을 것이라는 사실이다. 내가 10년, 20년간 세상을 두루 여행하면서 오늘과 다른 생각, 다른 경험, 다른 삶의 감정을 가지게 된다고 해도 그것은 결국 오늘과 같은 의미일 것이며, 많은 나라들과 민족들의 온갖 차이나 매력적인 대립을 넘어 모든 인류가 가지는 한결같은 의미는 더욱더 크게, 더욱더 분명하게 내게 다가올 것이다.

베네치아의 운하에서
In den Kanälen Venedigs

베네치아! 기차역의 넓은 역사에서 밖으로 나오면 바로 앞에 물가로 이어지는 넓은 계단이 나타나고, 우리의 합승마차 격인 곤돌라가 그 앞에 대기하고 있다. 사공들이 "곤돌라, 곤돌라"라고 소리치며 몰려온다. 날씬하고 검은 배 가운데 하나를 골라 올라타서 부드러운 쿠션에 몸을 기대고 나면 기분 좋게 흔들리면서 운하의 낯선 세계로 들어간다.

이 독특하고 작은 수상水上 세계에 관해서는 작가들과 시인들이 많은 책들에 기록했기 때문에, 나는 몇 가지 체험과 느낌만 이야기하는 것으로 만족하려고 한다. 이탈리아의 어느 도시보다도 베네치아가 더 강한 마법으로 나를 사로잡았기 때문에, 나는 그곳에 머무르는 3주일이라는 짧은 기간에 될 수 있는 대로 그곳의 모든 비밀들을 캐보려고 마음먹었다.

숙소는 도시의 중요한 광장을 돌아서 몇 개의 골목을 지나야 있었기 때문에 곤돌라 요금을 더 많이 지불해야 했다. 하지만 그런 뱃길 덕분에 친밀하고 서정적인 느낌을 많이 받을 수 있었다. 검고 가벼우며 날씬한 곤돌라와 조용하고 부드러운 그 움직임부터가 어떤 낯선 느낌, 꿈꾸는 듯한 아름다움을 지니고 있었고, 그런 것이야말로 한가로움, 사랑, 음악의 도시인 베네치아를 말해주는 기본 요소였다. 베네치아에서 예술 공간을 찾는 사람에게 이것은 특히 중요한 가치가 있다. 왜냐하면 대개 성당이나 궁전, 박물관 같은 곳을 돌아보고 나오면 바로 복잡하고 조심해야만 하는 정신없는 길거리와 마주치므로, 앞서 그런 곳들에서 받은 아름다운 인상이 완전히 지워지기 마련이지만, 이곳 베네치아에서만은 그런 곳에서 다른 장소나 집으로 돌아가는 뱃길에서 아무런 방해도 받지 않고 조용히 물 위로 지나가면서 구경한 것을 마음속에다가 그대로 간직하고 음미할 수 있기 때문이다.

베네치아에 묵기 시작한 어느 날 저녁, 나는 내 방의 창에서 지나가는 곤돌라를 불러 현관 앞에서 올라타고 목적지로 리알토를 말했다. 나는 그 근처에서 저녁 식사를 할 작정이었다. 무더운 날이었고 뇌우가 다가오고 있었다. 높게 늘어선 집들 때문에 가뜩이나 어두운 좁은 수로에는 어둠이 빠르게 내렸다. 좁은 수로가 완벽하게 막고 있는 집들의 늘어선 지붕 위로 뇌우가 요란하게 지나가는 소리가 한창 들리고 있었지만, 반면 그 아래쪽으로는 바람 한 점도 없는 것이 기이했다. 사공은 서둘러 노를 저었고 나는 비가 쏟아지기 전에 도착한다면 그에게 팁을 주겠다고 했다. 우리는 좁은 수로를 지나서 더 좁고, 이미 완전히 깜깜해진 수로로 접어들었다. 곤돌라는 서둘러 어둠침침한 벽을 따라서 미끄러지듯이 나아갔지만, 죽은 듯한 검은 수면 위로 이미 빗방울이 두세 방울 떨어지기 시작하고 있었다. 그 수로는 넓은 수로로 이어졌고, 조금만 떨어져도 사납게 몰아치는 바람 소리가 들리는 바람의 통로에서 벗어나 있었다. 어귀에 도착한 후에 그쪽 수로로 방향을 틀려고 했지만, 곤돌라가 바람 때문에 옆으로 밀려서 몇 번을 시도해봐도 헛일이었다. 그래서 우리는 완벽하게 고요한 수로의 모퉁이로 피했고, 두 걸음 밖에 떨어져 있지 않은 넓은 수로가 비바람에 사나운 소리를 내면서 높게 물결치는 것을 바라보았다. 나는 사공에게 다시 한번 방향을 틀어달라고 부탁했지만, 이번에도 성공하지 못했다. 그런데 그 순간 갑자기 어둠을 뚫고 희미한 빛이 번쩍였다. 번개가 치더니, 이어서 엄청난 폭우가 쏟아지기 시작했다. 나는 사공에게 어서 비를 피할 수 있는 곳으로 가자고 말했다. 우리는 있는 대로 속력을 내서 먼젓번 수로로 되돌아와 첫 번째 다리 아래로 갔다. 아치 아래 나지막한 다리 밑의 완전한 어둠 속에 우리는 멈춰 섰다. 다리의 폭은 곤돌라의 길이와 꼭 맞았다. 나는 어둠 속에서 곤돌라의 중간에 느긋하게 앉았고, 사공은 내 옆에 있었다. 곤돌라는 벽에 바싹 대놓았는데, 엄청난 폭우가 양쪽으로 쏟아졌다. 생각에 잠겨 몇 분이 지났을 때, 두 번째 곤돌라가 피난처를 찾아 들어와 우리 옆에 자리를 잡았고, 곧 세 번째 곤돌라가 재빠르게 비를 피해 들어왔다. 세 척의 곤돌라로 다리 아래의 공간은 완전히 꽉 찼다. 어두워서 서로를 알아볼 수는 없었지만 우리는 독특한 상황 탓에 서로 소리치고 농담을 나누게 되었다. 세 척의 곤돌라는 마치 비를 피하는 새들처럼 조그마한 다리 밑에 숨어들었고, 어둠 속에서 이 곤돌라에서 저 곤돌라로 친근한 대화가 오갔다. 동화 같이 묘한 분위기의 그 15분은 너무도 신비하고 즐거워서 세차게 퍼붓는 폭우와 함께 마치 친숙한 선율처럼 아직도 기억 속에 남아 있다.

한번은 산 레덴토레 성당에 간 적이 있는데, 돌아올 길을 생각하지 못하고 곤돌라를 돌려보냈다. 산 레덴토레 성당은 길게 뻗어 있는 주데카 섬에 있는데, 거기에는 곤돌라를 대놓을 공간이 없었다. 잠시 후 그곳을 떠나려고 했을 때에는 곤돌라가 한 척도 보이지 않았다. 그곳에 있는 유일한 뱃사람에게 산 조르조 마조레 섬으로 건네달라고 부탁해보았지만, 헛일이었다. 다음 배가 한 시간 뒤에나 온다는 말을 듣고 나는 산 마르코 광장에서 기다리고 있을 친구들이 걱정되기 시작했다. 그때 마침 어부의 돛단배가 근처를 지나고 있었고, 나는 간청하여 배를 얻어 탈 수 있었다. 어쨌든 그렇게 해서 짧은 거리이기는 하지만 적어도 한 번쯤 그런 배를 타보게 되었다. 말라모코와 키오자에서 나는 돛단배의 주인들과 자주 잡담을 나누었고, 매일 해수욕을 즐기던 리도에서는 확 트인 바다의 수평선에 보이던 그림 같은 풍경을 즐겼다. 오팔처럼 부드러운 빛을 발하며 진주조개 껍데기처럼 영롱한 라구나 만*을 밤색 돛을 단 묵직한 배가 미끄러지듯이 나아갔고, 나는 생각한 것보다 훨씬 빨리 베네치아에 도착했다. 중간에 나는 뱃사공이 바구니에서 꺼내준 신선한 굴을 먹었는데, 짭짤한 바닷물 간이 밴 그 굴은 정말 맛이 있었다. 그날 아침의 항해에서 내 마음을 사로잡은, 소중했던 추억을 묘사한다는 것은 쉬운 일이 아니다. 말할 수 없이 즐거운 기억으로 남아 있을 뿐이다. 라구나 만이 화창한 날이 어떤지를 아는 사람은 내 말이 이해될 것이다. 잔잔한 물결에 어리는 여러 빛깔의 광채, 짙푸른 창공을 향해서 꿈꾸듯이 높게 솟은 화려한 두칼레 궁의 전면, 도고마Dogoma*의 화려한 지구의地球儀, 그 뒤에 있는 살루테 성당의 우아한 지붕, 바닷물의 상큼한 향기, 빨간 돛의 화려한 색깔과 교차하는 좀더 큰 선박들, 이 모든 것들이 너무도 매혹적으로 아름다워서 마치 꿈을 꾸고 있는 것 같았고, 물 위에 떠 있는 기적의 도시가 마치 구름 위에 뜬 무지개처럼 갑자기 사라져버리지 않을까 두려웠다.

---

* 도가나(Dogana)의 오기(誤記)인 듯하다. 푼타 델라 도가나(Punta della Dogana)는 베네치아의 살루테 성당, 신학교, 옛 세관 건물이 있는 지역을 의미한다.

수많은 노래들에 등장하는 베네치아의 달밤 역시 감동 없이는 회고할 수 없다. 5월의 화창한 어느 저녁 무렵 나는 몇 시간이나 피아체타를 돌아다녔다. 그러다가 성 테오도르의 돌기둥 발치에 앉아 쉬면서 밤하늘에 아직도 남아 있는 푸르스름한 기운을, 그리고 거울 같은 수면에 빛과 그림자가 번갈아가며 어리는 것을 바라보았다. 섬 뒤로 아직 모습을 드러내지 않은 달이 서서히 솟아오르자, 주데카 섬의 지붕 윤곽이 뚜렷이 드러나기 시작했다. 산 조르조 마조레 성당의 아름다운 검은 그림자가 마치 물속에서 나온 환상적이고 신비한 장식물처럼 물 위로 떠올랐다. 하늘이 꿈처럼 아득한 아름다움으로 섬 전체를 들어 올렸다. 그러는 동안 거울처럼 매끄러운 검은 수면은 회색빛 용골^{龍骨} 고랑과 붉고 모난 현등을 이리저리 살짝 비춰주었다. 불분명하고 흐릿한 아름다움 속에서 희미하게 빛나고 있는 이 세계는 마치 마법에서 깨어나기를 기다리듯이 달이 떠오르기를 기다리는 것 같았다. 산 마르코 광장에서는 소야곡의 마지막 악장이 울려 퍼졌고 두칼레 궁의 전면은 두 가지 색의 대리석이 온종일 내리쬐던 햇볕 일부를 간직한 채 희미한 빛을 반사하고 있었다.

그때 훤히 빛나는 커다란 달이 산 조르조 마조레의 종탑 바로 옆에서 솟아올랐다. 하얀 달빛이 탑과 성당 지붕 위에 뿌려졌다. 수면이 부드러운 달빛으로 덮이고, 지나가는 범선들이 일으키는 작은 물결은 빛을 발하며 반짝였다. 나는 가장 가까운 곤돌라에 뛰어올라 사공에게 대*수로로 천천히 노를 저어 가달라고 말했다. 악단이 연주하는 배 한 척이 살루테 성당 너머, 차테레와 주데카 사이의 라구나 만에 떠 있었는데, 약하지만 음악 소리가 들렸다. 바이올린과 기타 소리는 수로 양편의 높고 적막한 저택들보다 훨씬 생기 있고 활기가 넘쳤다. 흐릿하게, 달빛을 받으며 따스한 밤하늘에 서 있는 저택은 단단한 박공牘栱 지붕의 윤곽을 검푸른 하늘에 드러내고 있었다. 이 저택 중 세 개의 창문에 불이 밝혀져 있었는데, 그곳에서 어느 여인의 아름다운 노랫소리가 흘러나왔다. 나는 곤돌라를 세웠고, 잠시 밤과 달빛에, 이렇게 감상적이고 아름다운 시간에 잘 어울리는 노래에 취하고 말았다. 그런 다음 피아체타로 돌아와서 산 조반니 에 파올로 성당을 다음 목적지로 정했다. 곤돌라는 잠자듯이 고요한 수면 위를 미끄러지듯이 지나서 탄식의 다리Ponte dei Sospiri* 아래를 지났다. 옆으로 휘어진 수로에서 나오는 곤돌라와 부딪칠 수도 있었기 때문에 주의를 주기 위해서 사공이 내는 이상한 외침은, 외지인으로서는 알아듣기 힘든, 거의 노래에 가까운 것이었다. 그 외침은 죽은 듯이 정적에 휩싸인 밤의 골목과 수로에 울려 퍼졌다. 나는 산 조반니 에 파올로에 몇 분간 서 있었다. 피아체타는 달

---

* 16세기에 지어진, 두칼레 궁과 감방을 이어주는 다리로, 재판을 받고 감방으로 가는 죄수들이 한숨을 쉬던 곳이라고 해서 '탄식의 다리'라고 불린다.

빛으로 환했고, 산 마르코 대신도 회당의 전면은 유난히 눈에 들어왔다. 콜레오니의 놀라운 기마상은 장엄하게 하늘을 향해서 우뚝 서 있었다. 15세기에 완성된 그 굉장한 동상은 대담한 아름다움을 지니고 있어, 온화하고 음악적인 아름다움만을 보여주는 여타의 베네치아와는 커다란 대조를 이루어 지금도 내 기억 속에 특별한 것으로 남아 있다.

라벤나를 예외로 하고, 내가 이탈리아에서 가본 모든 도시들 가운데 베네치아는 위대한 과거의 몰락에 대한 서글픈 생각을 불러일으키면서도 다른 어떤 도시보다도 수 세기에 걸쳐 변치 않는 풍성한 아름다움을 간직한 도시였다. 그곳에는 아주 독특하고 특별난 삶의 마술, 빛나는 라구나 만, 여인들의 아름다움, 곤돌라의 매혹적인 감성이 그대로 남아 있다. 나는 베네치아 황금시대의 예술품이 우리에게 말해주는, 태양과 바다가 어떤 역사보다도 더 본질적인 삶과 현재의 삶이 이렇게 훌륭하게 조화를 이룬 곳은 다른 어디에서도 보지 못했다.

난쟁이

Der Zwerg

어느 날 저녁, 노老시인 체코*가 부둣가에서 이야기를 시작했다.

여러분, 괜찮다면 오늘 아름다운 여성과 난쟁이, 사랑의 묘약, 신의
와 배신, 사랑과 죽음에 관한 이야기를 하나 하겠습니다. 갖가지 모
험과 사건이 가득한 이야기입니다.

귀족인 바티스타 카도린의 딸 마르게리타 카도린 아가씨는 당대
베네치아에서 가장 아름다운 여성이었습니다. 그녀를 칭송하는 시
와 노래는 대수로에 줄지어 서 있는 저택들의 아치형 창문보다도,
봄날 저녁에 폰테 델 빈과 도가나 사이를 오가는 곤돌라의 수보다도
더 많을 정도였습니다. 베네치아나 무라노, 심지어 파도바에서 온 많
은 귀족들이 밤에 눈만 감았다 하면 그녀에 관한 꿈을 꾸었고 아침

---

* 체코 안졸리에리(1260-1310/1313). 단테와 동시대에 활동한 이탈리아의 시인.

에 눈을 뜨면 그 모습을 보고 싶어서, 그 도시의 젊은 여성들 치고 마르게리타 카도린을 질투하지 않는 사람이 없을 정도였습니다. 나로서는 그녀의 모습을 묘사하기가 힘든 일이기 때문에 그녀가 금발에다 키가 크고 어린 측백나무처럼 날씬했다는 것 그리고 티치아노*가 그녀를 보자 1년 내내 그녀만 그리고 싶다고 했다는 것만 말하겠습니다.

드레스나 레이스, 비잔틴 금박을 올린 비단, 보석이나 장신구 그 어느 것도 이 미인에게는 부족한 것이 없었고, 오히려 그녀의 저택은 날이 갈수록 더 화려해지고 부유해졌습니다. 발밑에는 소아시아에서 가져온 화려하고 두툼한 양탄자가 깔렸고 장식장에는 은그릇이 잔뜩 쌓였고, 탁자는 고급 다마스크 직물과 훌륭한 도자기로 빛이 났습니다. 거실 바닥은 아름다운 모자이크로 되어 있었고 천장과 벽은 일부는 금박과 비단으로 된 고블랭 직물, 일부는 아름답고 경쾌한 채색화로 장식되어 있었습니다. 하인뿐 아니라 곤돌라와 사공들도 넘칠 정도로 많았습니다.

하지만 비싸고 좋은 물건들은 다른 집에도 있었습니다. 그녀의 저택보다 훨씬 더 크고 부유한 저택들도 많았고 더 가득한 장식장, 더 비싼 식기, 양탄자, 장식품 등도 있었습니다. 베네치아는 당시 정말

---

* 티치아노 베첼리오(1488/1490–1576). 르네상스 시대에 활약한 화가. 주로 신화적 소재나 종교적 주제의 작품을 그렸다.

로 부유했습니다. 하지만 젊은 마르게리타만이 소유하고 있어서 많은 부자들의 시기심을 불러일으키는 보물이 있었는데, 바로 필리포라는 이름의 난쟁이로, 키가 3엘레도 안될 만큼 작고 등에 두 개의 혹이 있는 이상하게 생긴 작은 사나이였습니다. 필리포는 키프로스 태생으로, 주인인 비토리아 바티스타가 여행에서 집으로 데려왔을 때는 그리스어와 시리아어밖에 몰랐지만, 이제는 마치 리바 강가나 산 조베 성당의 교구에서 태어난 사람처럼 베네치아 말을 유창하고 정확하게 할 수 있었습니다.

주인은 너무 아름답고 날씬한데 난쟁이는 흉했기 때문에, 그의 기형적인 용모와 비교되어 그녀는 두 배 더 크고 당당해 보였습니다. 마치 어부의 움막 옆에 높은 성당의 종탑이 있는 것 같았습니다. 난쟁이의 두 손은 주름지고 거무스름하고 관절이 휘었고, 걸음걸이는 우스꽝스럽고, 코는 너무 크고, 발은 너무 넓은 데다가 안짱다리였습니다. 하지만 마치 영주처럼 진짜 비단에 금실로 짠 옷을 입고 다녔습니다.

이런 외모만으로도 난쟁이는 보물과 같은 존재가 되기에 충분했고, 베네치아뿐 아니라 이탈리아나 밀라노 전체를 다 뒤져봐도 그만큼 기이하고 익살맞게 생긴 인물은 찾을 수 없을 것 같았습니다. 그래서 많은 군주들, 귀족 또는 특권층 사람들이 만약 그 난쟁이를 팔기만 한다면 천금을 주고라도 사고 싶어했습니다.

다른 부유한 도시에 그만큼 작고 추하게 생긴 난쟁이가 있었을지 모르겠지만, 지능과 재주에서 필리포를 따를 자는 결코 없을 것입니다. 지혜만으로 따지자면 그 난쟁이는 10인회*의 의원 자리에 앉거나 대사로 임명될 수도 있을 정도였습니다. 그는 세 가지 언어에 능통할 뿐 아니라 역사나 조언, 발명에도 재주가 있었고, 옛이야기를 마치 새로운 이야기처럼 할 줄도 알고 충고나 악평을 서슴지 않았고, 원한다면 누구라도 금방 웃기거나 절망에 빠트릴 수도 있었습니다.

화창한 날이면 여주인은 당시의 유행을 좇아 멋진 머리카락을 햇볕에 그을리기 위해서 발코니에 나와 앉았는데, 그럴 때마다 항상 하녀 둘과 아프리카 앵무새, 난쟁이 필리포를 동반했습니다. 하녀들은 아가씨의 긴 머리를 물로 축여서 빗질을 한 다음, 탈색이 되도록 챙이 넓은 모자 위에 펼쳐놓고 그 위에 장미 이슬과 그리스에서 가져온 향수를 뿌리고 도시에서 이미 일어난 일과 막 일어나려는 일을 이야기했습니다. 장례식과 잔치, 결혼과 출산, 도난 사건이나 우스운 사건들에 관한 이야기들이었습니다. 앵무새는 아름다운 빛깔의 날개를 퍼덕이며 세 가지 재주를 부렸습니다. 또한 노래를 부르고, 염소 울음소리를 내고 "안녕히 주무세요"라고 했습니다. 난쟁이는 그 옆에서 햇빛 아래에 가만히 웅크리고 앉아 하녀들의 수다나 날아다

---

* 10인 위원회(Consiglio dei Dieci), 줄여서 10인회(i Dieci). 1310년부터 1797년까지 존재했던 베네치아 공화국의 정치 조직.

니며 귀찮게 구는 하루살이에는 별 관심이 없는 듯이 옛날 책만 읽고 있었습니다. 그렇게 얼마의 시간이 흐르면 언제나처럼 앵무새는 졸다가 하품을 하고 잠들어버렸고, 하녀들 역시 차츰 천천히 지껄이다가 마침내 입을 다물고 조용히 지친 몸짓으로 시중만 들었습니다. 그럴 것이 한낮의 태양이 베네치아의 저택 발코니보다 더 뜨겁게 내리쬐는 곳이 또 어디 있겠습니까! 그러면 아가씨는 언짢아져서 하녀들이 머리카락을 너무 말리게 내버려두었다가, 서투르게 다룬다는 이유로 심하게 야단을 쳤습니다. 그러다가 마침내 이렇게 소리를 질렀습니다. "저 책을 뺏어버려!"

하녀들이 필리포의 무릎에서 책을 빼앗아가면 그는 화가 나서 올려보았지만, 곧 마음을 가라앉히고 주인에게 무엇을 원하는지 공손하게 물었습니다.

그러자 그녀가 말했습니다. "이야기를 해줘."

그러면 필리포는 "생각을 좀 해보겠습니다"라고 말하고 생각에 잠겼습니다.

시간을 너무 오래 끌면 그녀는 큰 소리로 꾸짖었지만, 그럴 때마다 그는 몸에 비해 너무도 큰 머리를 아무렇지도 않게 흔들며 침착하게 대답했습니다. "아가씨께서는 좀더 인내심을 가지셔야 합니다. 좋은 이야기는 귀한 들짐승과 같습니다. 숨어 있기 때문에 찾으려면 계곡과 산의 입구에 오래 숨어서 기다려야 합니다. 생각할 시간을 주십시오."

　충분히 생각을 한 후에 일단 이야기를 시작하면, 그의 이야기는 끝이 날 때까지 마치 산을 내려오면서 작은 풀잎에서 둥그런 창공까지 모든 것들을 비추는 강물처럼 그렇게 막힘없이 흘러갔습니다. 앵무새는 가끔 휘어진 부리로 딱딱 소리를 내면서 꿈을 꾸며 잠들었고, 집의 그림자는 좁은 수로가 너무도 잔잔해서 벽처럼 움직이지 않았고, 태양은 평평한 지붕 위를 내리쬐고 하녀들은 졸음을 참으면서 빗질을 계속했습니다. 하지만 난쟁이는 졸지 않고 마술사가 되고 왕이 되어 마술을 시작했습니다. 그는 해를 지워버렸고 귀를 기울이고 있는 아가씨를 때로는 검고 무시무시한 숲으로, 때로는 푸르고 차가운 바다로, 때로는 낯설고 신비한 도시의 거리로 데려갔습니다. 그가 동방에서 이야기하는 법을 배운 덕분인데, 그곳에서는 이야기꾼들이 막강하고 마술에도 능해서 마치 아이가 공을 가지고 놀듯이 듣는 사람의 영혼을 가지고 놀기 때문이었습니다.

　그의 이야기는 결코 낯선 나라에서 시작되는 법이 없었습니다. 거기에서는 듣는 사람의 영혼이 자신의 힘에서 벗어나 마음대로 날아가버릴 수 있거든요. 오히려 그는 우리가 항상 눈으로 볼 수 있는 것, 금팔찌라든가 비단 스카프같이 가까이에, 그 자리에 있는 것으로 시작을 했고, 주인 아가씨의 상상력을 자신이 원하는 방향으로 눈치채지 못하게 이끌었습니다. 그러면서 그런 보물의 옛 소유자들, 주인,

매각자들에 관한 이야기로 시작했기 때문에, 자연스럽게, 천천히 흘러나오는 그의 이야기는 저택의 발코니에서 상인들의 범선으로, 그 범선이 정박한 항구와 배, 이 세상의 끝까지 마음대로 넘나들었습니다. 그의 이야기를 듣는 사람은 마치 자신이 항해를 하고 있는 것 같았고, 베네치아에 가만히 앉아 있는데도 마음은 멀리 유쾌하게 혹은 불안하게 먼바다를, 신비스러운 나라를 돌아다니게 되었습니다. 필리포는 그런 식으로 이야기를 했습니다.

대부분이 동방에 관한 그런 신비한 옛이야기 외에도 그는 과거나 혹은 최근에 실제로 있었던 모험과 사건들에 관해서도 이야기를 했는데, 예를 들면 아이네이아스 왕의 항해와 고난, 키프로스 섬의 왕국과 요하네스 왕, 마법사 베르길리우스, 아메리고 베스푸치*의 놀라운 여행에 관한 것이었습니다. 그뿐 아니라 아주 이상한 이야기를 직접 만들어내기도 했습니다. 어느 날 졸고 있는 앵무새를 바라보면서 주인이 그에게 물었습니다. "너는 만물박사니까 내 새가 지금 무슨 꿈을 꾸고 있는지 알지?" 그러자 그는 잠깐 생각하더니 마치 자신이 앵무새인 것처럼 곧 길고 긴 꿈에 관해서 이야기를 시작했습니다. 그의 꿈 이야기가 끝나는 순간 앵무새가 잠에서 깨어나 염소 같은 소리를 내며 날개를 퍼덕였습니다. 그러자 아가씨가 작은 돌을

---

* 아메리고 베스푸치(1454~1512). 피렌체 출신의 모험가로, 아메리카 대륙의 이름의 기원이다.

집어들어 발코니의 난간 너머로 던지고, 수로의 물에 풍덩 빠지는 소리가 나자 이렇게 물었습니다. "자, 필리포, 내가 던진 돌은 지금 어디를 가고 있지?" 그 질문에 난쟁이는 곧 그 돌멩이가 물속에서 해파리, 물고기, 게, 굴, 난파된 배와 물의 정령, 인어와 만나는 광경을 이야기하기 시작했습니다. 그는 물속의 삶과 사건들을 잘 알았을 뿐 아니라 상세하게 묘사할 줄도 알았습니다.

부유하고 아름다운 여성들이 대부분 그렇듯이 마르게리타는 거만하고 냉정했지만, 난쟁이에게는 대단한 애정을 가지고 있었고, 누구든지 난쟁이에게 친절하고 예의 바르게 행동하도록 했습니다. 때로 그를 약간 고통스럽게 만드는 장난을 칠 때도 있었지만, 그는 그녀의 소유물이었습니다. 그녀는 책을 전부 뺏기도 하고 앵무새 새장 안에 가두기도 하고 홀의 바닥에 걸려 넘어지게 만들기도 했습니다. 나쁜 의도는 아니었고 필리포 역시 불평을 한 적이 한 번도 없었지만, 어느 것 하나도 잊지 않고 있다가 나중에 그가 들려주는 우화나 동화 속에다 약간의 풍자나 암시를 더했는데, 그럴 때면 아가씨는 그를 가만히 내버려두었습니다. 그녀는 난쟁이를 너무 자극하는 일은 피했는데, 모두들 난쟁이가 비밀스러운 지식과 금지된 재주를 가지고 있다고 믿은 까닭입니다. 그가 여러 동물들과 이야기하는 재주를 가졌고 날씨나 폭풍우를 정확하게 예보할 수 있다고 누구나 확신했습니다. 그런 사실에 관해서 누군가 집요하게 물어보면 그는 대개 침묵하거나 굽은 어깨를 움칠하고 한쪽으로 기운 무거운 머리를 흔들어댔기 때문에, 물어본 사람은 웃느라고 관심사를 그만 잊어버리게 되었습니다.

사람은 누구나 살아 있는 존재에 애착을 느껴 사랑을 보여주려는 욕구가 있고, 필리포도 예외는 아니었습니다. 그에게는 책 이외에 아주 특별한 친구가 있었는데, 바로 그의 재산으로 잠도 함께 자는 강아지였습니다. 마르게리타에게 거절당한 어느 구혼자가 그녀에게 선물한 강아지였는데, 특별한 사정 때문에 필리포에게 오게 되었습니다. 그 집에 온 첫날, 운이 나빴던 강아지가 갑자기 내리닫이창에 낀 것입니다. 다리가 부러져 거의 죽게 된 강아지를 필리포가 특별히 간청해서 맡게 되었습니다. 그의 극진한 간호로 살아난 강아지는 고마워서 은인을 따라다녔습니다. 그런데 다리가 낫긴 했어도 휘어졌기 때문에 강아지는 절뚝거리게 되었고, 그로 인해서 불구인 주인과 잘 어울리게 되어 필리포는 더욱 놀림거리가 되었습니다.

난쟁이와 강아지 사이의 이 사랑이 사람들에게는 우스꽝스럽게 보였지만, 둘의 숨김없고 진심 어린 사랑은 변함이 없었습니다. 아무리 부유한 귀족이라도 친한 친구에게 필리포의 절름발이 볼로냐 강아지만큼이나 진실한 사랑은 받아보지 못했을 것입니다. 필리포는 강아지를 필리포노라고 불렀고, 곧 피노라는 애칭으로 부르면서 마치 어린아이 다루듯이 다정하게 보살폈습니다. 그는 강아지와 이야기하고 맛있는 음식도 가져다주고 작은 침대에서 함께 자기도 하고 많은 시간을 함께 놀아주는 등 그야말로 처량하고 마음 붙일 곳 없는 삶에서 온갖 사랑을 그 영리한 동물에게 쏟아부었고, 그랬기 때문에 하녀나 주인이 심하게 놀려대는데도 꾹 참을 수 있었습니다. 하지만 여러분은 곧 이 애정을 우습게 볼 수 없게 될 것입니다. 바로 이 애정 때문에 피노와 난쟁이뿐만 아니라 이 집 전체에 엄청난 불행이 일어난 까닭입니다. 사소한 절름발이 개에 관한 이야기를 너무 오래 늘어놓아서 짜증스러울 수 있지만, 아주 하찮은 일로 크고 심각한 운명이 바뀌는 사례는 적지 않습니다.

신분이 높고 부유하고 잘생긴 많은 남자들이 마르게리타에게 시선을 빼앗겨 그녀의 모습을 마음에 두었지만, 그녀는 마치 이 세상에 남자는 아예 없는 것처럼 거만하고 냉정했습니다. 귀스티니아니 가문의 돈나 마리아^{Donna Maria}*로서, 엄격한 어머니 아래에서 자란 것 때문만이 아니라 천성적으로 오만하고 사랑을 거부하는 성격인 까닭이었습니다. 그래서 그녀는 베네치아에서 가장 무자비한 미인이 되고 말았습니다. 파도바에서 온 어느 젊은 귀족은 그녀 때문에 밀라노의 어느 장교와 결투를 하다가 그만 아까운 목숨을 잃고 말았습

---

* 이탈리아어로 여성이라는 뜻.

니다. 하지만 그 소식은 물론이고 그가 죽어가면서 그녀에게 남긴 한 말을 전해 듣고도 그녀의 하얀 얼굴에는 작은 그림자 하나 나타나지 않았습니다. 그녀는 또한 자신을 향한 소네트를 항상 비웃고, 그 도시의 최고 명문가 출신의 두 젊은이가 정중하게 구혼하자 부친이 간곡하게 반대하고 설득했음에도 불구하고 양쪽을 모두 거절해서 집안 간의 지루한 분쟁까지 불러왔습니다.

하지만 날개 달린 작은 사랑의 신은 장난꾼이어서 노획물, 특히 그런 미인을 그냥 놓아주지 않습니다. 가까이할 수 없는 콧대 높은 여성이 갑작스럽고 격렬하게 사랑에 빠지는 경우를 우리는 종종 보게 되는데, 그것은 겨울이 혹독하게 추우면 봄은 대개 그만큼 따뜻하고 온화한 것과 같습니다. 무르나우 축제가 한창인 어느 날, 마르게리타는 레반테에서 돌아온 젊은 기사騎士에게 마음을 빼앗기고 말았습니다. 그의 이름은 발다사레 모로시니로, 귀족도 아니고 당당한 모습도 아니었습니다. 그녀는 밝고 경쾌했지만, 그는 어둡고 강해 보였습니다. 그를 보면 오랫동안 바다와 낯선 나라에서 지내다가 왔고, 모험가라는 것을 알 수 있었습니다. 갈색으로 그을린 그의 이마 위로는 생각이 번개처럼 스쳤고 매서운 매부리코 위에서는 검은 두 눈이 뜨겁고 날카롭게 불타고 있었습니다.

그 역시 마르게리타가 금방 눈에 띄었고 이름을 알자마자 곧 그녀의 아버지와 그녀에게 극히 공손하고 기분 좋은 말로 자신을 내보이려고 애썼습니다. 한밤중까지 계속된 축제의 마지막 순간까지 그는 예의에 어긋나지 않을 정도로 그녀 곁에 머물렀고, 그녀는 복음을 들을 때보다도 더 열심히 그의 말에 귀를 기울였습니다. 어쩔 수 없이 발다사레는 그의 여행과 모험을 여러 번 이야기해야만 했는데, 매우 예의 바르고 유쾌하게 이야기를 이어갔기 때문에 누구나 귀 기울여 듣고 싶어했습니다. 실제로 그의 이야기들은 모두 단 한 사람, 그녀만을 위한 것이었고, 그녀 역시 한마디라도 놓칠세라 열심히 들었습니다. 그는 아주 기이한 모험을 누구나 이미 체험해본 사건처럼 아무렇지 않게 이야기했고, 여느 뱃사람이나 젊은이들과 달리 자신을 별로 내세우지 않았습니다. 단 한 번 아프리카의 해적들과 싸운 이야기를 할 때만은 왼쪽 어깨에 심한 부상을 당한 이야기로 마르게리타를 놀라게 했습니다. 그녀는 이야기에 빠져 숨을 죽이고 귀를 기울였습니다.

　마지막에 그는 부녀를 곤돌라까지 배웅하며 작별하고, 계속 그 자리에 서서 어두운 석호(潟湖)를 빠져나가는 곤돌라의 횃불을 눈으로 좇았습니다. 불빛이 드디어 시야에서 사라지자 그는 친구들이 있는 정자로 돌아갔는데, 그곳에서는 젊은 귀족들과 아름다운 몇몇 처녀들이 황색 그리스 포도주와 빨갛고 달콤한 알케르메스를 마시면서 밤을 보내고 있었습니다. 그 친구들 중에는 베네치아에서 가장 부유하고 활동적인 청년 잠바티스타 젠타리니도 있었습니다. 그가 발다사레에게 다가와 팔을 잡고 웃으며 말했습니다. "오늘 밤 자네의 그 모험담을 듣기를 내가 얼마나 고대했는지 알아? 아름다운 카도린 양이 자네의 마음을 빼앗아가니 이제야 해결이 됐어. 그런데 그 아름다운 아가씨는 목석 같아서 감정이라고는 없는 사람이라는 것 알아? 그녀는 마치 조르조네*의 그림하고 같아. 그 그림의 여자들은 완벽하지만, 살도 피고 없고, 단지 눈만 즐겁게 해줄 뿐이야. 진심으로 충고하는데 그녀를 멀리하게. 세 번째로 거절당하는 청혼자가 되어 카도린 집안 하인들의 웃음거리가 되고 싶지는 않겠지?"

하지만 발다사레는 웃기만 할 뿐 변명할 필요를 느끼지 못했습니다. 그는 향기로운 키프로스산 포도주를 몇 잔 비우더니 남들보다 일찍 집으로 향했습니다.

다음 날 그는 적당한 시간에 마르게리타의 부친의 아름답고 자그마한 성을 방문하여 온갖 방법으로 기분 좋게 만들어 호감을 사려고 애를 썼습니다. 그리고 저녁에는 가수들과 악사들을 여럿 불러 아름다운 여인에게 세레나데를 선사했는데 성공적이었습니다. 그녀가 창가에 서서 귀 기울여 들었고, 잠깐이기는 하지만 발코니로 나오기까지 했습니다. 당연히 이 소식은 도시 전체에 퍼졌고 모로시니가 마르게레타의 부친에게 청혼하러 갈 때 입고 갈 옷을 준비하기도 전에

---

* 조르조 바르바렐리(1478–1510). 베네치아 파(派)를 발전시킨 이탈리아의 화가.

건달과 수다쟁이들이 벌써 약혼과 결혼식에 관해서 떠들기 시작했습니다. 그는 청혼하러 갈 때 자신이 아니라 친구 한두 명을 보내는 당시의 관습을 무시했습니다. 무엇이든 아는 체하고 나서는 말 많은 자들은 그들의 예언이 맞는 것을 보았습니다.

발다사레가 마르게리타의 부친에게 사위가 되고 싶다는 희망을 밝히자 노인은 적잖이 당황했습니다.

"젊은이, 자네의 청혼이 우리 집에 가져올 명예를 하찮게 생각하는 것은 절대 아닐세. 하지만 부탁하건대 뜻을 거두어주게나. 그렇지 않으면 자네와 나는 큰 근심과 어려움에 처하게 될 것이야. 자네는 베네치아를 오래 떠나서 여행했기 때문에 저 불행한 아이가 아무이유 없이 두 번이나 훌륭한 청혼을 거절해서 나를 얼마나 난처하게 만들었는지 모를 걸세. 그 아이는 사랑이나 남자에게 관심이 없다네. 그리고 솔직하게 말하자면 좀 버릇없이 키워왔기 때문에 갑자기 엄하게 다뤄 그 아이의 고집을 꺾기에는 내 마음이 너무 약하다네."

발다사레는 정중하게 귀 기울여 듣고 나서도 여전히 청혼을 철회하지 않았고 오히려 걱정하는 노인을 위로하며 마음을 진정시켜 주려고 갖은 애를 썼습니다. 마침내 노인은 딸과 얘기해보겠다고 약속을 했습니다.

아가씨의 대답이 어떨지는 알 만했습니다. 자존심을 세우기 위해서 반대를 좀 하면서 아버지 앞에서 숙녀 티를 냈지만, 실은 물어보기도 전에 이미 마음속으로는 허락을 한 상태였습니다. 그녀의 대답을 듣자마자 발다사레는 훌륭하고 귀한 선물을 가져와서 약혼녀의 손가락에 금반지를 끼워주고 그녀의 아름답고 거만한 입술에 처음으로 입을 맞추었습니다.

이제 베네치아 사람들에게는 구경하고 떠들어대고 부러워할 대상이 생겼습니다. 그렇게 화려한 한 쌍은 본 적이 없었습니다. 두 사람 모두 키가 크고 잘 자랐는데, 신부가 신랑보다 별로 작지 않았습니다. 그녀는 금발, 그의 머리는 검은색인데 두 사람 모두 고개를 귀족처럼 높고 당당하게 들었기 때문에 자부심은 누구에게도 뒤지지 않았습니다.

화려한 신부에게 단 한 가지 마음에 걸리는 것이 있었는데, 약혼자가 중요한 일을 직접 마무리하기 위해서 곧 키프로스에 한 번 더 다녀와야 한다는 사실이었습니다. 온 도시가 이미 공식적인 축제일로 고대하고 있는 결혼식은 결국 그가 돌아온 이후로 정해졌습니다. 그동안 신부 측 사람들은 행복을 마음껏 누렸습니다. 발다사레는 여러 가지 선물, 세레나데, 깜짝 행사 등을 부족함 없이 준비했고, 어디를 가든 마르게리타와 함께 갔습니다. 두 사람은 엄격한 관습을 어기고 몰래 둘이서만 함께 곤돌라를 타고 돌아다니기도 했습니다.

버릇없이 자란 젊은 귀족 처녀가 그렇지만 마르게리타는 거만하고 약간 몰인정했으며, 약혼자는 천성적으로 거칠고 다른 사람은 별로 생각할 줄 모르는 데다가 항해 생활과 이른 출세로 인해서 더욱 거친 성격이었습니다. 그는 청혼자로서 점잖고 정중한 사람인 척했지만, 목적을 이루고 나자 점점 더 본성과 충동에 따라서 행동했습니다. 천성이 거칠고 권위적인데 배를 타고 부유한 상인이 되자, 습관적으로 마음대로 행동하고 다른 사람들은 아랑곳하지 않게 된 것입니다. 이상하게도 그는 처음부터 약혼녀 주변의 여러 가지가 거슬렸는데, 특히 앵무새와 강아지 피노, 난쟁이 필리포가 그랬습니다. 그들을 볼 때마다 화가 났기 때문에 그들에게 못살게 굴어 마르게리타에게서 떼어놓으려고 했습니다. 그래서 그가 집에 나타나 그의 큰 목소리가 집의 나선형 계단에 울려 퍼질 때마다 강아지는 짖어대면서 도망을 갔고, 앵무새는 소리를 지르며 날개를 펄럭대기 시작했고, 난쟁이는 입술을 꽉 다문 채로 고집스럽게 아무 말 없이 침묵했습니다. 정확하게 말해서 마르게리타는 동물들은 몰라도 난쟁이 필리포만은 때때로 감싸주려고 했지만, 약혼자를 화나게 할 수 없기 때문에 여러 가지 사소한 학대나 잔인한 행동을 나서서 막을 수도, 막을 마음도 없었습니다.

앵무새가 가장 먼저 비참한 최후를 맞았습니다. 어느 날 모로시니가 또 앵무새에게 못살게 굴면서 막대기로 쿡쿡 찔러대자 성이 난 앵무새는 날카로운 부리로 그의 손을 강하게 물어 손가락 하나에서 피가 나게 만들었습니다. 그는 결국 새의 목을 부러트렸습니다. 그는 새를 집 뒤의 좁고 어두운 수로로 던졌는데, 슬퍼하는 사람은 아무도 없었습니다.

얼마 되지 않아 강아지 피노에게도 불행이 닥쳤습니다. 어느 날 여주인의 약혼자가 집에 들어서자 피노는 그가 가까이 오면 눈에 띄지 않으려고 평상시처럼 계단의 컴컴한 구석으로 가서 숨었습니다. 하지만 발다사레는 하인에게 믿고 시킬 수 없는 뭔가를 곤돌라에 두고 온 것이 생각나서 갑자기 그것을 가지러 계단을 내려가게 되었습니다. 놀란 피노가 두려움에 큰 소리로 짖으며 갑작스럽게 튀어나왔고, 그 바람에 하마터면 그는 계단에서 구를 뻔했습니다. 넘어지지 않으려고 비틀거리며 그는 강아지와 동시에 바닥에 내려섰고, 겁에 질린 강아지는 몇 개의 넓은 돌계단이 수로로 이어진 현관 쪽으로 도망쳤는데, 발다사레가 심한 욕설을 퍼부으면서 쫓아가자 불쌍한 강아지는 물에 빠지고 말았습니다.

그 순간 피노의 비명을 들은 난쟁이가 현관 입구에 나타나 겁에 질려 헤엄치려고 안간힘을 쓰고 있는 강아지를 웃으며 바라보고 있는 발다사레 옆에 와 섰습니다. 동시에 마르게리타도 시끄러운 소리에 2층의 발코니로 나왔습니다.

"제발 곤돌라를 보내주세요." 필리포가 그녀에게 숨 가쁘게 말했습니다. "아가씨, 빨리 강아지를 구해주세요. 물에 빠져 죽어가요. 오, 피노, 피노."

하지만 발다사레는 웃으면서, 곤돌라 줄을 풀려는 사공에게 그만 두라고 명령했습니다. 필리포는 여주인에게 다시 한번 도와달라고 애원했지만, 마르게리타는 아무 말 없이 발코니를 떠났습니다. 그러자 난쟁이는 가해자 앞에 무릎을 꿇고 강아지의 목숨을 구해달라고 애원했습니다. 하지만 발다사레는 화를 내고 돌아서서 필리포더러 어서 집 안으로 들어가라고 명령하고 허우적대는 피노가 물속에 가라앉을 때까지 계단에 서서 바라보았습니다.

필리포는 지붕 아래 꼭대기 층으로 올라갔습니다. 그는 구석에 웅크리고 앉아 두 손으로 커다란 머리를 괴고 앞만 응시했습니다. 그를 아가씨에게 데려가려고 하녀가 올라왔고 그 뒤에는 시종이 부르러 왔지만, 그는 꼼짝도 하지 않았습니다. 저녁 늦게까지 그가 계속 그곳에서 내려오지 않자 마침내 여주인이 몸소 등불을 들고 왔습니다. 그녀는 난쟁이 앞에 서서 잠시 그를 바라보았습니다.

"왜 안 일어나는 거지?" 그녀가 물었습니다. 그는 대답하지 않았습니다. "왜 안 일어나는 거야?" 그녀가 다시 한번 물었습니다. 그러자 난쟁이는 잠시 그녀를 바라보더니 나지막이 말했습니다. "왜 내 강아지를 죽였나요?"

"내가 그러지 않았어." 그녀의 변명이었습니다.

"피노를 구할 수 있었는데 죽게 내버려두었어요. 오, 내 소중한 피노, 오, 피노!"

화가 난 마르게리타는 그를 꾸짖고 어서 가서 자라고 명령했습니다. 그는 한마디 말도 없이 명령에 따랐지만, 사흘간 마치 죽은 사람처럼 말없이 누워 있었고, 음식에 손도 대지 않고 주위에서 무슨 일이 일어나고 어떤 말들이 오가는지 전혀 신경도 쓰지 않았습니다.

그즈음 젊은 마르게리타는 극도의 불안감에 사로잡혔습니다. 약혼자에 관한 여러 가지 소문이 여기저기에서 들렸기 때문에 그런 이야기를 듣고 무척 고민에 빠지게 되었습니다. 소문은 젊은 모르시니가 여행할 때 평판이 나쁜 바람둥이여서 키프로스와 다른 곳들에 수많은 애인들이 있다는 것이었습니다. 소문은 사실이었고, 마르게리타는 절망과 불안에 빠져 다가오는 약혼자의 여행을 생각하면 괴로운 한숨만 나왔습니다. 결국 그녀는 더 이상 참을 수가 없어서 어느 날 아침 발다사레가 집에 오자, 모든 것들을 말하며 걱정을 숨김없이 털어놓았습니다.

그는 미소를 지었습니다. "사랑스럽고 아름다운 그대가 들은 소문 가운데에는 거짓인 부분도 있지만 대부분은 사실이오. 사랑이란 커다란 파도와 같아서 피할 새도 없이 마음을 앗아버립니다. 하지만 고귀한 집안의 규수인 내 신부에 대한 책임을 잘 알고 있으니 아무 걱정 말아요. 나는 여기저기서 아름다운 여자들을 많이 보았고 여러 번 사랑에 빠지기도 했지만, 아무도 당신과는 비교가 안 됩니다."

그의 힘과 대담성이 마법을 부려 마르게리타는 안정을 되찾았고,

미소를 지으며 강인한 그의 손을 쓰다듬었습니다. 하지만 그와 헤어지자마자 다시 걱정이 다시 밀려와 안절부절못하게 되었습니다. 지나칠 정도로 거만하던 아가씨가 이제 사랑의 남모르는 불안한 고통과 질투심을 경험하게 되었고, 비단 이불 속에서 밤새도록 제대로 잠을 이루지 못했습니다.

괴로운 나머지 그녀는 난쟁이 필리포를 다시 찾았습니다. 필리포는 그동안 옛 모습을 되찾았고 강아지 피노의 비참한 죽음은 이제 완전히 잊어버린 듯했습니다. 그는 다시 예전처럼 발코니에 앉아 책을 읽고 마르게리타가 머리를 햇볕에 그을리는 동안 이야기를 들려주기도 했습니다. 단 한 번 그녀가 그때의 사건을 기억해냈습니다. 뭘 그렇게 깊게 생각했는지 그녀가 묻자 그가 기묘한 목소리로 이렇게 말했습니다. "아가씨, 제가 살아서일지 죽어서일지는 몰라도 곧 떠나게 될 이 집이 복을 받기 바랍니다." 그녀가 물었습니다. "그게 무슨 소리야?" 그러자 그가 이상하게 어깨를 으쓱하고는 말했습니다. "아가씨, 저는 압니다. 새도 떠나고 강아지도 떠났으니 난쟁이가 여기서 무얼 합니까?" 그녀는 다시는 그런 말을 못 하게 했고, 그 역시 더 이상 그런 이야기를 하지 않았습니다. 그래서 마르게리타는 그가 더 이상 그런 일을 생각하지 않는다고 믿었고, 그를 완전히 신뢰하게 되었습니다. 더구나 그녀가 걱정거리를 이야기할 때마다 그는 발다 사레를 감싸주어서 아직도 그에게 원한을 품고 있다고 생각하지 못했습니다. 그는 아가씨의 굉장한 우정을 다시 얻었습니다.

바다에서 약간 서늘한 바람이 불어오는 어느 여름날 저녁, 마르게리타는 난쟁이와 함께 곤돌라를 타고 교외로 나갔습니다. 곤돌라가 무라노 근처까지 갔고, 도시가 마치 희미한 꿈의 세계처럼 멀리서 반짝이며 빛나는 석호 위에 떠 있게 되자 그녀는 필리포에게 이야기를 하나 하라고 했습니다. 그녀는 검은 쿠션 위에 몸을 쭉 뻗었고, 난쟁이는 곤돌라의 높은 뱃머리를 등지고 그녀 맞은편 바닥에 웅크리고 앉았습니다. 태양은 먼 산 능선 위에 걸려 있는데, 분홍빛 노을 때문에 산은 잘 보이지 않았습니다. 더위에 지친 사공은 반쯤 졸면서 느릿느릿 긴 노를 저었고, 구부린 그의 모습은 곤돌라와 더불어 해초가 일렁이는 물속에 비쳤습니다. 때때로 화물선이나 삼각형 돛을 단 어선이 가까이서 지나갔는데, 뾰족한 삼각의 끝이 멀리 있는 도시의 종탑을 가렸습니다.

"이야기 하나 해줘." 마르게리타가 명령하자 필리포는 무거운 머리를 숙이고 비단 연미복에 달린 금술 장식을 만지작거리며 잠시 생각하더니 이야기를 시작했습니다.

"저의 부친은 제가 태어나기 훨씬 전 비잔티움에서 살 때 이상하고 믿기 어려운 사건을 경험한 적이 있습니다. 아버지는 당시 의사이자 어려운 사건의 상담자였는데, 스미르나 지방에 사는 어느 페르시아 사람한테 의술뿐 아니라 마법도 배워서 그 두 가지 훌륭한 지식으로 살아가고 있었습니다. 아버지는 고지식한 분이어서 사기나 아첨 같은 것과는 거리가 멀었고 오직 자신의 기술에만 의존했습니다. 그 때문에 아버지는 많은 사기꾼들과 돌팔이 의사들의 시기를 받아 고통을 받게 되자 오래 전부터 고향으로 돌아올 기회를 간절히 기다렸습니다. 하지만 불쌍한 아버지는 고향의 가족들이 어려운 살림에 허덕이고 있다는 것을 잘 알고 있었기 때문에 이국땅에서 적으나마 돈을 좀 모을 때까지 집으로 돌아갈 수가 없었습니다. 사기꾼들과 무능력자들이 아무런 공도 들이지 않고 부자가 되는 것을 수없이 보면서도 자신의 운이 트일 가능성은 점점 희박해지자 선량한 아버지는 차츰 슬퍼졌고, 남을 속이는 방법 외에는 가난에서 벗어날 길이 없다는 사실에 절망했습니다. 아버지에게 오는 환자가 적지 않았고 어려운 처지에 있는 수백 명을 도와주기도 했지만, 대개 가난하고 비천한 사람들이어서 진료의 대가로 사소한 것을 받는 것까지도 부끄러워하실 정도였습니다.

그런 우울한 상태에서 아버지는 무일푼으로 걸어서 도시를 떠나거나 배에서 일자리를 얻어보기로 작정했습니다. 하지만 점술의 법칙에 따르면 한 달 내로 행운이 생길 가능성이 있어 보였기 때문에 아버지는 한 달만 더 기다리기로 했습니다. 그런데 그런 일이 일어날 기미도 없이 다시 한 달이 후딱 지나갔습니다. 결국 마지막 날 아버지는 슬퍼하며 얼마 안 되는 짐을 꾸려 다음 날 아침에 떠날 준비를 했습니다.

마지막 날 저녁에 아버지는 교외에 있는 바닷가를 이리저리 걸었는데, 그때 얼마나 절망적이었을지 짐작이 됩니다. 해는 이미 저물었고 별들이 창백한 빛을 조용한 바다 위로 비추고 있었습니다.

그때 갑자기 아버지는 가까이에서 아주 슬픈 한숨 소리를 들었습니다. 주위를 이리저리 둘러보았지만, 아무것도 보이지 않았기 때문에 아버지는 그것이 떠나는 것에 대한 무슨 나쁜 징조가 아닐까 두려워졌습니다. 그런데 비탄의 한숨 소리가 더 크게 들려오자 아버지는 소리 내서 물었습니다. "누구요?" 바로 그때 바닷가에서 물이 첨벙대는 소리가 들렸는데, 몸을 돌려보니 희미한 별빛 아래 허연 형체가 물에 떠 있는 것이 보였습니다. 난파당한 사람이거나 헤엄치던 사람이려니 생각한 아버지는 그를 도와주려고 다가갔습니다. 그런데 놀랍게도 거기에는 너무도 아름답고 날씬한, 눈처럼 하얀 물의 요정이 물 밖으로 상체만 내밀고 있었습니다. 더구나 그 요정이 애원하는 목소리로 "혹시 노란 골목에 사는 그리스 마술사 아니신가요?"라고 물었을 때는 말할 수 없이 놀랐습니다.

"그렇소." 아버지가 아주 친절하게 대답했습니다. "무슨 일입니까?"

그러자 젊은 물의 요정은 다시 슬피 울기 시작했고 아름다운 두 팔을 내민 채 한숨을 쉬면서 부탁하기를, 애인에 대한 짝사랑으로 날로 여위어가고 있으니 자신의 처지를 불쌍하게 여겨 강한 사랑의 묘약을 만들어달라고 했습니다. 그러면서 아름다운 눈으로 간절하게 애원하듯이 슬프게 바라보았기 때문에 아버지는 마음이 흔들리지 않을 수 없었습니다. 아버지는 곧 요정을 도와주기로 하고 우선 어떻게 대가를 지불할 것인지 물었습니다. 그러자 그녀는 목을 여덟 번 감을 수 있을 만큼 긴 진주 목걸이로 보답하겠다고 약속했습니다. "하지만 마법의 효과를 확인하기 전까지는 그 보물을 드릴 수 없어요."

아버지는 자신의 기술에 자신이 있었기 때문에 걱정은 조금도 하지 않았습니다. 서둘러 시내로 돌아온 아버지는 그동안 잘 싸놓은 꾸러미를 다시 풀어 주문받은 사랑의 묘약을 될 수 있는 대로 빨리 만들었고, 자정이 지나자마자 요정이 기다리고 있는 해변으로 갈 수 있었습니다. 귀한 액체가 든 작은 병을 내주자 요정은 굉장히 기뻐하면서 약속한 대가를 받으러 내일 밤에 다시 와달라고 했습니다. 아버지는 돌아와서 다음날 밤이 될 때까지 굉장한 기대를 하면서 시간을 보냈습니다. 자신이 만든 묘약의 힘이나 효능은 전혀 의심하지 않았지만, 요정의 약속을 믿어도 될지 어떨지 알 수 없었기 때문입니다. 그런 생각을 하면서 아버지는 다음 날 밤이 되자 같은 장소로 나갔는데, 얼마 기다리지 않자 가까이에서 물의 요정이 물결 속에서 나타났습니다.

하지만 마법 때문에 일어난 일을 보고 아버지는 얼마나 놀랐는지 모릅니다. 요정이 미소를 지으며 나타나 묵직한 진주 목걸이를 내밀었을 때, 차림새로 보아 그리스 선원으로 보이는 드물게 잘생긴 청년의 시신이 그녀의 양팔에 안겨 있는 것을 본 까닭입니다. 젊은이의 얼굴은 백지장처럼 창백했고 머릿결은 물결에 출렁이는데 요정은 그를 다정하게 껴안아 팔에 안고 어린아이를 다루듯이 흔들었습니다.

이 광경을 보자 아버지는 크게 비명을 지르고 자신과 자신의 재주를 저주했습니다. 그러자 요정은 죽은 애인과 함께 갑자기 물속으로 사라졌습니다. 모래사장에는 진주 목걸이가 놓여 있었습니다. 불행은 돌이킬 수 없었기 때문에 아버지는 목걸이를 외투 안에 숨기고 집으로 돌아와 진주를 낱개로 팔기 위해서 목걸이를 끊었습니다. 진주를 판 돈으로 키프로스로 가는 배에 올라탔을 때, 아버지는 이제 가난은 영원히 사라졌다고 생각했습니다. 하지만 불행은 다시 닥쳐 폭풍과 해적들에게 아버지는 모든 재산을 잃고 거지가 되어 2년 후에야 고향에 돌아올 수 있었습니다."

이야기가 계속되는 동안 여주인은 쿠션에 기대어 열심히 귀 기울여 들었습니다. 난쟁이가 이야기를 마쳤지만, 그녀는 사공이 노 젓기를 멈추고 돌아가자는 명령만을 기다리고 있는데도 한마디 말도 없이 계속 깊은 생각에 잠겨 있었습니다. 그러다가 갑자기 꿈에서 깬 듯이 사공에게 손짓을 하고 앞의 커튼을 쳤습니다. 사공은 급히 방향을 돌렸고 곤돌라는 마치 한 마리의 검은 새처럼 도시를 향해 나아갔습니다. 난쟁이는 혼자 웅크리고 앉아 다시 새로운 이야기를 생각하고 있는 것처럼 조용히, 그리고 진지하게 어두운 수면만 바라보았습니다. 곤돌라는 금세 도시로 들어서 리오 파나다와 그 밖의 작은 운하를 여러 개 지나서 드디어 집에 닿았습니다.

그날 밤 마르게리타는 잠을 이룰 수 없었습니다. 필리포가 추측한 대로 사랑의 묘약에 관한 이야기를 듣고 그녀는 약혼자의 마음을 붙들어두기 위하여 그것을 한번 사용해보면 어떨까 하는 생각을 하게 된 것입니다. 다음 날 그녀는 필리포와 묘약에 관한 이야기를 나누었는데, 직접적으로 말하는 것은 좀 꺼려졌기 때문에 이런저런 질문만 했습니다. 그녀는 그런 묘약이 어떻게 만들어지는지, 요즘도 그런 것을 만드는 비밀을 아는 사람이 있는지, 그 묘약에 독이나 몸에 해로운 성분이 들어 있지 않은지, 마시는 사람이 의심할 맛이 나지는 않은지 궁금해했습니다. 교활한 필리포는 이런 질문에 무심한 듯이 대답했기 때문에 여주인의 은밀한 의도를 전혀 눈치채지 못한 것처럼 보였습니다. 그녀는 점점 더 노골적으로 이야기를 할 수밖에 없었고 마침내 베네치아에도 그 묘약을 제조할 수 있는 사람이 있는지 직접 물어보기에 이르렀습니다.

그러자 난쟁이가 웃으며 말했습니다. "그토록 대단한 인물이었던 아버지께 제가 마술의 간단한 기초를 한 번도 배운 적 없다고 생각하시다니, 아가씨께서는 제 능력을 별로 믿지 못하시나 보군요."

"그런 묘약을 너도 만들 수 있어?" 그녀가 몹시 기뻐하며 물었습니다.

"그보다 더 쉬운 건 없지요. 그런데 아가씨께서는 소원을 이뤄서 잘생기고 부유한 분을 신랑으로 맞으셨는데 무엇 때문에 그런 묘약이 필요하신지 알 수가 없습니다."

하지만 그녀는 단념하지 않고 필리포를 졸랐고 결국 그는 못 이기는 척 그녀의 말을 따르게 되었습니다. 그는 필요한 향료와 비밀 재료를 구할 돈을 받았고 모든 일들이 뜻대로 이루어진다면 상당한 상을 주겠다는 약속도 받았습니다.

그는 이틀 만에 준비를 끝내 여주인의 화장대에서 가져온 작고 푸른 유리병에 마법의 묘약을 담아 왔습니다. 발다사레가 키프로스로 떠날 날이 다가왔기 때문에 서두른 것입니다. 어느 날 발다사레가 약혼녀에게 둘이서 소풍을 가자고 했는데, 그런 계절에는 더위 때문에 소풍 가는 사람이 별로 없기 때문에 마르게리타뿐만 아니라 필리포도 이것을 아주 좋은 기회로 생각했습니다.

약속 시간에 발다사레의 곤돌라가 저택의 뒷문에 와서 닿자 마르게리타는 이미 필리포와 함께 나와 있었습니다. 필리포는 포도주 병과 복숭아 바구니를 배로 날랐고 주인들이 곤돌라에 오른 후에 그 역시 배에 올라 사공의 발치에 자리 잡았습니다. 발다사레는 필리포가 같이 가는 것이 마음에 들지 않았지만, 꾹 참고 별말을 하지 않았습니다. 이제 떠날 날도 얼마 안 남았으니 전보다 조금 더 애인이 원하는 대로 해주는 것이 좋겠다고 생각했기 때문입니다.

사공은 노를 젓기 시작했습니다. 발다사레는 커튼으로 완전히 가리고 덮개가 덮인 좌석으로 들어가 약혼녀와 사랑을 속삭였습니다. 필리포는 곤돌라의 후미에 앉아 조용히 리오 데이 바르카롤레의 낡고 침침한 집들을 바라보았습니다. 그곳을 가로질러 사공은 배를 저어 작은 정원이 있는 귀스티니아니 저택을 지나 라구네의 대운하 출구 쪽으로 갔습니다. 누구나 알 듯이 그 모퉁이에는 아름다운 바로치 저택이 있습니다.

가려진 안쪽에서는 가끔 나지막한 웃음소리나 키스 소리가 흘러나왔고, 이야기 소리도 드문드문 들렸습니다. 하지만 필리포는 전혀 관심이 없었습니다. 그는 계속 햇살이 비치는 리바 강이나 산 조르조 마조레의 날씬한 탑, 뒤의 피아체타 사자 기둥만 쳐다보았습니다. 때로 열심히 노를 젓고 있는 사공을 바라보기도 하고 바닥에서 주운 연약한 버들가지를 강물에 흔들어보기도 했습니다. 그의 얼굴은 언제나처럼 추하고 무표정해서 무슨 생각을 하고 있는지 전혀 알 수가 없었습니다. 그때 그는 물에 빠져 죽은 강아지 피노와 목이 졸려 죽은 앵무새를 머리에 떠올리면서 동물이나 사람 할 것 없이 파멸은 언제나 가까이 있고, 확실한 죽음 말고는 우리가 이 세상에서 예견하고 알 수 있는 것은 아무것도 없다는 생각을 하고 있었습니다. 아버지와 고향, 자신의 인생을 뒤돌아보면서 어디서나 현자는 대개 바보들의 심부름꾼밖에 안 되고, 대다수 인간들의 삶은 형편없는 희극과 같다는 생각이 들자 그의 얼굴에는 비웃음이 떠올랐습니다. 값비싼 자신의 비단옷을 내려다보며 그는 미소했습니다.

그가 조용히 앉아 그렇게 미소하고 있는 동안, 그토록 오래 기다려온 바로 그 순간이 다가왔습니다. 발다사레의 목소리가 들리더니 곧 마르게리타가 필리포를 불렀습니다. "필리포, 포도주하고 술잔을 어디 두었지?" 발다사레가 목말라하니 이제 묘약이 든 포도주를 가져다줄 때가 온 것입니다.

그는 작은 푸른 병을 열어 액체를 술잔에 따라 붓고, 붉은 포도주를 더 부어서 잔을 채웠습니다. 마르게리타가 커튼을 젖히자 그는 여주인에게는 복숭아를, 그녀의 약혼자에게는 포도주를 주었습니다. 그녀는 필리포에게 의아한 시선을 보냈는데 불안해서 어쩔 줄 몰랐습니다.

발다사레가 술잔을 들어 입으로 가져갔습니다. 그때 아직도 앞에 서 있는 난쟁이에게로 시선이 가자 갑자기 그의 마음에 의심이 생겼습니다.

"잠깐." 그가 말했습니다. "너 같은 놈은 믿을 수가 없어. 내가 마시기 전에 네가 먼저 맛보는 것을 봐야겠다."

필리포의 얼굴은 변화가 없었습니다. "좋은 포도주입니다." 그가 공손하게 대답했습니다.

하지만 상대방은 계속 의심쩍어했습니다. "그럼 네가 못 마시겠다는 거냐?"

"용서하십시오, 주인님. 저는 포도주를 마시지 못합니다."

"네게 명하노니 네가 마시지 전에는 나 역시 한 방울도 입에 대지 않겠다."

"염려 마십시오." 필리포가 미소를 지으며 몸을 숙이더니 발다사레의 손에서 잔을 받아 한 모금 마시고는 그에게 잔을 돌려주었습니다. 발다사레는 필리포를 살펴보고 나서 남은 포도주를 단숨에 마셨습니다.

날은 덥고 수면은 햇살 아래 영롱하게 빛나고 있었습니다. 사랑하는 두 사람은 다시 커튼 안으로 들어갔고 난쟁이는 곤돌라의 바닥에 기댄 채 넓은 이마를 손으로 문지르더니 보기 싫은 입을 고통스럽게 비틀었습니다.

그는 한 시간 안에 생명이 다하리라는 것을 알았습니다. 그 묘약은 독약이었습니다. 어떤 이상한 기대감이 죽음의 문턱 가까이에 선 그의 영혼을 사로잡았습니다. 그는 도시가 있는 쪽을 뒤돌아보며 조금 전에 한 생각을 다시 떠올렸습니다. 아무 말도 없이 반짝이는 수면을 바라보며 그는 자신의 인생을 생각해보았습니다. 단조롭고 처량한 삶이었습니다. 바보들의 심부름꾼이 된 현자, 재미없는 한 편의 희극이었습니다. 심장의 고동이 차츰 불규칙해지고 이마가 땀으로 흥건해지는 것을 느끼자 그는 쓴 미소를 지었습니다.

아무도 그 소리를 듣지 못했습니다. 사공은 반쯤 졸고 있었습니다. 커튼 안에서 마르게리타는 갑자기 아파하며 그녀의 팔에 안겨 차가워진 발다사레를 보고 경악했습니다. 비명을 지르며 그녀는 밖으로 뛰쳐나왔습니다. 거기에는 난쟁이가 마치 잠든 것처럼 화려한 비단옷을 입은 채 곤돌라 바닥에 쓰러져 있었습니다.

그것은 강아지의 죽음에 대한 필리포의 복수였습니다. 불운한 곤돌라가 두 구의 시신을 싣고 베네치아로 돌아오자 사람들은 경악을 금치 못했습니다.

마르게리타는 정신이상이 됐지만, 그후에도 수년을 더 살았습니다. 그녀는 때때로 발코니의 난간에 기대 앉아 곤돌라나 소형 배가 지나갈 때마다 소리쳤습니다. "구해주세요. 개를 구해주세요. 강아지 피노를 구해주세요." 하지만 사람들은 그녀를 알기 때문에 아무도 귀 기울이지 않았습니다.

카사노바

Casanova

젊었을 때 나는 카사노바*에 관해서 애매한 소문밖에 몰랐다. 위대한 이 회고록 작가는 공적인 문학사에는 나타나지 않았다. 카사노바는 전대미문의 유혹자, 난봉꾼으로 명성이 자자했고, 그의 회고록은 일종의 악마의 작품으로 음란하고 경박하기 그지없다고 알려져 있었다. 독일어 판본은 하나인지 둘인지가 있었는데, 여러 권으로 된 오래되고 절판된 판본이어서 관심을 가진 사람은 고서점을 뒤져야 했고, 이 책을 가진 사람은 장* 속에 넣고 잠가서 감추었다. 내가 이 회고록을 처음 보게 된 것은 서른 살도 넘어서였다. 그때까지 이 회고록에 관해서 아는 것은 그것이 그라베**의 희곡에서 악마의 미끼 역할을 한다는 것이었다. 하지만 이후 카사노바의 새로

---

* 자코모 카사노바(1725−1798). 베네치아의 모험가이자 작가. 문란한 사생활과 사기, 바람 등으로 유명하다.
** 크리스티안 그라베(1801−1836). 독일 희곡 작가. 셰익스피어와 뷔히너의 영향을 받았다. 대표작으로 「돈 후안과 파우스트(*Don Juan und Faust*)」 등이 있다.

운 판본이 여럿 출판되었고 독일어본도 새로 두 개나 나왔다. 그리고 이 작품과 작가에 대한 학자나 세상의 평가도 완전히 달라졌다. 이 회고록을 소지하거나 읽는 것은 더 이상 수치가 아니고 감춰야 할 죄악도 아니었다. 오히려 이 작품을 모르면 수치였다. 과거에 멸시당하고 묵살되던 카사노바는 비평가들의 평가에서 점점 천재가 되었다.

그런데 나는 카사노바의 화려한 생명력과 그의 문학적인 업적은 높이 평가하지만, 그를 천재라고 부를 수는 없을 것 같다. 감정의 대가이자 사랑과 유혹술의 탁월한 실천가인 그에게는 영웅적인 것이 부족하다. 문제는 무엇보다도 독자성과 비극적인 별난 존재가 가지는 영웅적 분위기인데, 이런 것이 없는 천재를 생각할 수 없다. 카사노바는 결코 유난히 남다르거나 특이한 개성의 소유자, 별난 인물은 아니다. 그는 믿기 어려운 재능을 가진 사람이고 (그리고 그의 모든 진정한 재능은 감각적인 것에서, 육체와 감각의 훌륭한 재산에서 시작되고 그것에 뿌리를 두고 있다) 못하는 것이 없는 사람으로, 민첩함과 훌륭한 교양, 유연한 삶의 기술을 가지고 당대의 우아한 인물의 전형이 되었다. 18세기, 그러니까 혁명 전의 빛나는 수십 년간의 문화가 가지고 있는 우아하고 사교적이며 쾌활하고 발랄하고 노련한 일면이 카사노바에게서 실로 놀랄 만큼 완벽하게 구현되고 있음을 우리는 본다. 세계 여행가, 우아한 건달이자 향락가, 중개인이

자 기업가, 노름꾼이자 때에 따라서는 사기꾼, 게다가 강력하고 세련된 관능성을 지녔고, 유혹의 달인이며 여성들에게 부드럽고 기사다움이 넘치는 데다가 변덕을 부리면서도 일편단심인 이 빛나는 남자는 오늘날의 우리에게는 놀랄 만큼 다채로운 인물이다. 하지만 이 모든 면들이 밖으로만 향해 있고 그런 점에서 그의 일면성이 드러난다. 오늘날 높은 수준의 사상가가 생각하는 이상적인 인간상은 천재, 처세가, 혹은 순전히 내향적, 또는 외향적인 인물이 아니라 세상과의 연관성과 내적인 침잠 사이, 외향성과 내향성 사이를 초월하여 조화롭게 변모하는 사람이다. 그러나 카사노바의 기지는 순전히 사회적 영역에서 움직이고 있어서, 그를 한순간이라도 내향적으로 만드는 데에는 극히 강력한 운명의 타격이 필요하다. 그리고 그렇게 되는 순간 그는 우울하고 감상적으로 변한다.

우리에게 놀라움을 안겨주고 낯설게 하는 것은 무엇보다 이 약아빠진 처세가에게 노련함과 순수함이 내적으로 결합되었다는 사실이다. 그의 노련함은 그의 강인한 육체적 자질과 능력 외에 무엇보다 오늘날 우리가 청소년을 길들이는 데에 반드시 필요한 학교 생활, 청소년을 마비시키고 바보로 만드는 끝없는 학교 생활을 하지 않은 덕분이다. 그가 살던 당대의 모든 남자들과 마찬가지로 그 역시 일찍 생활 전선에 뛰어들어 독립해서 자기 힘으로 살아가야 했으며, 사회와 가난, 그리고 특히 여성들에 의해서 만들어지고 훈련된 적응하는 법, 연기하고 가면 쓰는 법을 배우고 책략과 분별력을 배웠는데, 그의 모든 자질과 충동은 밖을 향하고 외적인 삶에서만 만족을 얻을 수 있었기 때문에 그는 멋진 처세술의 대가가 되었다. 그런데 그런 중에도 그는 철저하게 순수한 상태로 남아 있어서, 여전히 열망하는 마음으로 수없이 겪은 사랑의 모험을 털어놓고 있는 노년의 카사노바조차도, 문제가 많은 오늘날의 인간들과 비교해보면 순진한 어린 양이라고 할 수 있다. 그는 수십 명의 아가씨와 여인들을 유혹하지만, 사랑의 고통이나 형이상학에 사로잡힌 적이 없고 사랑의 심연 앞에서 현기증을 느낀 적도 없다. 나이가 많이 들어 화려함도 여자도 돈도 로맨스도 없이 보헤미아 지방의 두흐초프에 어쩔 수 없이 혼자 남게 된 노년에 와서야 그는 삶이 예전처럼 완벽하지 않고 좀 문제가 있다는 생각을 하게 되었다.

이렇게 해서 그는 두 가지 마법, 즉 학교로 망가지고 직업으로 세분화된 오늘날의 우리가 결코 도달할 수 없는 처세술과 특이한 순수함, 너무도 사랑스럽고 아름다운 소박함으로 우리를 사로잡는다. 순수함은 이따금 그에게 도움이 된다. 왜냐하면 거리낌 없는 그의 양심을 괴롭힌 것은 그가 빼앗은 처녀의 순결이나 파탄 낸 결혼이 아니라 그가 자신의 삶을 더 재미있게 만들고 여행과 오락, 애정 행각에 돈을 대려고 저지른 갖가지 야비한 사기와 암거래, 착취 때문이다. 그의 단정함에 대비되는 이런 반론이나 양심의 가책에 그는 궤변이나 냉소가 아니라 천진한 미소를 보낸다. 그는 자신이 여기저기에서 약간은 대담한 장난을 했고 사람들을 실컷 괴롭혔다는 사실을 인정한다. 어째서 그가 그런 짓을 할 수밖에 없었는지는 아무도 모른다. 그것은 언제나 선의에서, 혹은 잠깐의 건망증 때문에 일어난 일로써, 그는 세상에 대해서나 자신에 대한 판정에 대해서나 장난하듯이 정당화를 하고 있다.

요즘은 교활한 암상인과 양심 없는 장사꾼이 수두룩하고, 세련된 호색한도 많지만, 그들은 우리의 관심을 끌지 못한다. 이런 부류의 가장 재능 있는 자조차도 카사노바와 비교하면 중요한 두 가지 특징이 없는데, 하나는 고도로 훈련된 귀족적인 삶의 모델이고, 다른 하나는 고도의 문학적 재능이다. 오늘날의 베를린의 돈 후안이나 암상인의 연애편지가 그들이 구독 회원인 잡지의 주인공인 카사노바보다 정신적으로나 문학적으로나 더 높은 수준이라고 나는 생각하지 않는다.

게다가 카사노바가 그와 비슷한 부류의 현대인보다 앞서는 것은 완결된 외적인 처세술, 확고하게 각인된 스타일이라는 탄탄한 기반을 가졌다는 점이다. 그의 삶이 지닌 세련되고 아름다운 자태는, 굉장히 매혹적으로 그리움을 불러오는데 그것은 당대의 아무리 보잘것없는 건축이나 최하급의 기구도 갖추고 있던 것이다. 우리의 삶에는 전혀 찾아볼 수 없는 통일성과 미가 거기에는 존재한다.

그런 점 때문에 오늘의 독자들이 카사노바를 읽고 타락할지도 모른다는 도덕군자들의 두려움은 불필요하다. 아니 천만에, 그런 두려움에는 근거가 없다. 유감스럽지만 그렇다. 우리의 영웅이 탄 배는 그의 개인적인 천재성이나 부도덕성이 아니라 그가 사는 시대의 교양이자 문화이다. 그런 기반, 그런 수준에서는 사소한 개인적인 장점이 강력한 영향을 끼치기에 충분하다.

만약에 우리 같은 현대인들이 카사노바를 읽으면서 일종의 우수에 빠진다면, 무엇보다 그가 살던 이런 환경, 즉 외적인 삶이 완벽하게 형태가 잡혀 있던 과거의 아름다운 문화 때문일 것으로 보인다. 학식 있는 독자라면 벌써 수십 년 전에 그렇게 느꼈을 것이다. 하지만 오늘날에는 카사노바가 가졌던 다른 어떤 것, 우리의 아버지들도 가졌던 것, 우리 자신의 청춘도 가지고 있어 청춘에 많은 마력을 부여했던 것 역시 사라져버렸고 과거가 된 것으로 보인다. 바로 사랑에 대한 경이이다. 카사노바 같은 사랑, 우아하고 나비처럼 가벼우며 놀이에 열중한 듯하고 소년 같은 영원한 연애 역시 루소와 베르테르의 감상적인 사랑이나 스탕달의 주인공이 빠져든 심오하게 빛나는 사랑처럼 오늘날에는 사라져버렸다. 오늘날에는 비극적인 연인도 노련한 연인도 없어 보이고 오직 맥 빠진 결혼 사기꾼이나 정신이상자밖에 없는 것 같다. 오늘날 굉장히 사려 깊고 재능 있고 활력이 넘치는 사람이 그의 모든 재능과 능력을 돈벌이나 정당에 바치는 것은 누구에게나 가능할 뿐 아니라 정당하고 정상적으로 보인다. 그가 그런 재능과 능력을 여성과 사랑에 쏟을 수 있다는 생각은 오늘날 누구도 하지 않는다. 굉장히 시민적인 보통의 아메리카에서부터 온통 붉은 소비에트 사회주의에 이르기까지 진정 "현대적인" 세계관 어디에서도 사랑은, 이제 삶에서 중요하지 않은, 그것을 조정하는 데에 몇 가지 보건상의 처방이면 충분한 부차적인 쾌락적 요소일 뿐이다.

하지만 아마도 오늘날의 현대성 역시 모든 현대성이 지닌 운명, 즉 세계사 속에서 덧없는 한순간밖에 지속되지 못하는 운명에 처하게 될 것이다. 반면 내가 역사에 관해서 아는 한 사랑의 문제는 관심에서 벗어났다가도 언제나 새롭게 최고의 현재성을 지니게 될 것이다.

볼로냐

Bologna

이 도시는 오붓한 재력의 냄새가 난다. 거리마다 회랑이 있다. 나는 아름다운 광장 두 곳을 지나 산 페트로니오 대성당 입구로 갔다. 지금껏 본 커다란 성당 중에서도 대단한 규모를 자랑했다. 중앙문의 조각이 아름다웠는데, 특히 벽주壁柱의 부조가 일품이었다. 나는 치리코 박물관의 아름다운 회랑 정원으로 들어갔는데 박물관 구경은 하지 않았다. 대성당은 평범했다. 회랑이 있는 아름답고 활기찬 거리를 걷는 것이 즐거웠다. 도시 전체가 생기 있고 매력적이었다. 나는 경사진 두 개의 종탑으로 갔는데, 종탑은 생김새가 정말 묘했다. 그중 더 높은 쪽 돔은 그림 같았다. 유명한 볼로냐의 전통 있는 음식은 평판대로였다. 식후에는 대학교에 갔다. 라파엘로*의 「성녀 체칠리아*Estasi di santa Cecilia*」는 기대했던 만큼의 인상을 주지 못했다. 컬

---

* 라파엘로 산치오(1483–1520). 「아테네 학당(*Scuola di Atene*)」 등을 그린 대표적인 르네상스 화가.

렉션의 훌륭한 작품들은 복도에 방치되어 있었다. 관리인은 (조토를 비롯하여) 귀도 레니*, 카라치** 등의 훌륭한 작품들이 가득한 홀을 가리키면서 "별것 아닙니다"라고 말했다. 페루지노의 「대ᄉ마돈나^{Madonna and Child in glory with Saints}」는 놀라운 작품이었다. 복도에는 판데르 휘스***의 「마돈나^{Madonna}」가 작고 오래된 액자에 들어 있었다. 다음으로 나는 벤티볼리오 예배당이 있는 산 자코모 마조레를 방문했는데, 전부 2급 수준이었다. 그 대신 친숙하고 예쁘고 생기 넘치는 거리가 큰 매력이었다. 예술에 대한 이 도시의 인상은 요란하게 과시하는 식으로 그림이 그려진 건축물이 많이 눈에 띈다는 점이었다. 교회 중에서 가장 매혹적이고, 친숙하고 특이한 것은 일곱 개의 작은 성당이 무리를 지어 모여 있는 산토 스테파노로, 좁고 낭만적인 오래된 회랑과 여러 갈래의 멋진 통로와 모퉁이가 멋있었다. 피렌체식 예술 척도만 극복한다면 볼로냐는 매혹적이다. 나는 이 정도로 여러 가지 성격을 가진 (베른식의) 대도시를 보지 못했다. 특히 멋진 것은 아케이드가 현대적인 거리와 도시 전체를 관통한다는 점이었다. 그림처럼 아름다운 귀족의 저택도 많았는데, 그중에는

---

* 귀도 레니(1575-1642). 바로크 시대의 고전주의 화가. 프레스코화 걸작을 남겼다.
** 안나발레 카라치(1560-1609). 바로크 시대의 이탈리아 화가. 「성모의 승천 (*L'Assunzione della Vergine*)」 등을 그렸다.
*** 휘호 판데르 휘스(1430/1440-1482). 선묘예술에 뛰어났던 15세기 네덜란드의 대표적인 화가.

아름다운 안뜰과 정원을 가진 곳도 있었다. 숙소 역시 아름다운 뜰과 오르내리는 예쁜 계단이 있는 고가古家인데, 온통 좁고 어둡고 멋지고 구식이지만 아늑했다. 거리는 대도시의 생활을 보여주는 상점이 늘어서 있었다. 많은 낭만주의 노벨레Novelle*들에서 널리 알려진 오래된 이곳 대학교는 묵묵히 저편에 서 있는데, 보기만 해도 기분이 좋았다. 나는 떠나기 전에 화려한 플라타너스 나무가 서 있는 아름다운 길을 걸었는데, 그 길의 돌의자마다 체스판이 그려져 있었고 이탈리아식의 열정을 가진 여러 부인네들이 떼를 지어 선수 혹은 구경꾼으로 몰려 서 있었다.

---

* '작은 이야기'라는 뜻으로, 주로 일상적이지 않은 특이한 짧은 이야기를 일컫는다. 종종 살인과 같은 극적인 사건이 등장한다.

라파엘로

Der Raffael

어느 날, 피렌체의 시뇨리아 광장에 있는 내 작은 거처에 수염이 희고 구부정한 노인이 나타났다. 신식이기는 하지만 쭈그러진 낡은 모자를 썼고, 조끼 대신 단추를 촘촘하게 채운, 맞지 않는 낡은 셔츠를 입고, 천이 누르스름해진 무척이나 낡은 바지를 입고 있었다.

들어오는 태도로 보니 무슨 이상한 물건을 팔러온 것 같았다. 극장 예매권, 고서적, 산속의 임대 별장, 이륜차나 말 같은 것 같았다. 나는 인내심을 가지고 용건이 무엇인지 그에게 물었다. 그러자 그가 지나치게 넓은 옷자락에서 천천히 회색 판지에 싸인 것을 꺼내더니, 수 미터가 되는 끈을 풀고 그 속에서 종이 한 장을 꺼냈다. 그러고서는 좀 떨어진 거리에서 기대에 찬 장엄한 표정으로 내게 종이를 보여주었다.

나 : 뭐지요?

그 : 라파엘로입니다. 라파엘로의 그림입니다. 자, 선생님 한번 보십시오, 놀라실 겁니다. 두 명의 아기들, 멋지고 귀여운 아이들 둘을 그린 것입니다. 자, 보세요, 한번 보십시오.

나 : 도대체 이 그림이 라파엘로가 그린 것이라는 것을 어떻게 아십니까?

그 : 이런, 의심하는 겁니까? 저를 믿으세요, 이건 위대한 라파엘로가 손수 그린 그림입니다. 아는 사람이라면 그걸 확실히 알 수 있습니다. 게다가 화가 한 명이 우리 집에 살고 있는데, 그 사람도 틀림이 없다고 확인했습니다. 가난하지만 학식 있는 사람입니다. 가난하지만 않다면 그 사람이 기꺼이 100리라에 이 그림을 샀을 겁니다.

나 : 100리라요? 그렇다면 미친 거죠.

그 : 그런 말씀 하지 마십시오. 그 사람 말이 비록 값어치는 그 세 배나 되지만, 75리라 정도에 이걸 팔 수 있을 거라고 했습니다. 라파엘로 작품이니까요.

나 : 라파엘로는 400년 전 사람입니다. 그런데 내가 보기에 당신 그림은 기껏해야 150년 정도밖에 되지 않은 것 같습니다. 어쨌든 라파엘로가 그린 것이 아닙니다.

그 : (원망스럽게 나를 바라본다)

나 : 저런, 답답하군요. 이 그림을 교수한테라도 보여준다면 당신은

웃음거리가 될 겁니다.

그 : 교수에게 보여준다고요? 선생님께서는 유식한 분이니 속지 않으실 것 아닙니까. 혹시 위대한 라파엘로의 제자가 그린 것 아닐까요? 아니면 혹시 페루지노*가?

나 : 아, 더 오래된 그림이라고 해보시지요. 조토**가 그린 것이라고 해보시지요.

그 : 조토? 아, 그 유명한 화가 말입니까? 캄파닐레 종탑을 지은 사람이지요. 그러지 말고 진지하게 말해 50리라면 되겠습니까?

나 : 아뇨, 정말로 살 생각이 없습니다.

그 : 생각이 없다고요? 아까 말하기를……

나 : 내가 무슨 말을 했다는 겁니까?

그 : 원 참, 선생님께서 이 그림을 가지고 싶어하는 걸 전 잘 압니다. 40리라는 어떤가요?

나 : 시간 낭비 마시고 그만두십시오. 난 그 그림 필요 없습니다. 그리고 만약에 다른 사람이 판다면 기껏해야 5리라면 살 수 있을 겁니다.

그 : 5리라요? 5리라입니까? 맙소사, 이 늙은이하고 농담하자는 겁

---

* 피에트로 페루지노(1446/1452−1523?). 15세기 움브리아 화파를 대표하는 이탈리아의 화가. 라파엘로의 스승이다.

** 조토 디본도네(1267?–1337). 이탈리아 르네상스 미술의 선구자. 비잔틴 양식에서 벗어나 피렌체 파(派)를 형성했다.

니까? 내 나이 예순다섯입니다. 5리라? 라파엘로 그림이 5리라

밖에 안 하다니!

나 : 자, 이제 그만합시다. 당신이나 그 라파엘로 그림을 액자에 끼워

서 감상하세요.

그 : 그렇습니다. 이 그림은 정말 감상할 만합니다. 보세요. 이 아이의

귀여운 작은 손을 좀 보십시오. 이 두 손만 해도 20프랑 가치는

있습니다. 전부 25리라로 합시다.

나 : 가십시오. 가세요. 정말 이러고 있을 시간이 없습니다.

그 : 15리라!

나 : (눈짓으로 거절한다)

그 : 오, 성모 마리아, 이 훌륭한 그림을 10리라에 내줘야 한다는 말입

니까! 10리라! 축하합니다. 선생님, 라파엘로 그림을 10리라에 구

하시는 겁니다.

나 : 그만하십시오. 나는 사고 싶지 않습니다. 이제 제발 가주십시오.

그 : 정말 매정하시군요. 그럼 6리라 주십시오.

나 : 아닙니다, 가세요,

그 : (무거운 한숨을 쉬며) 그럼 5리라.

나 : 맙소사, 나를 좀 가만히 두세요, 공짜라도 싫습니다.

그 : 뭐라고요? 아까 5리라 내겠다고 말하지 않았나요? 이 포장지는

여기 놔두고 가겠습니다. 5리라 내십시오.

나는 속아 넘어갔다. 물가가 싼 토스카나 지방에서 5리라는 꽤 큰 액수다. 그 돈으로 하루를 즐겁게 보낼 수도 있을 것이다. 그런데 나는 어리석게도 서투른 라파엘로 복제화를 사게 되었다. 그 그림을 볼 때마다 지금도 화가 치민다.

죽음의 승리*

Der Triumph des Todes

이 고요하고 진지한 대리석의 세계는 아름답고 조용한 작은 도시 피사의 전면前面 한쪽에, 녹색의 평화로운 초원에 둘러싸인 채 외롭게, 사라진 옛 예술의 마법에 둘러싸여 있다. 이곳이 바로 세례당, 대성당, 종루, 캄포 산토 등의 성스러운 건물로 이루어진 유명한 피사의 사원으로, 중세 말의 장중한 문화에서 벗어나 새로운 예술과 삶이 처음으로 싹트기 시작하던 묘하게 매력적인 시대의 유물이다.

활기가 별로 없는 이 도시에서 거리를 걷다가 눈에 확 띄는 이런 광경과 처음으로 마주하게 되면, 누구나 가슴이 떨리고 장엄하고 아름다운 장관에 걸음을 멈추게 된다. 현대 생활을 상기시키는 어떤 건물도, 모습도, 소리도 이 강렬한 인상을 이기지 못한다. 가

---

* 콜레라와 페스트의 대유행 이후, 14세기 유럽에서는 '죽음의 무도(Totentanz)'라는 독특한 장르가 탄생했다. 주로 저승의 끔찍함과 인간의 무력함을 묘사했는데, 「죽음의 승리」도 이 장르의 작품 중의 하나이다.

장 늦게 지어진 부분도 600년이 되는 긴 역사를 가진 이 작은 세계
는 바깥 세계와 고립된 채로 옛날의 완전한 순수성을 그대로 간직
한 채 푸르름에 둘러싸여 있다. 이곳에서 경외심과 성스러운 전율
의 감정을 느끼지 못하는 사람은 이탈리아에 온 것이 헛일인데, 옛
이탈리아의 유물이 이토록 엄청나게 순수하고 고귀하게 간직된 제
2의 장소는 어디에서도 찾아볼 수 없는 까닭이다.

경외심에 가득한 놀라움에서 깨어나면 호기심은 제일 먼저 유명
한 사탑으로 향하게 된다. 나 역시 그랬는데, 의도적으로 사탑을
기울게 지었다는 견해가 대부분이라는 사실이 내게는 이상했다.
볼로냐의 두 사탑*은 특별히 진기한 느낌을 주도록 만들어졌지
만, 반면 피사의 사탑은 기울어진 것이 무척이나 유감스럽게 보였
기 때문이다. 피사는 기울어진 것이 귀한 조화를 망치는 유일한 흠
인 까닭이다.

그 묘한 탑을 구경한 후에 나는 전면이 반짝이고 사르토**의 그
림이 있는 대성당과 피사노***가 부조로 장식해놓은 엄숙하고 아
름다운 설교단이 있는 세례당을 둘러보고, 몇 걸음밖에 떨어지지

---

* 볼로냐에서는 12세기에 지어진 가리센다 탑과 아시넬리 탑이 유명한데, 가리젠타
  탑은 16세기에 붕괴의 위험 때문에 철거되었다.
** 안드레아 델 사르토(1486-1530). 르네상스의 전성기와 매너리즘 시대에 걸쳐 활
   동한 화가. 피렌체 파의 발전에 공헌했다.
*** 조반니 피사노(1250-1315). 피사 출신의 예술가. 고딕 양식 조각의 거장이다.

않은 캄포 산토로 향했다. 그곳의 내부가 특별한 인상을 줄 것을 나는 알고 있었다.

캄포 산토는 장방형의 녹색 광장으로, 안쪽을 향해 개방된 홀로 둘러싸여 있었는데, 홀의 벽은 유명한 프레스코화로 덮여 있었다. 공간 전체가 죽은 듯이 고요하고, 외지고, 엄숙하며, 속세를 벗어난, 명상하는 듯한 진지한 분위기였다. 홀의 지면은 묘비를 이어 만들었고, 그 위에는 중요한 수집품인 고대와 중세의 조형물을 세워놓았다. 운 좋게도 내가 유일한 방문객이었기 때문에, 내 조용한 관찰을 방해하는 것은 아무것도 없었고 귀에 들리는 것이라고는 내 발소리뿐이었다. 나는 다양한 프레스코화를 감상하고 조형물 가운데에서 가장 매력적인 에트루리아의 작품들을 본 다음에 프레스코화 「죽음의 승리」를 제대로 보기 위해서 그 전에 푸른 잔디가 깔려 있는 정원으로 돌려 잠시 눈을 쉬게 했다. 완전한 적막 가운데에서 쉬는 동안·내 상상은 그 벽이 건축되고 벽화가 그려지던 시대로 빠져들었다. 라파엘 전파前派*의 개입으로 그 벽은 영국의 근대 미술에 엄청난 영향을 끼쳤다. 과거와 죽음의 공간에서 역사적인 일을 상상하는 매력에는 슬프게 만드는 뭔가가 있었다. 그런 생각을 뿌리치고 나는 드디어 「죽음의 승리」와 마주했다.

---

* 1848년 영국에서 시작한 예술 운동. 르네상스 미술의 정점에 있는 라파엘로 이전의 소박하고 자연스러운 화풍으로 복귀하고자 했다.

저무는 중세의 우울한 신비주의를 보여주는 이 강력한 그림은 손상되고 케케묵었지만, 오늘날까지도 보는 사람의 마음에 슬픔의 그림자와 죽음에 대한 생각을 일으킨다. 왼쪽에는 죽음의 공포를 전혀 모르는 은자들의 경건한 삶이 묘사되어 있다. 첫 번째 사람은 나무에 기대서 쉬고 있고, 두 번째 사람은 몸을 숙여 책을 읽고 있고, 세 번째 사람은 젖소의 젖을 짜고 있다. 오른쪽에는 천국에 있는 사람들이 잎이 무성한 과일나무 아래에 앉아 평화롭게 이야기를 나누며 류트를 연주하는 모습이 보인다. 하지만 중앙에는 잔인하게 멋대로 인간을 지배하는 "죽음의 승리"가 세 무리로 나뉘어 묘사되어 있다. 신분이 높고 훌륭한 옷차림을 한 사냥꾼 무리가 아름다운 말 위에 앉아 있고 그 주위에는 개들이 짖고 있다. 그때 갑자기 이 유쾌한 행렬의 선두가 뚜껑이 열린 세 개의 관과 마주치는데, 관 속에는 부패한 정도가 각기 다른 시체가 누워 있는 것이 보인다. 선두에서 말을 타고 가는 젊은이가 얼굴이 창백해져 뒤따르는 사람들에게 아무 말 없이 손가락으로 그 끔찍한 모습을 가리킨다. 그의 오른쪽에 있는 귀부인은 그것을 넘겨다보며 몸서리치고 있다. 죽음에 대한 공포가 그 화려한 대열에 점차 전해지는데, 작은 개 한 마리가 겁에 질려 시체 쪽으로 다가가고 있다. 말 한 마리는 시체 쪽을 향해 목을 쭉 빼고 놀라 바라보고 있다. 뒤따르는 귀부인은 고통스러운 죽음의 공포 속에서 아름다운 머리를 숙이고 더 이상 쳐다보지 못한다. 전체 행렬이 두려워하며 걸음을 멈추었는데, 맨 뒤에 있는 사람들은 아무것도 알지 못한 채 신나고 즐거운 표정으로 그림 속에서 우리를 바라본다.

매우 눈물겨운 무리가 그 뒤를 따르고 있다. 한 떼의 가난한 자들과 거지들이 길가에 서 있거나 누워 있다. 모두 비참하고, 늙고, 병들고 삶에 지쳤다. 한 사람은 눈이 안 보이고, 다른 사람은 귀가 멀었고, 또다른 사람은 늙어서 등이 굽었거나 아니면 불행한 사고로 불구의 몸이다. 비통한 몸짓과 시선으로 그들은 죽음에게 자신들을 구해달라고 애걸한다. 기꺼이 죽을 준비가 되어 있는 유일한 자들이다.

하지만 죽음의 사자는 그들의 말은 들어주지 않고 잔인한 복수의 여신처럼 젊은이나 부자, 아름답고 신분이 높은 사람들과 같이 삶에 집착하는 자들만을 희생물로 택하여 거대한 낫을 마구 휘두른다. 수도원장, 귀족, 귀부인, 그리고 한창 피어날 나이에 꺾여버린 젊은이들이 무더기로 바닥에 쓰러져 죽어 있다. 그 위의 허공에서는 천사와 악마가 그들의 영혼을 서로 빼앗으려고 싸우고 있다.

이것이 바로 트리온포 델라 모르테*trionfo della morte*, 즉 「죽음의 승리」이다. 「시편」이나 「집회서」, 「전도서」, 절망적일 정도로 가혹한 두세 편의 죽음에 관한 시를 제외한다면, 나는 이처럼 두렵고 음울하게 영원한 죽음을 알리는 그림이나 글을 본 적이 없다.

아네모네 꽃

Anemonen

피렌체의 봄을 아는가? 비알레에서 장미꽃이 피기 시작하는 때를? 부드러운 언덕이 온통 과일나무 꽃봉오리의 부드러운 연다홍빛으로 뒤덮이는 때를? 앵초와 노란 수선화가 즐거운 초원을 황금빛으로 물들이는 때를?

오, 정말 아름답다. 검은 측백나무가 따스한 하늘에서 처음으로 살랑대기 시작하는 요즈음 말이다. 언덕 오솔길의 성벽이 이글거리기 시작하고 햇볕 따사로운 흙벽_{胸壁} 위의 첫 휴식이 손짓하는 4월의 이 뜨거운 낮 시간! 대지는 기지개를 켜고 반짝이며, 먼 산은 가슴이 달콤한 여행의 열기로 가득할 때까지 점점 더 푸르러지고 점점 더 다정하게 다가온다.

피에솔레 위로 4월의 대낮이 반짝였다. 햇살을 받으며 뜨겁게, 빛나는 날개를 단 푸른빛으로. 골목에서는 제비꽃을 파는 소녀들이 시끌거렸고, 알록달록한 옷을 입은 외지인들이 로마 시대 극장을 이리저리 돌아다녔다. 광장에서 수도원으로 통하는 따스하고 가파른 작은 거리에는 짚을 꼬는 여자들이 밖에 나와 앉아서 일을 하고 있었다. 전망대 벤치 부근에는 갖가지의 삶이 있었다. 아이들은 금발이 많은데, 풀밭에 누워 놀고 있었다. 그들은 당장에라도 벌떡 일어나 슬픈 표정을 지으며 구걸을 할 태세였다. 짚 세공품을 파는 행상인 여자들은 기대에 차 있었고, 성벽 바로 옆에는 어느 귀여운 아이가 망원경을 가져다 놓았는데, 2솔디만 내면 망원경으로 토레 델 갈로에 이르는 피렌체의 모든 건물들을 다 볼 수 있었다. 기분 좋은 따스한 바람이 아름다운 쌍둥이 측백나무 주위에 조용히 불고 있었다.

수도원에서 한 젊은 독일인이 걸어 내려왔다. 그에게는 기쁨과 감격이 넘쳤다. 기쁨으로 발걸음이 가벼웠고 두 눈은 반짝이고 양 팔은 흥분해서 움직이고 있었다. 북쪽 나라 청년이 처음으로 봄의 피에솔레를 보게 되면 틀림없이 그럴 것이다. 그를 보면 그가 훌륭한 인물, 그러니까 메디치*, 부르크하르트**, 뵈클린*** 등과 동시

---

* 로렌초 데 메디치(1449–1492). 이름을 떨친 정치인이자 보티첼리와 미켈란젤로 같은 예술가들을 후원한 후견인. 대(大) 로렌초로도 불린다.
** 야코프 부르크하르트(1818–1897). 미술사와 문화사를 연구한 스위스 출신의 역사가.
*** 아르놀트 뵈클린(1827–1901). 스위스의 상징주의 화가.

에 반쯤은 연민에 가득 차 머나먼 고향을 생각하고 있음을 알 수 있다. 이제 그는 소년 시절부터 듣고 열광한 나라에 두 발을 내디딘 것이다. 발치에 피렌체가 있었고, 주변에는 언덕과 별장, 위대한 역사와 위대한 아름다움을 지닌 정원이 있었다.

아직 도시로 돌아가서는 안 되고, 오늘은 절대 일을 하면 안 된다고 그는 생각했다. 여행할 때만 이런 날을 만날 수 있었다. 그래서 그는 피에솔레를 어슬렁거리며 돌아다녔고, 귤을 사고 세티냐노 쪽으로 가는 산등성이 길로 접어들었다.

봄에 이 길은 걸어볼 만하다. 도시가 사라지고, 이어서 집도 사람도 더 이상 보이지 않는다. 알록달록한 주변 경관, 푸르러지는 들판, 풍성한 초원과 근엄하고 아름다운 산등성이만이 보인다. 그 사이로 특이한 빈치글리아타 성이 앙상하고 어린 침엽수림 속에 회색빛으로 외롭게 서 있다. 여행자는 마음이 즐거웠다. 꽃이 핀 나무마다 그를 기쁘게 했고, 언덕의 능선에 불쑥 나타나는 측백나무마다 힘차게 솟구치는 모습이 그를 황홀하게 했다. 하지만 가장 아름다운 것은 맨 마지막에 나타났다.

아네모네였다. 토스카나의 토종 꽃은 것은 아니고, 어디서나 볼 수 있는 것이지만 이곳에서 무성하게 자랐고, 싱그러운 봄 전체를 합한 것보다도 더 아름다웠다. 꽃은 파란색, 빨간색, 하얀색, 노란색, 자주색과 보라색이었다. 꽃잎이 크고 둥글고, 초원 전체를 뒤덮고 있었다. 아네모네가 정말 웃고 있는 것 같았다. "보라, 골짜기가 웃고 있다." 아이들처럼 놀란 눈으로 꽃들은 당당하고 행복하게 세상을 바라봤다. 꽃은 들판을 신나고 알록달록한 양탄자로 만들었다. 그 꽃은 이탈리아 르네상스 전기의 수많은 토스카나 그림들에서도 볼 수 있는데, 그림의 달콤하고 순진한 매력을 배가시킨다.

젊은 외지인은 아네모네를 보고 다시 황홀해졌다. 그는 꽃을 향해 달려가 양손 가득 꽃을 꺾었다. 꽃송이 몇 개를 압착해 말려서 집으로 가져가 자기 방에서 볼 생각을 하면서 그는 흐뭇해했다. 치타 데이 피오리^{città dei fiori}*에서 보내는 인사로.

그런 뒤 그는 계속 걸었다. 빈치글리아타는 그냥 두고 세티냐노 쪽으로 갔다. 익숙하지 않은 더위와 진을 빼는 봄 안개가 결국 그를 말 없고 지치게 만들었다. 세티냐노 앞에서 한 꽃을 든 소녀가 그를 향해 달려왔다.

"꽃 사세요, 사세요, 시뇨레."

그는 소녀에게 자신의 꽃다발을 내밀었다. 그제서야 꽃이 시든 것을 알았다. 그는 아쉬운 마음으로 자신의 꽃을 내던지고 소녀의 꽃을 샀다.

반 시간 후에 두 번째 여행자가 같은 길을 걸어갔다. 역시 독일인

---

* 이탈리아어로 꽃들의 도시라는 뜻.

이고 나이가 더 들었는데, 감격은 덜했다. 태양은 그를 지치게 하지 않았다. 메디치 가문의 이름들은 이제 그의 귀에 맴돌지 않는다. 그는 메디치 가문의 '나라의 아버지'*에서 영주들 무리에 이르기까지 전부 다 잘 알고 있다. 한때 그는 메디치 가문의 매력에 사로잡혔지만, 그후로 여러 가지 다른 일들이 더 중요해졌다.

그는 아름다운 봄을 앞선 젊은이 못지않게 사랑했다. 그는 이곳의 모든 언덕과 오솔길들을 알고 있었고 가끔 그 길을 걷기도 했다. 뜨거운 날씨에 그는 이 모든 조그만 성벽 위에서 외롭게 휴식을 취했다. 그가 알지 못하거나 그와 소소한 추억이 얽히지 않은 농장이나 네거리, 올리브 정원은 없었다.

그는 좋아하는 아네모네도 보았다. 수많은 아네모네가 지금 외지인들한테 꺾이고 밟힌다고 그는 생각했다. 따스한 눈길로 꽃들에 인사하며 그는 고개를 끄덕였다.

세티냐노에 가까워졌을 때, 시든 꽃다발이 거리에 놓인 것이 보였다. 화가 나서 그는 욕을 퍼부었다.

"나쁜 녀석들, 프라 안젤리코^{Fra Angelico}**한테는 열광하면서 꽃에는 야만인처럼 굴다니!"

---

* 코시모 데 메디치(1389–1464). 르네상스 시기 피렌체의 실질적인 지도자로 군림한 은행가이자 정치가. 메디치 가문을 처음 정치적으로 세력화한 인물이다.
** 천사 같은 수도사라는 뜻으로, 르네상스 시대의 화가 귀도 디 피에트로(1395–1455)를 이르는 말.

그는 몇 걸음을 계속 걸어갔다. 그러다가 다시 발걸음을 돌려 거리에 떨어진 꽃을 집어 들었다. 그리고 시들지 않은 꽃이 있는지 살펴보았다. 하지만 꽃은 전부 시들어 있었다.

그는 꽃다발을 내던지려고 했지만, 곰곰이 생각하더니 다음 다리로 그것을 들고 갔다. 그곳에서 그는 시원한 시냇물에 꽃을 던졌다. 시든 아네모네는 한 송이씩 천천히 시냇물 위로 떠내려갔다. 꽃들을 지켜보며 그는 은밀히 그 여행자를 다시 질책했다.

"저 건너편에 수천 송이의 아네모네가 더 있는데요." 마음속으로 그는 여행자의 대답을 들었다.

그는 떠내려가는 꽃들을 나무라듯이 가리켰는데, 잠시 자신이 혼자라는 것을 완전히 잊고 있었다.

이야기꾼

Der Erzäler

토스카나의 아펜니노 산맥의 높다란 어느 수도원에 백발의 성직자 한 사람이 손님으로 와서 아늑한 방의 창가에 앉아 있었다. 밖에는 초여름의 태양이 담과 성채^{城砦}처럼 생긴 좁은 뜰, 돌계단, 푸른 계곡에서 수도원으로 이어진 자갈 깔린 가파른 마차 길 위를 뜨겁게 비추고 있었다. 멀리로는 올리브, 옥수수, 과일나무와 포도 넝쿨이 있는 풍성한 푸른 계곡, 밝은 성벽과 날씬한 탑들이 있는 자그마한 마을이 보이고, 그 너머로는 불그스름한 높은 민둥산이 솟아 있는데 거기에는 담을 두른 소작인의 땅과 작고 하얀 별장들이 보였다.

　노신사는 작은 책을 널찍한 벽 선반 위에 펼쳐 놓았다. 양피지로 된 그 책자의 주홍색 첫머리 글자가 요란하게 번쩍거렸다. 책을 읽으면서 그는 장난삼아 흰 손으로 글씨를 짚으며 생각에 잠겨 미소를 짓기도 하고 가볍게 고개를 흔들기도 했다. 그 책자는 수도원 도서관에서 가져온 것도, 그곳에 꽂혀 있기에 적당한 책도 아니었다. 왜냐하면 그 책은 기도나 명상에 관한 책, 성인전聖人傳 같은 것이 아니라 노벨레 모음집이기 때문이었다. 최근 발간된 이탈리아어 노벨레 모음집으로, 아름답게 인쇄된 그 책에는 여러 세련된 혹은 저속한 이야기, 용감한 기사들과 우정에 관한 이야기, 과장된 악동 소설, 음란한 간통 이야기들이 있었다.

온화한 외모와 고명한 성직자로서의 위엄을 생각한다면 피에로는 그렇게 외설적이고 세속적인 이야기나 농담을 반대해야 하는 입장이었다. 하지만 그 역시 한동안 방종한 세상사를 보기도 하고 즐겼으며, 그 자신이 바로 소재의 저속함이 묘사의 고상함과 갈등하는 수많은 노벨레의 작가였다. 젊은 시절에 그는 아름다운 여성들을 따라다니면서 금지된 창문에 기어올랐고 그후에는 자신의, 혹은 남들의 연애담을 아주 훌륭하고 간결하게 이야기할 줄 알았다. 책으로 펴내지는 않았지만 이탈리아 전역에 그와 그의 이야기는 널리 알려져 있었다. 그는 섬세한 표현 방식을 좋아했다. 그래서 하찮은 작품이라도 자신이 쓴 작품은 말끔하게 필사하여 그 원고나 노트를 애교 섞인, 혹은 재치 있는 헌사와 함께 이런저런 친구들한테 선물로 주었다. 그 귀중한 양피지 사본들은 처음에는 주교나 궁정 사람들 손에 이리저리 돌아다녔고, 이야기가 전해지고 다시 필사가 되어 멀리 떨어진 적막한 성채나 마차, 항해선, 수도원과 목사관, 도장공의 작업장과 공사장의 가건물까지 퍼져 나갔다.

이제는 그가 마지막으로 재미있는 노벨레를 써서 책상에서 세상으로 내보낸 지 몇 해가 흘렀다. 그리고 많은 도시의 출판업자들은 그가 세상을 떠나면 곧 노벨레 모음집을 펴내려고 늑대처럼 그의 죽음을 기다리고 있었다. 피에로는 이제 늙었고 글을 쓰는 것도 힘들었다. 그리고 나이가 들어감에 따라서 차츰 그의 감정도 점점 호색적이고 익살맞은 소재에서 멀어졌고, 금욕까지는 아니어도 전체와 개체에 관한 깊고 사려 깊은 고찰 쪽으로 기울어졌다. 행복하고 충만한 삶이 지금까지는 그의 이성을 현실로 충족시켰기 때문에, 그는 명상과는 거리가 멀었다. 하지만 이제는 작고 다양한 유한한 세계 대신에 종종 영원한 세계의 넓은 공간을 주시하고, 무한한 것 가운데에서 기이하고 풀기 어렵게 뒤엉킨 유한한 것에 대해서 조용히 경탄에 빠질 때가 된 것이다. 그런 고찰 역시 그의 예전 사고와 마찬가지로 경쾌하고 자유로웠다. 아무 불평 없이 그는 휴식 시간이 다가왔다는 것, 가을이 시작되었다는 것을 느꼈다. 노력으로 맺은 열매가 충분히 익었으니 이제는 피곤해서 어머니 같은 대지로 기울게 된 것이다.

그는 책에서 눈을 떼고 생각에 잠겨 즐기면서 맑은 여름 풍경으로 시선을 돌렸다. 그는 들판에서 일하는 농부들과 농장의 정문 옆에 서 있는 반쯤 짐이 실린 마차에 매인 말을 보다가 지저분한 거지가 길고 하얀 길로 걸어오는 것을 보았다. 미소를 지으며 그는 만약 거지가 수도원까지 올라오면 적선을 좀 해야겠다고 생각하면서 일어섰다. 그리고 조금은 애틋한 심정으로 시냇물과 물레방아 주변을 크게 도는 길과 현관 앞의 가파르고 뜨거워진 자갈길을 보다가 그 길에 꿈을 꾸듯이 쉬지 않고 돌아다니는 외로운 수탉 한 마리와 달궈진 성벽 위에서 도마뱀이 장난을 치고 있는 것을 보았다. 도마뱀은 성급하게 돌아다니다가도 조용히 숨을 몰아쉬면서 멈추어 서 있기도 하고, 아름다운 목과 검고 딱딱한 눈을 가만히 움직여 더운 공기를 기분 좋게 들이마시고나서 알 수 없는 갑작스러운 결정에 따라서 다시 번개처럼 빨리 달아나 좁은 돌 틈새로 기어들어가 긴 꼬리만 밖으로 늘어트리기도 했다. 그 모습을 구경하던 그는 갑자기 갈증을 느꼈다. 방을 나온 그는 선선한 침목枕木을 지나 나른한 기운이 감도는 회랑으로 걸어갔다. 정원사가 시중을 들어 차가운 우물에서 무거운 양동이를 끌어 올렸는데, 거기에서 물방울이 보이지 않는 수면 위로 떨어지면서 경쾌한 소리를 냈다. 그는 물을 한잔 가득 채운 다음, 잘 가꾼 레몬 나무 가지에서 잘 익은 레몬을 하나 따서 물에다 즙을 짜 넣었다. 그러고는 천천히 그것을 마셨다.

다시 방의 창가로 돌아온 그는 계곡과 뜰과 산을 말없이 즐기며 바라보았다. 비탈에 위치한 농장에 시선이 이르자 그는 햇빛이 쏟아지는 길과 무엇인가가 가득한 광주리를 든 하인들, 땀 흘리며 일하는 말, 입이 큰 황소, 소리치는 아이들, 분주한 닭들과 뻔뻔스러운 거위들, 장밋빛 뺨의 하녀들이 왔다 갔다 하는 모습을 눈앞에 그려보았다. 산마루 높은 곳에서 당당하게 수직으로 뻗은 한 쌍의 측백나무가 눈에 들어오자 그는 이번에는 방랑자가 되어 그 나무 아래에서 쉬면서 모자에 깃털을 꽂고 주머니에 재미있는 책 한 권을 넣은 채 입으로는 노래를 부르고 있는 자신의 모습을 상상해보았다. 그는 숲 가장자리에 긴 그림자를 초원에 던지고 있는 곳에서 젊은이들이 아네모네 꽃밭에 누워 시시덕거리면서 시간을 보내고 있는 것을 보았고, 크고 편편한 광주리에 음식과 과일이 숲 가장자리에 펼쳐져 있는 것, 야외에서 얼음을 넣어두는 입이 좁은 술 항아리가 선선한 땅속에 반쯤 파묻혀 있는 것도 보았다.

그는 눈에 보이는 세계를 관찰하며 즐기는 데에 익숙해졌고, 다른 재미있는 일이 없을 때는 창문이나 마차 밖으로 자연과 세상을 내다보았다. 그렇게 시간을 보내는 동안 우월한 관찰자로서 인간의 다양한 특성과 행동에 미소를 보냈다. 누구든지 무엇을 소유하거나 무엇에 의미를 두는 것은 충분한 이유가 있는 것이며, 하느님의 눈에는 고위 성직자라고 가난한 하인이나 농부의 아이들보다 더 나을 것이 없다고 그는 생각했다. 얼마 전부터는 도시를 벗어나 푸른 야외로 눈을 돌리면 그의 활기찬 영혼은 언덕을 넘어 젊은 날의 행복한 들판으로 돌아갔고, 그럴 때면 행복한 노년의 회상에서 젊은 날이 밝은 풍경처럼 눈앞에 펼쳐졌다. 추억 속에서 그는 많은 쾌락의 날들, 아직 수도복을 입기 전의 즐거웠던 사냥, 햇볕이 쏟아지는 길로 뜨겁고 신나게 말을 타고 달렸던 일, 노래와 잡담, 술잔 부딪치는 소리로 가득했던 수많은 밤들, 거만한 돈나 마리아와 물방앗간 집 딸 마리에타, 그리고 프라토에 살던 금발의 귀그리에타를 찾아가던 가을 저녁을 한없이 즐거운 마음으로 회상했다.

그는 조용히 앉아 높은 산의 적갈색 띠에 시선을 고정했는데, 과거의 광채와 향기가 멀리서도 보이는 듯했다. 길게 저무는 해가 그곳에서는 아직도 계속 타오르고 있는 것 같았다. 그의 기억은 소년은 아니고 그렇다고 청년도 아니던 시절로 되돌아갔다. 그때는 삶에서 결코 반복될 수 없는, 그 기억마저도 더 이상 완전하지 않은 유일한 시절이었다. 봄날 같은, 그리움에 가득한 성숙의 시기였다. 그는 얼마나 지식에, 세상과 인생에 대한, 여인과 사랑의 본질에 대한 확실한 지식에 굶주렸는지 모른다. 그리고 고통스러울 정도로 목마른 그런 동경 속에서 얼마나 정신없이 행복했는지 모른다. 그가 훗날 보고 즐긴 것들 역시 아름답고 흥미로웠지만, 당시의 환상적인 꿈과 예감, 동경은 훨씬 더 감미롭고 아름답고 행복한 것이었다.

그때로 돌아가고 싶은 향수가 늙은 그를 갑자기 사로잡았다. 인생과 사랑을 가리고 있는 커튼 앞에서 그것을 손으로 더듬으며 그 뒤에 무엇이 있는지, 그것이 바라던 것인지 두려워하던 것인지 모르는 채 서 있던 날 중의 단 한 시간만이라도 다시 가질 수 있다면 얼마나 좋을까. 연상의 친구들의 대화를 얼굴 붉히며 귀 기울여 듣고 여자들의 인사를 받을 때마다 가슴속까지 떨리던 그때로 다시 돌아갈 수만 있다면 얼마나 좋을까!

피에로는 추억이 아쉬워 지금의 행복을 꿈속에서 찾으면서 희생할 사람은 아니었다. 갑자기 얼굴을 찡그리면서 그는 나지막하게 재미있는 옛날 노래를 이 사이로 휘파람 불었다. 그런 다음 다시 노벨레를 집어들고 화려한 시의 정원을 신나게 돌아다니는 즐거움에 빠졌다. 거기에서는 아름다운 의상들이 번쩍였고 분수에서는 목욕하는 소녀들의 낭랑한 목소리가 울려왔고 숲에서는 사랑에 빠진 연인들의 정담이 들려왔다. 그는 사방에 멋진 단어로 인사를 보내며 즐거워했는데, 여기저기에 거의 속어라고 할 수 있는 약간 음란한 문장, 살짝 숨기는 듯 하면서 멋지게 노출하는 그런 표현들이 있었다. 교정자矯正者의 표정으로 그는 '나 같으면 다르게 표현 했을거야'라고 생각했다. 그는 발음을 시험하면서 여러 문장들을 나지막이 읽어보았다. 현명한 그의 얼굴에는 즐거움이 넘쳤고 눈에는 환한 불꽃이 타올랐다.

우리의 영혼이 이런저런 것을 하면서 무의식적으로 엉뚱한 곳에서 종종 길을 잃고 공상에 빠지듯이 그의 생각의 일부도 알지 못하는 사이에 사춘기 시절로 되돌아가 마치 불나비가 환한 불빛 주위를 떠돌듯이 조용한 비밀의 주변을 무의식적으로 떠돌았다.

그 흥미로운 책을 한 시간쯤 뒤에 다시 의자에 밀어놓았는데도 혼란스러운 생각들은 제자리로 돌아가지를 않았다. 끝까지 되짚어볼 생각으로 그는 아주 먼 옛날의 기억까지 더듬어보았는데, 다시 그 시절로 돌아가는 일은 흥미진진했다. 그는 장난스러운 손길로 종이 한 장을 집어 들었고 책상에서 펜을 가져와 선을 하나하나 그리기 시작했다. 종이 위에 날씬한 어느 여성의 모습이 나타났고, 희고 부드러운 사제의 손이 옷의 주름과 소매를 조용히 쓸어내리고 있었다. 얼굴만은 아직 명청한 가면을 쓴 것처럼 희미했는데, 그의 능력은 얼굴까지는 미치지 못했다. 입과 눈의 강한 선이 생기를 띠는 대신 점점 희미해지는 것을 그가 고개를 저으며 바라보고 있는 동안 햇살이 점점 변하더니 드디어 마지막 빛을 발했다. 피에로는 산이 붉게 물든 것을 보았다. 창가에 기댄 채 그는 젖소와 마차, 농부와 아낙들이 집으로 돌아가고 있는 것을 보았고 가까운 마을에서 울려 퍼지는 종소리를 들었다. 골짜기에는 장밋빛 저녁 안개가 깔렸고 황혼이 되자 갑자기 산꼭대기가 우단 같은 푸른빛으로, 하늘이 오팔 빛깔로 변했다. 피에로는 어두워진 산에 인사를 보내고 이제 저녁 식사 시간임을 깨닫고 기분 좋은 발걸음으로 수도원장의 식당을 향해 계단을 올랐다.

가까이 가보니 다른 손님이 온 듯 평소와 다른 쾌활한 목소리가 들렸다. 안으로 들어가자 낯선 두 사람이 자리에서 일어났다. 수도 원장도 일어났다.

"늦었습니다, 피에로." 수도원장이 말했다. "여러분들, 여기 기다리던 분이 오셨습니다. 피에로, 이분들은 베네치아 출신의 루이기 귀스티니아니 씨와 그 사촌 잠바티스타 씨입니다. 로마와 피렌체에서 오시는 길인데, 피에로 당신이 이곳에 계신다고 피렌체에서 말해주지 않았더라면 산속에서 한참을 헤맸을 것이라고 합니다."

"그래요?" 피에로가 웃었다. "아마 그렇지 않을 겁니다. 이분들은 어떤 수도원도 그냥 지나칠 수 없게 하는 혈육의 정에 이끌린 것 같습니다."

"무슨 말씀인가요?" 수도원장이 놀라 물었고 루이기는 웃음을 터트렸다.

"그렇게 뜻밖에도 오래된 가문의 역사로 우리를 맞이하시니 피에로 어르신께서는 모든 것들을 알고 계신 것 같습니다."

그러면서 그는 수도원장에게 선조들에 관한 특이한 이야기를 짤막하게 들려주었다. 그의 증조부는 아주 젊은 시절 수도복을 입은 지 얼마 안 되는 어느 날 귀스티니아니 가문이 비잔틴 제국에 패하여 자신이 가문에서 살아남은 유일한 남자라는 사실을 알게 되었다. 그래서 교황은 가문을 잇도록 그를 서원^{誓願}에서 풀어주어 총독의 딸과 혼인을 하게 했다. 그리하여 아내에게서 세 아들을 얻었고 그 아이들이 성장하여 세력 있는 집안의 규수들과 결혼을 하자마자 그는 다시 수도원으로 돌아가서 그곳에서 엄숙하게 참회하며 살았다는 것이다.

피에로는 상석에 앉아 그 베네치아인의 입에서 마치 기름처럼 부드럽게 흘러나오는 점잖은 말에 고상한 말로 응수했다. 그는 조금 피곤했지만 전혀 내색하지 않았고, 생선에 새 요리, 떫은 볼로냐 포도주와 오래되고 강한 키안티산 포도주가 계속 나오는 동안 눈에 띄게 기운을 되찾았다.

접시들을 치우고 잔과 포도주병, 과일 쟁반만이 식탁에 남자 방 안은 상당히 어두워졌다. 두껍게 테를 두른 좁은 창문의 아치로 밤하늘의 푸르스름한 빛이 흘러 들어왔는데, 촛불을 켜도 그 희미한 빛은 남았다. 창문 아래로 골짜기 깊은 곳에서 여름밤의 소리가 이따금 들려오고, 때로 멀리서 개 짖는 소리가, 방앗간 쪽에서는 웃음소리, 노랫소리, 류트의 연주 소리, 그리고 한 쌍의 연인이 천천히 걷는 소리가 간간이 들렸다. 은빛 가루를 묻힌, 회색 벨벳 같은 날개의 작은 나방 한 마리가 들어와 촛농이 떨어지고 있는 촛불 주위를 맴돌았다.

식탁에서는 농담과 우스갯소리, 일화들이 오갔다. 정치적 호기심과 바티칸을 풍자하는 최근의 익살로 시작한 대화가 문학 쪽으로 넘어가 마침내 사랑의 문제와 사랑의 경험에 이르게 되자, 젊은 손님들은 하나씩 예를 들어가면서 이야기했다. 수도원장은 말없이 고개만 끄덕였지만, 피에로는 주석을 달거나 평을 했는데, 핵심이 객관적이고 완벽했으며 말투도 정확했다. 그는 진지한 결론보다 흥미와 재미에 더 무게를 두었고, 노련한 남자라면 캄캄한 어둠 속에서도 여성의 머리가 금발인지 흑발인지 알아낼 수 있기 때문에, 여자들과의 연애에서 셋이 모두 머리카락이 직모에 연갈색이었다는 공식은 그럴싸해 보이지 않는다고 주장했다.

베네치아의 젊은이들은 어떤 이야기라도 듣고 싶어서 피에로가 무의식중에 이야기를 꺼내도록 온갖 노력을 했다. 하지만 노인장은 조용히 앉아 이론이나 주장이 대화로 이어지도록 하는 것에만 신경을 썼고, 손님들이 이런저런 이야기를 재미있게 이어가도록 그들의 이야기에 자신의 풍부한 추억을 첨가하면서 농담으로 재미를 보탤 뿐이었다. 노인은 전부터 잘 아는 소재가 새로운 입담으로 이야기되는 것에 귀를 기울일 뿐, 표절자의 가면을 벗기려고 하지 않았다. 늙고 현명한 그는 오래된 좋은 이야기는 새내기 스스로 그 이야기를 스스로 경험했다고 믿을 때 가장 아름답고 재미있다는 것을 알고 있었다.

결국 젊은 잠바티스타는 더 이상 참을 수가 없었다. 그는 검붉은 포도주를 한 잔 마시고 술잔을 식탁에다 소리 나게 내려놓으면서 노인장에게 이렇게 말했다. "어르신, 우리 모두가 당신의 입에서 나올 이야기를 듣고 싶어서 죽을 지경이라는 것을 당신께서는 저만큼이나 잘 알고 계십니다. 어르신께서는 우리를 유인해서 한 보따리는 될 만큼의 이야기를 하도록 만들었습니다. 더 훌륭한 이야기를 해주실 것으로 기대하면서 우리는 많은 이야기들을 했습니다. 그러니 이제 제발 오래된 것이든 새로운 노벨레든 저희를 즐겁게 해주십시오."

피에로는 생각에 잠겨 포도주에 떠 있는 무화과 조각을 먹었다. 그리고는 포도주를 들이켜면서 말했다. "여보시오, 여러분들은 내가 더 이상 분별없는 노벨레 작가가 아니라 묘석의 비문 쓰는 일만 남은 늙은이라는 사실을 잊어버린 것 같소."

그러자 잠바티스타가 끼어들었다. "실례지만 어르신께서는 조금 전까지도 모든 젊은이들이 자랑할 만한 사랑에 관해서 말씀하셨는데요." 루이기도 부탁하기 시작했다. 피에로는 묘한 미소를 지었다. 할 수 없이 그는 젊은이들이 실망하기를 바라면서 이야기를 해주기로 마음먹었다. 그는 말없이 세 개의 양초가 타오르고 있는 촛대를 밀어내고 잠시 생각에 잠겼다. 그리고 모두들 조용해지고 술잔이 채워지자 입을 뗐다.

갈색과 녹색의 무화과 몇 개와 노란 레몬이 놓인 넓은 식탁에 촛

불이 긴 그림자를 던지고 있었다. 높다란 둥근 창문으로 밤이 숨을 쉬며 점점 서늘해졌고, 환했던 하늘은 어두워져 별들로 가득했다. 세 사람은 푹신한 의자에 기대어 앉아서 붉은 돌이 깔린 바닥을 내려다보았는데, 식탁보의 그림자가 조용히 흔들리고 있었다. 방앗간과 멀리 골짜기에서는 아무 소리도 들리지 않았고 사방이 너무 조용해서 멀리 딱딱한 길 위를 지친 말 한 마리가 걷는 소리가 들렸는데, 너무나 느려서 가까이 오고 있는지 아니면 멀어지는 것인지 알 수 없을 정도였다.

피에로가 이야기를 시작했다.

오늘 저녁에 우리는 입맞춤에 대해서 여러 차례 이야기하면서 어떤 종류의 입맞춤이 큰 행복을 주는지 논쟁을 했습니다. 그 해답을 찾는 것은 젊은이들의 일입니다. 우리 늙은이들이 그런 것을 시도하고 확인하던 때는 이미 오랜 옛날이라 그런 중요한 문제에 관해서 다만 희미한 기억에 물어볼 수밖에 없지요. 내 하찮은 기억 가운데에서 여러분에게 두 가지 입맞춤의 이야기를 해드리겠는데, 두 가지 모두 내 인생에서 가장 달콤한 동시에 가장 씁쓸한 입맞춤으로 생각됩니다.

열여섯 살에서 열일곱 살 사이였는데, 당시 내 부친은 볼로냐 쪽 아펜니노 산맥 근처에 별장을 가지고 있었습니다. 소년 시절의 대부분을, 여러분들이 이해가 될지 모르겠지만 전 생애에서 가장 아름다운 시절인 소년과 청년의 중간 시절을 나는 그곳에서 보냈습니다. 만약 어린 시절부터 나하고 사이가 좋지 못했고 내 이야기에서 주인공 역을 하고 있는 내 사촌이 바람직하지 않은 상속으로 그 집을 물려받지 않았으면, 나는 오래 전에 그 집을 다시 한번 찾아갔거나 내 안식처로 삼았을 것입니다.

별로 덥지 않던 아름다운 어느 여름에 부친은 나와 그리고 손님으로 초대된 바로 그 사촌과 함께 그 아담한 별장에서 지냈습니다. 모친은 이미 오래 전에 세상을 떠난 후였습니다. 부친은 아직 젊은 나이였고 꽤 훌륭한 귀족으로 말타기, 사냥, 펜싱, 그 밖의 놀이와 삶과 사랑의 기술에서 우리 소년들의 우상이 될 정도로 뛰어났습니다. 부친은 언제나 경쾌하게, 거의 청년처럼 행동했는데, 잘생기고 건강해서 그후 얼마 있지 않아 재혼을 했습니다.

알비제라는 이름의 사촌은 당시 스물세 살이었고, 고백하건대 정말 잘생긴 젊은이였습니다. 그는 몸은 늘씬하고 체격이 좋고, 아름다운 긴 고수머리와 붉은 뺨의 생기 넘치는 용모를 지녔을 뿐 아니라, 우아하고 기품 있게 행동했으며 유능한 재담가이자 가수였고 춤도 잘 춰서 당시 우리 지방 모든 여성들의 총애를 한 몸에 받으며 명성을 날렸습니다. 우리가 철저히 서로를 참을 수 없이 미워하게 된 것은 순전히 그에게 원인이 있습니다. 그는 거만하게, 또는 참을 수 없이 비꼬는 듯한 호의를 베풀면서 나를 대했는데, 나는 나이에 비해서 이성이 더 발달하여 나를 대하는 그런 경멸적인 태도에 심한 모욕감을 느꼈습니다. 또한 훌륭한 관찰자였던 나는 그의 음모와 비밀들을 여러 번 알아냈기 때문에 당연히 그가 더욱더 싫어질 수밖에 없었습니다. 가끔 그는 아첨하며 친절한 태도로 내 환심을 사려고 애를 썼지만 나는 꿈적도 하지 않았습니다. 그때 만약 내가 좀더 나이가 들고 더 현명했더라면 두 배로 그의 기분을 맞춰서 그를 사로잡았다가 기회가 왔을 때 파멸시켰을 겁니다. 성공하고 버릇없는 사람일수록 쉽게 속기 마련이거든요. 그러나 그때 나는 증오하기에는 충분할 만큼 컸지만, 냉정함이나 반항심 외에 다른 무기가 있다는 것을 알기에는 아직 어렸습니다. 그래서 그가 쏜 화살에 독을 묻혀서 우아하게 되쏘지는 못하고 오히려 나의 무능한 분노로 인해서 화살이 내 살 속으로 더 깊게 파고 들어가게 만들 뿐이었습니다. 우리가 그렇게 서로 미워하는 것은 당연히 숨길 수가 없었기 때문에 부친은 웃으면서 우리를 놀렸습니다. 부친은 잘생기고 우아한 알비제를 좋아했기 때문에, 내가 적대시해도 그를 자주 초대하기를 주저하지 않았습니다.

그렇게 해서 사촌과 나는 그 여름에도 함께 지내게 되었습니다. 우리의 별장은 언덕 위에 아름답게 서 있었는데, 포도원 너머로는 드넓은 평야가 끝도 없이 펼쳐져 있었습니다. 내가 알기로 그 별장은 알비치 가문*의 치하에서 추방된 어느 피렌체 사람이 지은 것입니다. 집 주위에는 아름다운 정원이 있었습니다. 부친은 그 정원 주변에 새롭게 담을 쌓게 하고, 그의 문장이 현관문에 깨지기 쉬운 돌로 만들어져 거의 알아볼 수 없는 상태로 달려 있었기 때문에 당신의 문장을 돌로 된 바깥의 정문 위에다 새겼습니다. 숲으로 계속 들어가면 굉장히 훌륭한 사냥터도 있어서 나는 거의 매일 그곳을 걷거나 말을 타고 다녔는데, 대개는 혼자였고 가끔은 나한테 매사냥을 가르쳐주시던 부친과 함께였습니다.

앞서 말했듯이 나는 아직 소년에 가까웠습니다. 그러나 실은 더 이상 소년이 아니었고 젊은이들이 닫혀 있는 두 정원 사이에서 뜨거운 길바닥을 헤매듯이 잃어버린 소년다움과 아직 완전하지 못한 사나이다움 사이에서 방황하면서 까닭 없이 기쁘기도, 슬프기도 한 그 짧고도 묘한 시기의 한 가운데 있었습니다. 당연히 나는 테르치네 Terzine** 같은 시를 많이 쓰게 되었습니다. 하지만 나는 현실의 사람이 그리운 나머지 죽을 생각까지 했음에도 불구하고 여전히 시적인 환상에만 빠져 있었습니다. 그리하여 나는 끊임없는 열정을 헤매면서 혼자 있기를 좋아했고 스스로 말할 수 없이 불행하다고 느꼈습니다.

---

* 피렌체의 귀족 가문으로, 1382년부터 피렌체 과두 정부의 중심이었다.
** 세 개의 시행이 하나의 연을 이루는 이탈리아의 시의 형태로, 단테의 『신곡 (Divina Commedia)』이 대표적이다.

더구나 고통을 조심스럽게 감춰야만 하는 상황은 고통을 더욱 심화했는데, 부친이나 얄미운 알비제가 나를 조롱하며 괴롭힐 것이라는 사실을 잘 아는 까닭이었습니다. 나는 수전노가 금화를 감추는 것보다도 더 신중하게 내가 쓴 아름다운 시들을 깊숙이 감춰두었고, 비밀 장소가 충분히 안전하지 못할 때는 글이 든 상자를 숲속으로 가지고 가서 안전한 곳에다 파묻었고 그것이 제대로 있는지 날마다 가서 보았습니다.

그렇게 보물을 숨기러 다니던 어느 날, 나는 우연히 사촌이 숲 가장자리에 서 있는 것을 보았습니다. 그쪽에서 아직 나를 보지 못했기 때문에 나는 얼른 다른 길을 택하여 그에게서 눈을 떼지 않았습니다. 적대감뿐 아니라 호기심에서 사촌을 항상 관찰하는 버릇이 생긴 까닭입니다. 얼마 후에 집안일을 돌보는 젊은 하녀가 들판에서 나타나 기다리고 있던 알비제한테 다가갔습니다. 그는 하녀의 허리에 팔을 두르고 그녀를 자기 몸에 밀착시키면서 함께 숲으로 사라졌습니다.

나한테는 아직 너무 높은 곳에 매달려 있는 열매를 그가 따는 것을 보자 나는 연상의 사촌에게 일종의 흥분과 동시에 질투심이 불탔습니다. 저녁 식사 시간에 나는 그의 눈이나 입술에 그가 키스하고 사랑을 나눈 흔적이 남아 있으리라 믿었기 때문에 날카로운 눈초리로 그를 살펴보았습니다. 그러나 그는 평소와 다름없이 여느 때처럼 웃고 떠들어댔습니다. 그때부터 나는 그 하녀나 알비제를 볼 때마다 내게 고통과 기쁨을 동시에 주는 욕망의 전율을 느꼈습니다.

한여름이 되기 직전의 어느 날, 사촌이 우리에게 이웃이 생긴다는 소식을 전했습니다. 알비제가 오래 전부터 알고 있는 볼로냐 출신의 갑부와 그의 아름답고 젊은 부인이 우리 집에서 반 시간도 안 되는 곳 더 깊은 산속에 있는 별장으로 온다는 것입니다.

남편은 내 부친과도 잘 아는 사이였는데, 나는 그가 페폴리 가문 출신인 돌아가신 우리 어머니의 먼 친척으로 알고 있었지만 확실한 것은 아닙니다. 볼로냐에 있는 그의 집은 콜레지오 디 스파냐Collegio di Spagna* 근처에 있었습니다. 하지만 별장은 부인 소유였습니다. 부부와 당시에는 아직 태어나지 않은 세 아이들까지 지금은 모두 세상을 떠났고 당시 그곳에 있던 사람들 가운데 아직 살아 있는 사람은 나하고 사촌 알비제뿐입니다. 우리 둘은 이제 노인이 되었지만 물론 그 때문에 사이가 전보다 좋아지지는 않았습니다.

다음 날 우리는 말을 타고 나갔다가 그 볼로냐 사람과 마주쳤습니다. 우리는 그에게 인사를 했고 부친은 그에게 부인과 함께 한번 방문해달라고 했습니다. 남자는 내 부친과 비슷한 연령 같았지만 두 사람을 비교할 수는 없었는데, 부친이 크고 기품이 넘치는 용모인

* 왕립 스페인 대학.

데에 비하여 이웃 남자는 작고 못생긴 까닭이었습니다. 그는 부친에게 아주 점잖았고 나한테도 몇 마디 말을 건네면서 다음 날 우리를 방문하겠다고 약속했습니다. 그래서 부친은 친절을 다해서 식사에 그를 초대했습니다. 이웃 사람은 감사하다고 했고 우리는 여러 의례적인 말을 나누고 굉장히 만족한 가운데 헤어졌습니다.

다음 날 부친은 훌륭한 만찬을 준비시켰고 낯선 귀부인에게 경의를 표하기 위해서 식탁을 아름다운 꽃으로 장식했습니다. 우리는 대단한 기쁨과 긴장 속에서 손님을 기다렸고, 부부가 도착하자 부친은 정문으로 마중을 나가 직접 부인을 말에서 내려주었습니다. 그다음 모두 즐겁게 식탁에 앉았는데 나는 식사 시간 내내 부친보다는 알비제에게 감탄했습니다. 그는 손님들, 특히 부인에게 온갖 익살스럽고 아첨하는, 그리고 재미있는 일들을 이야기했고, 그 덕에 모두들 유쾌하게 시간을 보내게 되어 대화와 웃음소리가 한순간도 멈추지 않았습니다. 그것이 계기가 되어 나도 그 귀한 재주를 배워보기로 결심했습니다.

하지만 나는 젊은 귀부인을 바라보느라 정신이 없었습니다. 그녀는 뛰어나게 아름다웠고 크고 날씬한 몸매에 화려한 옷을 입고 있었는데, 행동은 자연스럽고 매력적이었습니다. 아직도 기억납니다만 내 쪽을 향해 있던 그녀의 왼손에는 커다란 보석이 박힌 금반지 세 개가 끼워져 있었고 목에는 피렌체에서 세공된 장식이 달린 세 줄의 금목걸이가 걸려 있었습니다. 식사가 거의 끝나가고 그녀를 충분히 관찰했을 때, 나는 이미 미치도록 그녀에게 반해버리고 말았습니다. 그것은 내가 그토록 많은 꿈을 꾸며 시를 썼던 그 감미롭고 상처받기 쉬운 열정을 완전히 현실에서 느끼게 된 최초의 경험이었습니다.

식사를 마친 다음 우리는 잠시 휴식을 취하고 정원으로 내려갔습니다. 그리고 그늘에 앉아 많은 대화를 나누며 즐거운 시간을 보냈습니다. 나는 라틴어로 된 한 편의 송가를 읊어 약간의 칭찬을 받았습니다. 저녁에는 베란다로 나가서 식사를 했고 어두워지기 시작하자 손님들은 돌아갈 채비를 했습니다. 나는 재빨리 그들을 바래다주겠다고 했지만, 알비제가 이미 자기 말을 끌고 온 후였습니다. 인사를 나눈 후에 세 마리의 말은 움직이기 시작했고 나는 그 모습을 바라보았습니다.

그날 저녁 나는 처음으로 사랑의 본질에 관해서 무엇인가 체험할 기회를 가졌습니다. 온종일 나는 그 부인을 바라보면서 너무도 행복했고 그녀가 우리 집을 떠난 순간부터 너무도 비참하고 절망적이었습니다. 얼마 후 사촌이 돌아와서 정문을 닫고 침실로 가는 소리가 들리자 나는 질투와 괴로움으로 가득했습니다. 밤새도록 나는 잠을 이루지 못하고 한숨만 쉬며 불안한 마음으로 침대에 누워 있었습니다. 그러고는 부인의 모습을, 그녀의 눈과 머리카락, 입술, 손, 그녀가 했던 말 한마디 한마디를 상세하게 기억해내려고 애썼습니다. 나는 수백 번도 더 그녀의 이름 이사벨라를 다정하게, 그리고 슬프게 중얼거렸습니다. 다음날 내가 심란해하는 모습을 아무도 알아채지 못한 것은 정말 기적입니다. 온종일 나는 어떻게 하면 부인을 다시 한번 만날 수 있을까만 생각했습니다. 그리고 그녀의 호감을 살 수 있는 묘수와 방법만을 생각했습니다. 하지만 아무리 괴로워해도 소용없는 일이었습니다. 나는 경험이 없었고, 사랑은 행복한 사랑일지라도 필연적으로 절망과 더불어 시작되는 것이니까요.

다음 날 나는 부인의 별장 가까이 가보기로 했습니다. 그 집은 숲 근처에 있었기 때문에 아무도 몰래 가는 것이 너무도 쉬웠습니다. 숲 가장자리에 조심스럽게 몸을 숨기고 나는 몇 시간 망을 보았습니다. 하지만 게으르고 살찐 공작 한 마리와 노래를 부르는 하녀, 그리고 하얀 비둘기가 날아가는 것 외에는 아무것도 볼 수 없었습니다. 그때부터 나는 매일 그곳으로 갔고 두세 번 정도는 이사벨라 부인이 정원을 산책하거나 창가에 서 있는 것을 볼 수 있는 즐거움을 맛보았습니다.

나는 점점 대담해져서 문이 매일 열려 있고 높은 덤불로 둘러싸인 정원 안까지 들어갔습니다. 그리고 아래에 숨어 살펴보다가 이사벨라가 오전에 즐겨 찾는 작은 정자에 아주 가까이 가게 되었습니다. 그곳에서 나는 허기도 피곤함도 느끼지 못한 채 반나절을 서 있었고, 아름다운 부인을 보게 되었을 때는 환희와 두려움으로 매번 전율했습니다.

어느 날 숲에서 그 볼로냐 사람과 마주쳤습니다. 나는 그가 집을 비운다는 사실을 알게 되자 내 자리로 달려가는 내 마음은 두 배로 기뻤습니다. 이번에는 보통 때보다 훨씬 더 정원 깊숙이 들어가서 정자 바로 옆의 컴컴한 월계수 덤불 속에 몸을 숨겼습니다. 안에서 소리가 들렸기 때문에 이사벨라가 마침 그곳에 있다는 것을 알게 되었습니다. 한번 그녀의 목소리가 들려온 것 같았지만 너무 나지막해서 확실히 알아들을 수는 없었습니다. 고통스러운 매복 장소에서 나는 참을성 있게 그녀를 보게 될 때까지 기다렸고 동시에 그녀의 남편이 집에 돌아와 나를 발견하지 않을까 계속 불안했습니다. 무척 아쉽고 화나는 일은 내 쪽으로 난 정자의 창문에 푸른색 비단 커튼이 쳐져 있어서 안을 들여다볼 수 없다는 것이었습니다. 그래도 별장에서 내 쪽이 보이지 않아 조금 안심이 되었습니다.

한 시간도 넘게 기다리고 있는데, 갑자기 푸른색 커튼이 움직이더니 갑자기 누군가 틈새로 정원을 살피려고 내다보는 것 같았습니다. 나는 몸을 더욱 잘 숨기고, 창문에서 세 발자국도 안 되는 곳에 있었기 때문에 굉장히 흥분해서 무슨 일이 일어날지 기다렸습니다. 이마에서는 땀이 흘렀고 심장은 너무 세차게 두근거려서 남한테 들리지 않을까 걱정스러울 정도였습니다.

하지만 그때 일어난 일은 화살보다 더 고통스럽게 내 순진한 가슴을 찔렀습니다. 커튼이 갑자기 확 밀쳐지더니 전광석화처럼, 하지만 아주 조용히 한 남자가 창문에서 뛰어내린 것입니다. 말할 수 없이 놀란 나는 정신을 차리기도 전에 또 한 번 놀라지 않을 수 없었습니다. 그 순간 그 대담한 남자가 나의 적이자 사촌임을 알아본 까닭입니다. 나는 분노와 질투로 몸서리쳤고, 하마터면 뛰쳐나가서 그에게 달려들 뻔했습니다.

알비제가 땅에서 일어섰고 미소를 지으며 조심스럽게 주위를 살폈습니다. 곧 이사벨라가 문을 열고 정자 밖으로 나와 귀퉁이에서 그를 바라보며 미소를 머금고 나지막하고 다정하게 속삭였습니다. "어서 가요, 알비제. 가요, 안녕."

그러면서 그에게 몸을 돌리자 사촌은 그녀를 껴안고 그녀의 입술에 자신의 입술을 가져다 댔습니다. 단 한 번의 입맞춤이었지만 너무도 길고 탐욕적이며 열정적이어서 그 순간 내 심장은 아마 천 번쯤 고동쳤을 것입니다. 그때까지 나는 사랑을 시나 이야기로만 알고 있었고 그토록 가까이에서 본 적이 없었기 때문에, 애타게, 열정적으로 붉은 입술을 내 사촌의 입술에 대고 있는 이사벨라를 바라보며 거의 이성을 잃을 정도였습니다.

여러분, 내게는 이 입맞춤이 내가 직접 주거나 받아본 어떤 입맞춤보다도 더 달콤하면서도 씁쓸한 것이었습니다. 조금 후에 여러분께 들려줄 다른 이야기 한 가지만 제외한다면 말입니다.

내 영혼이 상처 입은 한 마리의 새처럼 떨고 있던 바로 그날, 우리는 볼로냐 사람 집으로 다음날 와달라는 초대를 받았습니다. 나는 가고 싶지 않았지만 부친의 명령이었습니다. 나는 다시 밤새도록 한잠도 자지 못하고 괴로워하며 누워있었습니다. 그런 다음 우리는 말을 타고 천천히 문과 내가 그토록 자주 숨어들던 그 정원으로 들어갔습니다. 나는 극도로 불안하고 비참했지만 알비제는 나를 미치게 만드는 그 미소를 띄고 정자와 월계수 덤불을 둘러볼 뿐이었습니다.

하지만 식탁에서 이번에도 내 시선은 끊임없이 이사벨라를 좇았습니다. 그녀의 맞은편에 가증스러운 알비제가 앉아 있었기 때문에 나는 지옥의 고초를 겪는 것처럼 괴로웠고 아름다운 부인을 볼 때마다 어제의 그 장면이 너무도 또렷하게 떠올랐습니다. 그래도 나는 계속 그녀의 자극적인 입술에서 눈을 뗄 수가 없었습니다. 식탁은 음식과 포도주로 훌륭하게 차려져 있었고 대화는 유쾌하고 활기차게 오갔습니다. 하지만 나는 전혀 입맛이 없었고 감히 대화에 한마디도 끼어들 엄두를 내지 못했습니다. 다른 사람들이 그토록 즐거워하던 그 오후가 내게는 참회 주간처럼 길고 괴로웠습니다.

저녁 식사가 계속되는 동안 시종이 와서 주인에게 전할 말이 있다며 정원에서 어느 심부름꾼이 기다린다고 했습니다. 그래서 볼로냐 남자는 양해를 구하고 밖으로 나갔습니다. 사촌이 대화를 이어갔습니다. 하지만 부친은 사촌과 이사벨라를 꿰뚫어 본 것처럼 묘한 질문으로 놀렸습니다. 부친은 농담조로 이런 질문도 했습니다. "부인, 만약 우리 세 사람 중에서 누구한테 가장 키스를 해주고 싶으신가요?"

그러나 아름다운 부인은 큰소리로 웃음을 터트리며 아주 진지하게 말했습니다. "저기 잘생긴 소년이에요." 그러더니 자리에서 일어나 나를 끌어당겨 키스를 했습니다. 하지만 그 입맞춤은 어제처럼 길고 정열적인 것이 아니라 가볍고 냉랭한 것이었습니다.

그 입맞춤은 내가 지금껏 사랑하는 여인으로부터 받은 어떤 입맞춤보다도 더 많은 기쁨과 슬픔을 내게 주었습니다.

피에로는 술잔을 비우더니 자리에서 일어나 정중하게 그 베네치아인들에게 인사를 했다. 그런 다음 촛대 중의 하나를 집어 들고 수도원장에게 밤 인사로 고개를 끄덕인 다음 방에서 나갔다. 두 나그네도 곧 잠자리에 들었다. "그가 마음에 들어?" 어둠 속에 누운채 루이기가 물었다. "유감이지만 그분도 늙으셨네." 잠바티스타가 말하면서 하품을 했다. "정말 실망했어. 훌륭한 노벨레 대신 어린 시절 이야기를 했어."

"그래, 노인들은 그래." 루이기가 말하며 이불 속으로 몸을 쭉 뻗었다. "그래도 말솜씨는 뛰어나더군. 그리고 기억력도 놀라워."

같은 시각 피에로는 잠자리에 누워 있었다. 피곤했다. 쉽게 할 수 있는 다른 이야기를 재미있게 할 수도 있었는데, 그렇게 하지 않은 자존심이 후회가 되었다.

하지만 이야기를 즉흥적으로 만들어내는 자신의 재능이 녹슬지 않았다는 사실이 기뻐서 그는 진심으로 미소를 지었다. 왜냐하면 별장, 사촌, 하녀, 귀부인, 월계수 덤불 그리고 두 가지 입맞춤, 이 모든 이야기가 순간순간 꾸며낸 허구인 까닭이었다.

보카치오

Bocaccio

존경하는 신사 여러분, 그리고 무엇보다도 아름답고 귀한 숙녀 여러분, 좋은 선물이나 물건을 주는 사람한테는 감사와 보답이 돌아오는 법이기 때문에 내가 아무런 이익이나 보답도 바라지 않고 귀한 보물을 내놓으면서 권한다면 여러분께서는 반갑게 받아들이고 마음속으로 고마워하실 겁니다. 그 일을 지금 하려고 합니다. 여기 내 친구 조반니 보카치오가 쓴 책을 보십시오. 이 책을 읽어보면 다른 어떤 책에서도 찾아볼 수 없는 아름답고 현명하고 즐겁고 감동적이며 우스운 이야기들을 만나게 될 것입니다.

화창하고 더운 초여름에 낯선 정원 옆을 지나가본 적이 있나요? 외롭고 따분한데 정원에서 장미와 오렌지 향기가 바람에 실려 오고, 솟구치는 분수의 청아한 소리와 현악기 소리, 즐거운 젊은이들이 웃으며 이야기 나누는 소리가 들려옵니다. 여러분은 갑자기 자신이 서글퍼집니다. 그리고 정원으로 들어가서 먼지가 이는 시골길을 푸른 잔디와 꽃밭으로 바꾸고, 노래하는 사람들의 노래와 행복한 사람들의 즐거운 대화에 귀를 기울이면서 모든 유쾌하고 즐거운 것들에 대한 여러분의 열망을 충족하고픈 강한 욕구에 사로잡힐 것입니다.

좋습니다. 여기 정원으로 들어가는 문이 있습니다. 문은 열려 있고 수풀에서는 꽃향기와 웃음소리와 악기 소리가 들려옵니다. 들어가 앉아서 여러분의 열망을 채우세요! 아름다운 노래가 듣고 싶나요? 슬픈 사랑의 이야기를 원하나요? 아니면 익살이나 재담, 노골적인 얘깃거리가 더 좋은가요? 의협심이나 고귀한 미덕에 관한 이야기는 어떨까요? 아니면 들어본 적 없는 다양한 모험담이나 숙녀들이 얼굴을 붉히며 예의상 살짝 화를 내는 바람둥이 이야기가 듣고 싶은가요?

여러분 모두 들어오십시오. 누구든 바라던 것을 찾게 될 것입니다. 보카치오의 수많은 이야기들을 읽으면, 젊은이들은 매혹되고, 처녀들은 얼굴을 붉히거나 감동하고, 남자들은 웃음을 터트리고 현자들은 깊은 생각에 잠기지 않을 수 없습니다. 여러분들은 보카치오의 이야기들이 인간의 본성과 기질, 사랑과 우정, 삶과 죽음에 작용하는 운명의 여러 가지 양상을 품위 있고 진지하게 묘사하고 있음을 알게 될 것입니다. 하지만 이 이야기들은 어리고 미숙한 나이의 아이들한테는 적합하지 않고, 짜증 많은 노인들, 적대적인 사람, 소인배, 불평 많은 사람들한테도 적합하지 않습니다. 그런 사람들만 제외한다면 남녀노소 할 것 없이 누구나 아주 즐겁게 읽을 수 있고 유익한 면도 없지 않습니다.

이렇게 묘한 책에 관해서 계속 이야기하기 전에 일단 보카치오가 어떤 사람이었는지 (왜냐하면 그는 유감스럽게도 오래 전에 세상을 떠났기 때문입니다) 그리고 어떻게 그가 『데카메론*Decameron*』을 쓰게 되었는지부터 이야기를 하고자 합니다.

그의 소설을 조금이라도 읽어본 사람이라면 보카치오가 피렌체 토박이라는 것을 믿어 의심치 않을 것이다. 타지방 사람도 완벽한 피렌체 말을 배울 수 있지만, 피렌체 태생만이 가진 활발하고 대담하며 재치 있는 정신은 가질 수 없기 때문이다. 후대에 유약한 나폴리 사람이나 분별없는 밀라노 사람, 우울한 베네치아 사람, 그리고 어설픈 시에나 사람도 훌륭한 소설을 썼지만, 이들 모두 문학의 아버지이자 창시차인 보카치오를 스승으로 받들고 있다.

어떤 시대에 『데카메론』이 쓰였는지 생각해보면 무엇 때문에 피렌체가 그의 고향이어야 하는지 쉽게 알 수 있다. 지금도 세상에서 가장 아름다운 도시 중의 하나인 부유하고 화려한 이 도시는 당시 많은 전쟁과 정치적인 어려움을 겪고 있는 중에도 100년 후에 완성될 최고 전성기의 르네상스로 나아가고 있었다. 막강하던 로마가 처참하게 몰락하여 교황과 교황청이 전부 프로방스의 아비뇽으로 옮겨 갔지만, 피렌체는 여전히 모든 영역에서 활발하고 성공적인 활동을 보이면서 상업뿐 아니라 예술에서도 날로 명성과 번영을 더하고 있었다. 유명한 페트라르카와 위대한 작가 단테 역시 피렌체 태생이지만, 단테는 유형지에서 세상을 떠났고 페트라르카 가문은 끊임없는 내전으로 추방을 당해 아레초에서 살았다. 그래서 피렌체 사람들은 위대한 시인에게 진 빚을 열심히 갚기 위해서 당대뿐 아니라 그후에도 학자나 시인, 예술가들을 후원했고 이들의 명성은 피렌체 도시에 명성을 더해주어 오늘날까지도 피렌체는 르네상스의 발상지로 불리고 있다. 상인들은 세상의 모든 나라들과 엄청난 거래를 했고, 많은 피렌체 사람들이 상인이나 환전상으로 로마, 나폴리, 밀라노, 파리, 런던, 플랑드르 지방과 시칠리아, 말타, 크레타, 키프로스 섬 등지에서 살았는데, 그곳에서 돈과 부귀뿐 아니라 다양한 소식과 타향의 관습과 지식, 관습과 사건을 매일 피렌체로 들여왔다.

바로 그런 시대, 그런 도시에서 『데카메론』의 저자는 세상에 온 것이다. 하지만 보카치오는 피렌체나 그의 가문이 있는 부근의 체르탈도에서 태어나지 않았다. 최고의 작가라는 운명은 이 세계적인 노벨레 작가의 삶을 어느 정도 어둠 속에서, 약간의 모험 소설처럼 시작하게 만들었다.

친애하는 신사 숙녀 여러분, 이 탁월한 작가의 삶에 관해서 오늘날 알려진 것에 관해서 한번 귀 기울여 보십시오. 유감스럽지만 그것은 별로 길지도, 기대만큼 이야기가 많지도 않습니다.

엘자탈에 위치한 소도시 체르탈도에서 태어난 보카치오라는 상인이 피렌체에 살고 있었다. 근면하고 똑똑하기는 하지만 돈 욕심이 많고 경솔한 사람으로, 사업상 여행을 자주 했는데 때로 남의 일, 때로 자신의 사업을 했다. 벌이를 쾌락에 낭비하는 데에 뛰어났고, 장사꾼들이 그렇듯이 자주 많은 사건과 행불행의 부침浮沈을 겪었다. 그는 파리와 그 밖의 다른 도시에 많은 지점들을 소유하여 굉장한 명성을 누리던 바르디 가문의 금융업에 오랫동안 관여했다. 우리의 상인은 파리 지점에서 한동안 일했는데, 유능한 상인이었지만 이 거대하고 풍요로운 수도首都에서 쾌락에도 눈을 떼지 않았다.

그러던 어느 날 그는 젊고 매우 아름다운 미망인을 만났고, 그녀가 너무도 마음에 들었던 그는 호감을 얻기 위해서 온갖 애를 썼다. 그런 일에 능란하기 때문에 귀족이라고 사칭하면서 온갖 수단을 다 썼다. 훌륭한 외모 덕에 속이기는 쉬웠다. 근본은 촌스러운 환전상에 불과하지만. 그는 잔뜩 멋을 내고 마치 고귀한 가문의 자손인 양 행동했다. 곧 그 여성의 관심을 끌게 된 그는 은근한 속셈을 드러내며 온갖 맹세의 말로 결혼 약속을 받았고 원하던 최고의 목적을 달성했다. 두 사람은 만족하며 꽤 오랫동안 아무런 방해도 받지 않고 사랑을 나누었는데, 얼마 후에 사랑의 결실로 그녀가 귀여운 사내아이를 가지지만 않았어도 그는 고향으로 돌아갈 생각을 하지 않았을 것이다. 하지만 계속 그곳에 머무는 일은 경솔한 이 이탈리아인의 계획에는 맞지 않았을 뿐만 아니라 여성이 미모 외에는 아무것도 가진 것이 없기 때문에 그는 맹세를 저버리고 그녀와 파리라는 도시를 떠나고 말았다. 그러고는 피렌체로 돌아와 그런 부류의 사람들이 다 그렇듯이 독신 행세를 하면서 빈 술병과 임신한 애인에게는 조금도 마음을 쓰지 않았다.

1313년에 가련한 그 여성이 낳은 사내아이가 바로 조반니 보카치오이다.

고통과 근심에 시달리던 불행한 어머니는 몇 년밖에 더 살지 못했고, 어머니가 세상을 떠나자 어린 소년 조반니는 피렌체에 있는 아버지한테로 오게 되었다. 거기에서 그는 훌륭한 학교로 보내져 라틴어를 배우기 시작했는데, 앉아서 공부하고 책 읽는 것을 아주 좋아했다. 하지만 그가 열세 살이 되자 부친은 그를 집으로 데려와 장사에 필요한 요령과 산술을 가르치고 얼마 뒤에는 환전상에게 맡겨 장사에 관한 지식을 배우도록 했다. 별것을 배우지도 못하고, 장사에 별흥미도 가지지 못한 채 그는 6년간 그곳에 머물렀다. 오히려 그는 시를 읊거나 낭독을 들을 수 있는 곳이면 어디든 찾아다녔고, 단테나 베르길리우스의 위대한 시 여러 편을 암송했다. 그는 시인들에게 마음을 완전히 배앗긴 채 시에 대한 끝없는 사랑에 빠졌다.

6년이 다 되자 누가 봐도 조반니가 마치 물 밖의 물고기처럼 상업에 적응을 못하는 것이 확실해졌다. 아버지도 이를 알고 아들을 대학에 보내기로 작정했다. 아버지는 교회법을 공부하도록 강요했는데, 똑똑한 그가 제대로만 하면 그 지식으로도 적지 않은 돈을 벌 수 있다고 생각한 까닭이었다. 당시 그는 나폴리에 머물고 있었는데, 아버지는 그가 무엇을 배우든 공부만 끝낸다면 최고라고 생각했다.

당시 나폴리는 이탈리아에서 가장 방탕한 도시였는데 주민들은 로베르토 왕*의 통치하에서 오랜 평화를 누려온 까닭에 잘못 길들여져 있었다. 여섯 명의 왕의 조카들과 이른바 '나폴리의 여왕**'으로 불리던 형수, 손녀인 조반나***의 이름은 널리 알려져 있었고 이들에 대한 나쁜 평판이 온 세상에 자자해서 당시 왕궁의 생활이 어땠는지는 말이 필요 없을 정도였다. 특히 그 유명한 조반나는 뻔뻔하고 비난받을 생활을 하면서 시동생을 정부로 만들고, 나중에는 남편을 살해한 후에 교황의 사면도 얻지 않고 정부를 남편으로 삼은 일은 잘 알려져 있다. 또한 도시에서는 귀족들 사이에서 쾌락적이고 사치스

---

* 로베르토 당조(1275?–1343). 나폴리의 국왕.
** 이레네 안젤리나(1180/1881–1208), 콘스탄티노플 출신으로, 프리드리히 1세의 막내아들(훗날의 필립 왕)과 결혼했다.
*** 조반나 1세(1325?–1382). 정치 보복과 복잡한 사생활로 악명 높았다.

러운 생활과 싸움, 사소한 일로 인한 살인까지 횡행하게 벌어졌고, 궁정에서는 정말 자기 자식인지 아닌지를 아버지도, 어느 누구도 구별할 수 없게 된 지 오래였다. 축제와 무도회, 춤과 가면극 등으로 그곳 생활은 사치스럽기 그지없어서, 보카치오의 향락적이고 외설적인 이야기들은 전부 나폴리에서 직접 본 것이라고 해도 거짓이 아닐 것이다. (라틴어는 제외하고) 학문에서 그가 뛰어난 업적을 이루었거나 종교법 박사학위를 받았다는 이야기는 어디에도 없다. 대신 그는 그곳에서 당시 인간의 열정에 대한 깊은 이해의 기초를 다지게 되었는데, 그것은 넘치는 소유욕, 미신, 애욕, 탐욕, 살의, 교활함과 허영으로 둘러싸여 있던 까닭에 가능했다. 근본적으로 그는 사랑에 관한 연구에 몰두했고, 그 슬픔과 기쁨을 밑바닥까지 스스로 맛보았다.

아마 1334년 부활절 축제 무렵의 어느 날이었을 것이다. 나폴리의 어느 성당에서 그는 어떤 여성을 만나게 되었는데, 그날부터 그의 마음은 그녀로 인해서 환희와 고통으로 가득했다. 그녀의 이름은 돈나 마리아였다. 그녀는 로베르토 왕의 사생아지만 아퀴노 백작의 딸로 알려져 있었고, 명망 있는 귀족과 결혼한 몸이었다. 아름답고 우아한 그 귀부인 역시 잘 생기고 젊은 피렌체 남자한테 관심을 가졌고, 남편한테 가책과 두려움이 없지 않았지만, 한동안 보카치오의 애인이 되었다. 마치 멋진 모험담에 나오는 이야기처럼 소상인의 사생아가 굉장한 왕의 딸을 얻게 된 것이다.

보카치오는 종교법을 종이 더미 속에서 낮잠 자게 내던지고 공부를 팽개쳤다. 대신 라틴어와 점성술에 몰두하고 인생의 밝은 면만을 좇으며 청춘의 넘치는 힘을 맘껏 즐겼다. 이 시기에 그는 무엇보다도 애인을 위하여 믿을 수 없을 만큼 많은 시와 소설들을 썼다. 그 부인은 작품 속에 피암메타^Fiammetta*라는 이름으로 등장하는데, 수년 후에 보카치오는 슬픈 사랑의 추억 속에서 그 이름을 『데카메론』에 등장하는 어느 귀부인에게 붙여주었다. 의심할 바가 없이 그의 일생에서 가장 밝고 행복한 시절이었다. 하지만 금빛 찬란한 날일수록 일찍 저물듯이 이 시절의 기쁨은 곧 종말을 맞이하게 되었다.

1341년, 부친은 그에게 피렌체로 돌아오라는 명령을 내렸고, 오래 망설인 끝에 그는 어쩔 수 없이 귀향길에 올랐다. 아들에게 별로 정이 없던 부친은 그동안 모나 비체 보스티치라와 결혼한 상태였기 때문에 집에 돌아온 그는 더욱 마음이 편치 못했다. 하지만 더 나쁘고 중요한 일이 일어나 그는 사소한 걱정을 잊게 되었다. 당시 피렌체에서는 악명 높은 아테네 공公, 브리엔느의 고티에**가 폭군으로 이름을 날리고 있었다. 대담한 모험가인 고티에는 공화국에 고용되어 피사 쪽으로 세력을 확장했고 천한 폭도들의 도움으로 왕의 자리에 올라 몇 달간 마

---

* 이탈리아어로 작은 불꽃이라는 뜻.
** 발터 6세(1304–1356). 로베르토 왕와 교황 요한 23세의 지지 아래 십자군 원정을 이끌었으며, 피렌체에서의 가혹한 폭정으로 악명이 높았다.

치 술꾼이 마지막 술잔을 비우듯이 권력을 마구 자랑하며 휘둘렀다.

청렴한 공화주의자인 보카치오는 시민으로 추방된 아테네 공의 운명을 짤막한 글로 토로했다. 피렌체의 상황도 아버지의 사정도 더 이상 견딜 수 없게 되자 그는 1344년 다시 나폴리로 갔다. 법률 공부는 이미 오래 전에 포기한 상태였다. 『데카메론』에서는 피렌체의 페스트를 상세하게 묘사하고 있지만, 당시 그는 피렌체가 아니라 그곳과 마찬가지로 페스트가 만연한 나폴리에 있었다. 그때 애인 마리아도 페스트로 세상을 떠났는데, 그녀의 죽음을 애도하며 몇 편의 시를 바치기도 했지만 격렬했던 열정은 세월의 흐름 속에서 이미 식은 상태였다. 작품 『피암메타』에는 반대로 표현하고 있지만 돈나 마리아 역시 그를 이미 오래 전에 떠나보낸 것으로 보인다. 그후 얼마 지나지 않아 부친마저 세상을 떠나자 그는 다시 피렌체로 돌아왔다.

그때부터 보카치오의 모습은 눈에 띌 정도로 변했다. 삶은 이제 격렬한 사건 없이 조용히 흘러갔고, 그는 성실하고 존경받는 시민이 되었다. 마흔 살 무렵 그는 불후의 명작 『데카메론』을 쓰기 시작했는데, 그 안에는 해학과 유쾌하게 웃어넘길 수 있는 못된 이야기들이 담겨 있다. 하지만 다시 한번 그에게 씁쓸한 사랑의 역사가 일어난다. 그는 기품 있는 어느 미망인을 사랑하게 되었는데, 그녀에게 우롱당한 것이다. 그녀는 마치 그의 희망을 들어줄 것처럼 행동하다가 기회가 되면 그를 놀림감으로 만들어 친구들이 비웃는 가운데 비참하게 집으로 쫓아버렸다. 이것이 보카치오의 마지막 사랑이다.

아버지가 작은 유산을 물려주었기 때문에, 그는 조용히 살면서 여러 가지 연구에 몰두했다. 그리스어를 배우기 위해서 레온티우스 필라투스라는 그리스인이 2년을 함께 살도록 했다. 보카치오는 가끔씩 시의 정무직이나 사절직을 맡기도 했고, 아비뇽의 교황청에 사절로 세 번 파견되기도 했다. 그리고 존경하는 단테의 생애와 작품을 대단한 열성을 가지고 연구했고, 당대 현존하는 인물 가운데에서 가장 위대한 시인이라고 누구나 칭송하던 페트라르카와 고귀하고 진심 어린 우정을 맺었다. 1374년에는 그보다 몇 살 위인 페트라르카가 세상을 떠나자 그는 말할 수 없는 슬픔에 빠졌다.

초반부에는 모험, 그중 절반은 사랑에 대한 찬가로 보이는 이 특이한 인물의 삶은 마지막이 경건한 익살극으로 변한다. 장년의 나이에 그는 『데카메론』을 썼는데, 그 책에서 그는 때로는 장난스럽게, 때로는 열정적으로 아름다운 여인에게 충성을 맹세하고, 수도승이나 사제에게 끝없는 조롱을 퍼붓기도 했다. 하지만 오래지 않아서 치아니*라고 하는 엉터리 수도사가 교활한 사기를 여러 번 쳐서 그를 전향시키는 데에 성공했는데, 그때부터 사람들은 보카치오가 자신의 아름다운 작품을 계속 부패한 청춘의 죄악과 혼란이라고 부르는 말

---

* 1361년에 조아키노 치아나라는 수도사가 나타나 설교를 하고 보카치오의 따귀를 때렸다. 그후 보카치오는 더는 성직자를 비방하지 않았다고 한다.

밖에는 들을 수가 없었다. 하지만 더 나쁘고 우스꽝스러운 것은 전에 사기꾼이자 호색꾼이었던 그가 만년에는 심한 여성 혐오자가 되어 "코르바치오^{Corbaccio}"*라는 제목의 책을 쓴 것이다. 관심 있는 사람이라면 이 책에서 여성을 비하하는 끔직하고 증오에 가득한, 비난의 말을 곳곳에서 찾아볼 수 있다. 게다가 음란하고 대담한 표현으로 말하자면 초기의 작품보다 열 배는 더 심하다. 그것은 과거의 몰인정한 미망인에 대한 보복으로, 우리 자신한테도 종종 일어나는 일인데, 보카치오가 한 일은 이른바 자기 몸에 상처 내기에 불과했다.

많은 연구와 여행 이후, 1373년에 그에게는 피렌체의 단테『신곡』의 공식 주석자라는 명예가 주어졌고 매년 100굴덴씩 받게 되었다. 단테에 관한 강연을 그는 산토 스테파노 대성당에서 성황리에, 사망 직전까지 이어갔다. 보카치오는 1375년 12월 21일 예순두 살로 생을 마쳤고 명예로운 장례식이 거행되었다. 단테의 위대한 작품에 대한 애정이 그의 만년에 영광을 가져다주었다. 하지만 그뒤 보카치오는 다시 저속한 이야기꾼으로 내몰리게 되었고, 요즘 세대 역시 그의 학식이나 위대함보다는 그의 작품에 등장하는 익살로만 그를 평가하고 있는 것 같다.

---

* 이탈리아어로 까마귀라는 뜻.

이탈리아의 3대 시인으로 불리는 보카치오의 문학적인 위대함은 이미 많은 책들이 언급하고 있기 때문에 다시 반복할 필요가 없을 것이다. 그는 예술성 높은 노벨레를 쓴 사람들 가운데에서 최고일 뿐 아니라, 당시에 별로 인정받지 못하던 이 장르를 다른 어떤 사람보다도 먼저 사용, 아니 발견했고, 완성도가 높아서 다른 많은 후배들이 그를 능가할 수 없을 정도, 혹은 간신히 그와 비슷한 수준에 도달할 수 있을 정도이다. 이탈리아어에 대한 공로 역시 적지 않은데, 그는 언어를 아름답게 만들고 세련화했을 뿐 아니라 어떤 의미에서는 실제로 재창조 했다고 말할 수 있다. 비록 그보다 훨씬 오래 전에 피렌체 사람인 단테가 이탈리아어로 된 가장 위대하고 아름다운 시를 쓰기는 했지만, 지식인들은 대개 라틴어를 사용했기 때문에 소설이나 산문에서는 아무도 재능을 보여준 사람이 없었다. 민중 사이에서 구전되는 언어, 특별히 아름답고 순수한 피렌체의 언어를 보카치오는 그의 작품에서 자연스러운 아름다움과 다양성을 가지고 사용하여 위대한 예술로 승화시켰다. 그리하여 그의 손에서 완전히 새로운 것, 탁월한 것으로 변화시켰다.

『데카메론』을 읽으면서 그 안에 담긴 아름답고 활달한 언어를 좋아하는 사람은 만발한 골짜기 사이를 걷거나 깨끗한 시냇물에서 목욕하는 기분이 된다. 언어는 마치 처음 만들어져 아직 아무도 입에 올린 적이 없는 것처럼 신선하다. 작은 문장마다 웃고 있는 맑은 물결이 인다. 문장들이 때로는 가볍고 귀엽게 춤추고, 때로는 소리 내며 즐겁게 굴러간다. 혹자는 보카치오가 언어에다 폭력을 가했다고 생각할 수 있다. 그리고 그 말은 어느 정도 사실일 수 있다. 골목과 시장에서 쓰는 민중의 언어에서 가져온 단어를 가지고 보카치오는 로마의 웅변가들과 작가들, 그리고 특히 그가 말할 수 없이 존경하는 키케로를 본보기로 해서 당대에 어울리는 구조를 만들어냈다.

그렇기 때문에 오늘날의 이탈리아어에 뛰어난 많은 사람들에게도 『데카메론』을 읽는 것은 어렵고 힘든 작업으로 보인다. 서두 부분이 길어서 후반부보다 읽기가 더 어려울 뿐 아니라 수차 노력을 해도 언어의 대부분을 금방 습득하기 쉽지 않기 때문이다. 하지만 단테를 읽느라 힘들게 노력한 사람은 지칠까봐, 『데카메론』에서 똑같은 어려움에 마주칠까봐 두려워할 필요가 없다. 간단히 말하자면 이탈리아어를 어느 정도 이해하는 사람은 『데카메론』을 원문으로 읽는 것에 조금도 어려움이 없을 것이다. 조금만 연습하면 책장을 넘기는 동안 차츰 새가 지저귀고 아이들의 웃고 물이 졸졸 흐르는 소리가 들리고, 내면의 힘과 기쁨으로 충만한 삶이 그 언어 속에 담겨 있음을 알게 될 것이다.

하지만 건강하고 유능한 남자일수록 완전히 성숙한 나이가 되어서야 인생이라는 예술을 배우게 되며, 사람이란 바다의 파도와 마찬가지로 각자 자신의 운명과 감정을 명랑하고 겸손한 마음으로 더 커다란 전체 속에 숨길 수 있어야 한다는 것을 보카치오 역시 청춘 시절의 열정이 가라앉은 노년에 이르러서야 깨달았다. 사생아로 보낸 어린 시절과 그후 피렌체와 나폴리, 그리고 그 밖의 많은 여행들에서 체험했던 것이 그제야 갑작스러운 광채를 얻어 조용히 빛을 발하기 시작했다. 여성에 대한 사랑의 고통과 환희뿐 아니라 여행의 매력, 학생들의 체험과 행동, 상인들의 근심과 고통, 궁정과 환전소, 시장 또는 배에서 살면서 생계를 이어가는 사람들의 습관, 미덕과 악덕, 그리고 바보와 현자의 특성, 성직자, 법관, 군인, 선원, 부인네들, 창녀의 생활 방식 같은 인간의 삶에서 겪는 진지하고 아름다운, 또는 기묘하고 우스꽝스럽거나 슬픈 모든 일들을 그는 그때서야 기억 속에서 꺼냈다.

『데카메론』의 수많은 이야기들 가운데에서 보카치오 자신이 창작한 것은 거의 없다. 오히려 그는 다른 사람들의 이야기를 듣거나 그들이 체험하는 것을 지켜보고 옛 전설이나 노래, 우화 등을 들어 알게 된 것들을 글로 옮겼다. 그가 모든 이야기들을 직접 상상해냈더라면 더 좋았을 것이라고 생각하는 사람이 있다면, 그것은 어리석은 생각이 아닐 수 없다. 수없이 많은 사람들과 시대의 체험들, 그리고 운명을 마치 창고나 보석상처럼 잘 간직하고 있다는 것이 『데카메론』의 가장 뛰어난 점의 하나이다. 그 이야기들 중에서 많은 부분들이 동방이나 그리스, 프랑스, 스페인, 게르마니아에서 전해진 것으로, 아주 오래된 것들이다. 그런데 혼자서 그런 수많은 조각들을 기억 속에 모아두었다가 정리하고 수정하여 마침내 위대하고 놀라운 전체를 구성하고, 게다가 자신이 직접 만들어 완성한 언어를 사용했다는 사실은 거의 불가사의한 기적이라고 할 수 있다. 그 모든 것들이 같은 날, 같은 감성으로 이루어진 것처럼 전체적으로 균형이 잘 잡혀 있고 순수하고 명쾌하다. 그것은 옛날이야기이거나 길거리에서 금방 일어난 일일 수도 있고, 때로는 왕궁에서 또는 유랑민에게서 나온 것일 수도 있다. 아라비아, 독일, 프랑스에서 흘러온 유쾌하거나 슬픈, 고귀하거나 천박할 수도 있는 모든 사건들과 교훈들, 해학과 지혜로운 경험들이 하나의 작품에 모여 장신구에 박힌 보석들처럼 서로를 더욱 빛나게 한다. 게다가 각 부분은 아주 사소한 사항에 이르기까지 모든 기교와 세심한 주의를 기울여 완전무결하게 구성되어 있다. 보카치오가 그의 생애에서 커다란 과오나 죄를 지은 것이 있다면 그 불후의 명작을 젊은 시절의 쓸데없고 경박한 짓, 과오였다고 스스로 비난한 것이다.

생전에 그가 명성을 누린 것은 이 소설 때문이 아니다. 그의 현학적인 저술들 때문이었다. 그 가운데 오늘날까지 어느 정도 가치가 인정되는 것은 『단테의 일생*Trattatello in laude di Dante*』뿐이다. 하지만 그는 당대의 가장 지식 있는 사람들 속에 속했고, 라틴어로 훌륭한 작품을 쓰면서 옛 작가들을 연구하고 당시 별로 중요하게 여기지 않던 그리스어에 대한 지식을 확장해보려고 애썼고, 그리하여 페트라르카와 더불어 이탈리아 르네상스의 기초를 마련하는 데에 중요한 몫을 담당하게 된다.

『데카메론』의 특성이나 조직, 구성에 관한 것은 나중에 이야기하고, 지금은 이 책의 운명에 관해서 말하려고 한다. 이 책은 끊임없는 비난과 비방에도 불구하고 얼마 지나지 않아 여러 나라에서 번역되어 계속 재판이 나왔다. 보카치오의 친필 원고는 불행히도 남아 있지 않다. 원문은 오랫동안 아무렇게나 취급되다가 훗날 비로소 뜻있는 학자들에 의해서 거의 원래의 상태에 가깝게 복원되었다.

『데카메론』은 다른 위대한 시인들이나 예술가들의 작품 속에서 자주 재현되었다. 희곡 「현자 나탄_Nathan der Weise_」은 세 번째 이야기로 세 개의 반지에 관한 이야기인데, 새로운 형태를 취하게 되어 수많은 사람들에게 기쁨을 주었다. 이어서 다른 많은 사람들, 특히 셰익스피어에게 큰 영향을 주었고, 여러 나라의 수많은 작품들에도 그 흔적을 남겼다. 적지 않은 화가들 역시 보카치오를 좋아하여 그의 노벨레를 그림으로 표현했는데, 1849년에는 영국의 화가 밀레이*가 "바질 단지 이야기"(제4일, 다섯 번째 이야기)에서 유명한 그림을 만들어냈다.

문제가 되는 부분이 많기 때문에 『데카메론』은 일찍부터 이른바

---

* 존 에버렛 밀레이(1829–1896). 라파엘 전파의 화가. 「오필리아(_Ophelia_)」로 유명하다.

개정판, 혹은 순화본이 몇 번이나 나왔다. 대개 성직자들이 주도했는데, 원문이 망가지고 손상된 것을 쉽게 짐작할 수 있다. 노골적이고 곤란한 부분보다는 오히려 성직자들의 비리를 폭로한 부분이 더 문제가 되었다. 1570년경에는 『데카메론』에서 교의에 벗어난 부분들을 정화하기 위해서 네 명의 위원들이 피렌체로 파견되기까지 했다. 그들은 문제가 되는 수도사를 시민이나 기사로, 수녀를 귀부인으로 바꾸었고 노벨레 두 편을 말도 안 되게 수정했으며, 오랜 노력 끝에 결국 가장 재미있는 이야기 중의 한 편은 아예 삭제해버려서 『데카메론』을 백 편이 아니라 아흔아홉 편으로 만들어 놓기까지 했다. 그 외에 종종 "청소년을 위해서"라는 명목으로 편집을 해서 이탈리아어로 '페르 조반니 모데스티per giovani modesti'*라는 것까지 만들었다.

가장 심한 것은 보카치오가 세상을 떠난 후로 100년 이상이나 지나서 악명 높은 사보나롤라** 시대에 일어났다. 피렌체와 이탈리아의 몰락을 재촉한, 정신이상자로 볼 정도로 난폭한 이 성직자는 다른 훌륭한 작품들과 함께 다량의 『데카메론』을 대중 앞에서 불 지르게 했다.

하지만 억지로 막아도, 땅속에서 힘차게 솟아나는 샘을 막는다고

* 정숙한 조반니 판(版)이라는 뜻.
** 지롤라모 사보나롤라(1452–1498). 이탈리아의 종교 개혁가. 타락한 교회와 정치 지도자들을 신랄하게 비판한 것으로 유명하다.

해도 소용없는 법이고 정신 속에서 살아 숨 쉬는 어떤 것을 죽인다는 것은 이미 죽은 어떤 것을 살려내는 것보다도 어려운 일이다. 보카치오에게는 많은 동시대인들과 후계자들이 있었고, 꺼지지 않는 그의 명성은 학자들이 오늘날까지도 끊임없는 연구를 하도록 하고 있다. 그의 이름은 온갖 역경 가운데도 생명을 유지하여 아직도 시대와 함께 광채와 매력을 지니고 있다.

이 글을 쓰는 동안 전에 내가 잔디에 누워 처음으로 그 귀한 책을 읽었던 빈치글리아타와 세티냐노 사이 언덕 위의 실측백나무가 눈에 어린다. 레몬과 편도나무의 향기를 담은 부드러운 바람이 계곡에서 불어왔고, 피렌체 위로, 그리고 산 전체로 달콤한 햇살이 비치고 있었다. 먼 곳의 정원에서는 만돌린 소리가 들려왔다. 나만 그것을 보지도 듣지도 못했는데, 달콤한 향기와 그보다 더 아름다운 연주 소리가 낡은 책의 노란 낙엽 책갈피에서 울려왔다.

『데카메론』이 쓰인 방식은 열흘간 열 명의 젊은 귀족들이 들려주는 백 가지의 이야기로, 이야기꾼들은 일곱 명의 여성들과 세 명의 청년들로 구성된다. 각각의 노벨레가 알 수 없는 머나먼 곳이 아닌 젊은 이야기꾼들의 입에서 직접 우리에게 생생하게 전해진다. 백 개에 달하는 이야기와 우스개는 생생한 이야기로 얽혀 있는데, 열흘간 주고받는 이 이야기들은 각각 특별한 방식과 색조를 가지고 있다.

보카치오가 생각해낸 것은 이것이다. 흑사병의 시대, 즉 페스트가 피렌체를 휩쓸던 1348년에 도시의 모든 과거의 질서와 관습이 완전히 파괴되었다. 집마다, 계단마다, 이곳저곳의 거리마다 시체나 죽어가는 병자들이 널려 있었고, 전염의 위험성이 너무 높아서 부모나 자식, 형제를 가리지 않고 서로 피하기 바빴기 때문에 병자들은 아무런 간호도 받지 못한 채 홀로 세상을 떠나야 했다. 보카치오는 이런 상황을 그의 저서 첫 부분에 아주 상세하고 분명하게 묘사해 놓았다. 그런 끔직한 혼란과 공포 속에서 어느 날 아침에 일곱 명의 젊은 여성들이 산타 마리아 노벨라 성당에서 만난다. 기를란다요의 유명한 벽화가 그 성당에 아직 그려지기 전이었지만, 당시 피렌체에서 가장 아름다운 성당 가운데 하나였다.

그런 상황에서 계속되는 죽음의 위험뿐 아니라 모든 기쁨과 향락이 사라진 것을 보고 제일 연장자인 팜피네아의 제안으로 그들은 무리를 지어 시골로 내려가 그곳에서 현재의 슬픔과 두려움을 조금이라도 잊어보기로 작정한다. 그런데 적당한 동반자와 체류할 장소를 찾는 중에 때마침 세 명의 귀족 청년들이 같은 성당에 들어와 이들 여성 중의 한 명과 각각 사랑에 빠진다. 그중 한 청년과 친척인 팜피네아가 자신들의 계획을 말하고 청년들에게 안내자 겸 기사의 자격으로 함께 떠나자고 부탁한다. 젊은이들은 기꺼이 승낙한다. 처음에 조금 꺼려하던 여성들도 그렇게 되면 도덕이나 명예에 흠이 가지 않을 것 같아 기뻐하며 곧 동의한다.

그래서 젊은 남녀 귀족들로 이루어진 점잖고 유쾌한 모임은 도시를 떠나 여러 시골집 가운데 머물 만한 곳을 선택하기로 하는데, 페스트 때문에 시골에도 텅 비고 버려진 곳이 많았기 때문이었다. 그러던 중 성문에서 3킬로미터밖에 떨어지지 않은 언덕 위에 있는 별장을 발견하게 되었다. 꽃밭, 향기로운 덤불과 나무, 졸졸 흐르는 시냇물이 둘러싼 곳으로, 정원과 안마당, 분수, 넓은 홀과 방, 창고가 잘 갖춰져 있었다. 그들은 만족하여 데리고 온 하인들과 함께 그곳에 머무르기로 한다. 디오네오라는 청년이 나서서 모든 근심은 도시에 버려두고 마음껏 즐겁게 하루하루를 보내자고 제의한다.

팜피네아의 제안에 따라 매일 모임 중에서 한 사람을 여왕을 뽑아 나머지 사람들과 하인들을 지휘하고 모든 것을 편안하고 즐겁게 진행하도록 맡기도록 했다. 첫날에는 팜피네아가 여왕으로 뽑힌다. 그녀는 훌륭한 궁중에서처럼 하인 중의 한 명을 집사로 정하고, 다른 하인을 시중꾼, 요리사 등으로 임명했다. 식사 시간이 될 때까지 누구나 원하는 곳을 돌아다니면서 아름다운 정원, 홀, 정자, 목초지, 분수와 샘을 구경했다. 훌륭한 음식이 넘치는 식탁은 금작화金雀花로 장식되었는데, 반짝이는 유리잔부터 손 씻는 물, 하얀 린넨 식탁보까지 빠진 것이 하나도 없었다. 식사 후에는 여왕이 그늘진 잔디밭에 모이라고 할 때까지 모두 쉴 곳을 찾아 잠시 낮잠을 즐겼다. 그들은 춤을 추고 노래를 불렀는데, 여왕이나 다른 사람들이 재미있다고 생각하는 갖가지 놀이를 즐겼고, 마지막에는 각자 알고 있는 이야기를 시작했다. 한 사람씩 마음대로 이야기를 했는데, 저녁때가 되자 열 편의 아름다운 이야기가 완성되었다. 에밀리아가 아름다운 칸초네를 부르고 라우레타가 음악에 맞춰서 춤을 추었으며 그렇게 첫 번째 날은 끝이 났다.

다음날에는 여왕의 권력이 필로메나에게 넘어가는데, 아름답고 현명한 그녀는 예기치 않은 큰 불행을 당하지만 그를 극복하고 행복한 결실을 맺게 되는 이야기를 자신의 날에 사람들에게 주문한다. 비슷한 방식으로 열흘간 이야기가 이어지는데, 순서는 다음과 같다.

제1일 : 팜피네아가 여왕이 되어 각자 하고 싶거나 생각나는 이야기를 하자고 한다.

제2일 : 필로메나가 여왕이 되어 예기치 않은 큰 불행에서 벗어나 새로운 행복을 찾은 사람들의 운명을 소개한다.

제3일 : 네이필레가 여왕이 되어 예리함으로 바라던 바를 이루거나 혹은 잃어버린 것을 되찾은 이야기를 한다.

제4일 : 필로스트라토가 왕이 되어 비극적인 종말을 맞은 연인들의 이야기를 한다.

제5일 : 피암메타가 여왕이 되어 갖가지 좌절과 불행을 겪은 후에 행복을 찾은 연인들의 이야기를 한다.

제6일 : 엘리사가 여왕이 되어 신속하고 재치 있는 격언, 응답, 농담에 관한 이야기를 한다.

제7일 : 디오네오가 왕이 되어 남편들이 아내한테서 당한 장난에 관한 이야기를 한다.

제8일 : 라우레타가 여왕이 되어 남편과 다른 사람들이 서로 행한 장난과 농담에 관한 이야기를 한다.

제9일 : 에밀리아가 여왕이 되어 각자 하고 싶은 이야기를 한다.

제10일 : 팜필로가 왕이 되어 아량 있고 관대한 행동에 관한 이야기를 한다.

　수백 개의 노벨레가 이야기를 하는 사람의 태도나 성격에 따라서 특별한 어조와 독특한 방식의 재미를 지니고 있고, 이야기들이 서로 다양하고 묘한 방식으로 얽힌다. 대개 지금 막 끝난 노벨레에 대해서 짤막한, 혹은 좀 긴 대화가 모임에서 나오기 마련이고, 그러다가 다음 이야기꾼이 대개 그 이야기에 이어서 새로운 이야기를 시작하는데, 제시된 주제를 새로운 시각에서 조명하고 더욱더 명확하게 만드는 방식이다. 그런데도 단조로운 느낌은 전혀 주지 않는다. 왜냐하면 노벨레들이 주제는 비슷하지만 서로 확연하게 구별되기 때문에, 서로 혼동이 될 정도로 비슷한 두 개의 이야기는 없기 때문이다. 같은 형식이 가지는 단점은 다른 탁월한 기교를 사용하여 배제하는데, 이를테면 이 모임의 최고 익살꾼 디오네오가 항상 예기지 않은 새로운 발상으로 사이에 끼어들어 이야기 중간에 여러 가지 풍자와 농담이 삽입되어 있다.

거기에다 열흘간 매일 갖가지 소소한 에피소드가 들어 있는 특이한 이야기가 있기 때문에, 우리는 매일 듣는 열 편의 이야기 외에 이 모임의 다른 사건이나 재미있는 일도 듣게 된다. 게다가 숲과 연못, 시내, 꽃, 사냥감, 물고기가 있는 이들의 체류지 역시 독서를 하는 사람들의 마음에 계속 그 귀한 장소에 대한 행복하고 따뜻한 동경심을 일으킨다. 작가는 피렌체의 근방, 즉 무뇨 계곡 같은 곳을 진짜 예술가만이 할 수 있는 너무도 아름답고 정말로 천국과도 같은 모습으로 아름답게 묘사하고 있다.

흩어진 많은 이야기들을 한데 모은 많은 책들 중 이 세상에서 유일한 책은 아니지만 아름다움이나 기교 면에서 그 책과 비교할 만한 것은 없을 것이다. 이 책을 쓰던 당시 작가는 불행한 연인들에게 위안을 주고 여성들에게 즐거움을 주었는데, 탁월한 서문을 통해서 그는 여성들에게 모든 작품들을 바쳤다.

『데카메론』은 음란하고 욕먹을 만한 책이라는 말을 자주 듣는다. 하지만 그렇게 말하면서 설교하려는 사람은 대부분 단순히 소문만 들었거나 아니면 대개 사악한 책에 통달해서 그런 책을 조용히 자주 읽는 사람이다. 음란에 대해서 말하자면 생활보다 책에서 더 문제가 된다는 것을 결코 나는 부정할 수도, 하고 싶지도 않다. 『데카메론』의 무대인 무뇨 계곡에서 그 책을 처음으로 통독하던 아름다운 봄날, 나는 날씨가 더워서 레몬을 먹고 있었다. 그때 외설스러운 노벨레가 나올 때마다 레몬 씨를 한 개씩 주머니에 넣었는데 끝까지 다 읽고 나서 보니 서른아홉 개였다. 그러니까 『데카메론』에서 외설스러운 경향이 있는 부분은 3분의 1 조금 넘는 셈이다.

바로 그 서른아홉 가지 이야기가 사실은 가장 아름답고 재미있는 부분이라고 나는 생각하지만, 그 내용에 대해서 변명하고 싶은 마음은 없다. 인간은 (식물처럼) 땅속줄기로 종족을 이어가는 것이 아니라 다른 생물과 마찬가지로 두 가지 성^性으로 나뉘고, 그로 인해서 서로에게 즐거움을 얻기도 하고 때로는 상처를 입기도 한다. 점잖은 사람들 대부분이 그런 자연스러운 일을 시인하고 그 법칙을 따르지만, 그런 이야기를 전혀 듣고 싶어하지 않는 것 역시 다른 하나의 이치라고 할 수 있다(이 역시 자연스럽다). 입으로는 자주 그런 이야기를 하고 듣기도 하지만, 인쇄된 책에 그런 내용이 담겨 있는 것을 좋아하지 않는 사람들도 있다.

우리의 노벨레 책은 실제의 삶을 비추는 거울이고자 하는 의도와 특성을 가진다. 내가 확신하기로, 인간에게 일어나는 모든 중요한 일들, 열정, 운명, 기쁨과 슬픔의 반은 두 성의 관계가 중요하다. 그런데 보카치오의 성에 관한 작품은 3분의 1 정도만 이런 소재를 다루고 있고, 실제 삶보다 훨씬 더 점잖고 더 얌전하다. 게다가 이런 소재가 이야기꾼들에 의해서 좋은 교훈을 주면서 익살이나 풍자와 더불어 즐겁고 재미있게 전개되고, 때로는 익살스럽고 우습게 이야기되기 때문에 건전하고 이성적인 독자들에게 전혀 해지 않는다. 이런 소재이지만 순수함과 의협심이 가득한 이야기가 있고, 사랑을 다루는 이야기에도 보기 드문 순결과 신의, 정직에 관한 예를 많이 볼 수 있다. 게다가 우리의 대가는 꼼꼼하게도 이야기마다 표제 아래에 그 내용을 짤막하게 요약해 놓았기 때문에, 그 이야기에서 다루는 내용이 마음에 들지 않으면 읽지 않고 그냥 넘어갈 수도 있다.

또다른 특별한 비난은 부당하게도 『데카메론』에서 이야기를 전개하는 이야기꾼이 남녀로 구성되었다는 것, 젊은 여성들이 여러 가지 음란한 재담에 귀를 기울일 뿐만 아니라 심지어 나서서 그런 이야기를 한다는 것이다. 하지만 대체 왜 여성들이 남성들보다 그런 이야기를 기피해야 하는지 나는 알 수가 없다. 매일 보는 바이지만, 실제로는 그렇지가 않다. 하지만 이 점에 관해서도 보카치오는 거의 모든 이야기들의 서두나 끝에 그 이야기를 하게 된 동기와 의도를 명확하게 밝히고 있다. 그는 다루기 어려운 내용의 이야기를 전개하면서 유쾌하고 현명한 방법을 사용했다. 그 모임의 세 청년 가운데 익살꾼, 조롱꾼, 천진무구한 장난꾼은 디오네오이다. 첫날부터 소위 음담이라는 것을 과감하게 제일 먼저 꺼낸 당사자인 그는 갑자기 재미있는 것이 생각날 때마다 그런 이야기를 부담 없이 꺼낼 수 있는 특권을 부여받았다. 디오네오는 제시된 주제에 의존할 필요가 없는데, 그가 이야기한 열 편의 단편 중에서 야하지 않은 것은 두 개이다. 그 두 개 중에서 하나는 사랑의 모험과 상관이 없지만 다른 식으로 요란한 익살과 야유가 넘쳐난다.

디오네오가 이야기한 첫 번째 이야기는 창녀와의 사랑을 수도승이 수도원장과 공유하는 것으로, 귀부인들이 얼굴을 붉히며 비난을 했다. 그러나 서서히 다른 두 청년도 그 비슷한 이야기를 하자 곧 여성들도 불쾌감보다는 미소를 짓게 되었고, 차츰 그들도 이것저것 노골적인 이야기를 꺼내기 시작해 결국 부끄러움은 완전히 자취를 감추고 적어도 그런 것에 관한 극단적인 일화를 자발적으로 한두 가지씩 이야기할 정도가 되었다. 물론 익살의 정도나 횟수에서 디오네오를 따를 사람은 없다. 이런 악의적인 시각에서 노벨레의 순위를 매기는 것은 각자가 알아서 할 일이다. 하지만 감각적인 사랑을 다루는 이 모든 소재들이 아름다움과 기교가 뛰어난 점은 제쳐두더라도, 그밖에 열 명의 젊은이들의 대화나 태도가 나무랄 데 없이 훌륭해서, 그들의 말과 행동은 별개이며 훌륭한 예절과 솔직함이 잘 조화를 이루고 있음을 누구나 알 수 있다. 그렇기 때문에 백 편의 노벨레 이야기꾼들로부터 유용한 것을 꽤 많이 배울 수 있다.

진심으로 나는 현명한 독자에게 『데카메론』의 음란한 이야기를 완전히 배제하지 말라고 충고하고 싶다. 진정으로 훌륭하고 순수한 사람은 정말로 음란한 것을 상관하지 않는다. 그 외에도 바로 그런 노골적인 이야기 속에 보카치오의 특성이 가장 잘 나타나 있어서, 표현의 명료성이라든가 진실성, 언어의 생생함에 누구나 감탄하지 않을 수 없다. 예로부터 피렌체 사람들은 재담이나 풍자, 익살스러운 화술에 능했고 오늘날까지도 그 정도가 대단하다. 보카치오는 일화나 재담에 피렌체 뒷골목의 서민들이 쓰는 언어를 사용하고 있기 때문에 그의 이야기들은 그런 내용에도 불구하고 다른 작가들이 흉내 낼 수 없는 멋과 자연스러움을 보여준다.

가련한 보카치오를 경건한 사람들의 비난에서 변호해주기 위해서 그 이상의 것이 필요하다고 생각하는 사람이 있다면, 작품의 서두와 제4일의 서두, 그리고 에필로그에 상세하게 쓰인 보카치오의 변명을 읽어보기를 바란다. 그런 것이 필요 없이 즐거운 마음으로 거기 있는 풍성한 즐거움을 즐기는 사람은 행복한 사람이다.

그런데 보카치오의 노벨레가 과거에 비난을 받은 것은 결코 사랑의 쾌락을 솔직하게 다루어서가 아니다. 왜냐하면 온갖 타락이 자행되면서도 입에 올리는 것을 꺼리는 오늘날의 도덕보다도 당시에는 그런 것에 대해서 더 자연스럽고 더 자유로웠기 때문이다. 과거 독일이나 영국의 문학은 음담이 넘쳐났기 때문에, 그에 비하면 보카치오가 쓴 아주 외설스러운 이야기는 마치 기도처럼 들릴 정도였다.

당시 검열관들의 기소는 『데카메론』이 곳곳에서 성스러운 기독교와 교회를 비난하고 모독했다는 이유 때문이었다. 이 문제에 관해서라면 물론 요즘 시대는 비난이 덜 심하다.

하지만 실제로는 작품 전체에서 종교에 반대하거나 조롱하려는 의도는 조금도 찾아볼 수 없다. 오히려 자주 신의 율법이나 기독교의 신앙에 대해서 매우 솔직하고 경건하게 표현하고 있다. 열 명의 모임이 매주 금요일과 토요일을 엄격히 지켜서 그 요일에는 이야기를 나누거나 그 밖의 오락을 전혀 하지 않는 것만 봐도 알 수 있다. 비난을 받은 진짜 이유는 오늘날은 대개 인정하고 정당하게 보이기도 하지만 당시로는 처벌을 받을 만한 일, 즉 보카치오가 기회만 있으면 사제, 수도승이나 수녀뿐 아니라 수도원장, 주교, 수도원 분원장分院長 같은 높은 성직자들에 대해서 대담하고 솔직하게 이야기한 까닭이었다. 음란하고 죄스러운 행동에 관해서 이야기하면서 거의 매번 승려의 책임을 묻거나 때로 사제나 수도승들에 대해서 엄하고 강한 어조로 직접적으로 이야기를 한 까닭이다. 여기에 대해서 그는 어느 곳보다도 제3일의 일곱 번째 노벨레에서 이렇게 말하고 있다.*

"그들은 남자들에게 색욕을 멀리하라고 야단치지만, 이유는 남자들을 몰아내서 그렇게 야단친 자들을 제거하고, 여자들을 독차지하

---

* 이하 『데카메론』의 본문 번역 부분은 다음의 번역본을 참조했다 : 『조반니 보카치오 : 데카메론 1, 2, 3』, 박상진 역, 민음사, 2012.

기 위해서이다. 또한 고리대금업과 부정한 이윤을 비난하지만, 그 이윤을 자기들에게 바치게 하여 통이 엄청나게 넓은 수도복을 만들어 입고 주교나 고위 성직자직을 손에 넣기 위해서이다. 그들은 순전히 좋은 얘기만 설교한다. 무엇 때문일까? 세속의 사람들에게는 금지하지 않지만 그들은 할 수 없는 것을 자신이 하기 위해서 그러는 것이다. 여러분이 여자들 꽁무니를 따라다닌다면, 수사修士들은 여자들 곁에 다가갈 수도 없다. 만약 여러분이 인내심이 부족해서 모욕을 용서하지 않는다면, 수사가 감히 집으로 들어와 여러분의 가족들을 모욕하지 못한다. 살면서 나는 그들이 수없이 속세의 여자들뿐 아니라 수도원의 여자들까지 사랑하고 유혹하고 찾아가는 것을 보았는데, 이런 자들이야말로 설교단에서 제일 시끄럽게 떠들어대는 자들이다."

네이필레가 들려준 제1일 두 번째 이야기는 최고 성직자에 관해서 말하고 있다. 내용은 파리로 오게 된 아브라함이라는 부유하고 성실한 유대 상인에 관한 것이다. 어느 날 그의 친한 친구가 장차 함께 천국에 갈 생각이라면 세례를 받고 신자가 되라고 간곡하게 권했다. 이해가 굉장히 빠른 유대인은 친구의 말이 맞다고 생각하고, 로마로 가서 교황과 추기경들의 성품이나 품행을 직접 한번 보고 그들이 정말로 그토록 고귀한 신앙의 목자이고 안내자로 부족함이 없는지 알아보기로 작정했다. 로마의 사정이 어떤지 너무나 잘 아는 그의 친구는 기겁해서 말리려고 했지만 헛일이었다. 아브라함이라는 유대인은 결심을 실행하기 위해서 로마로 향했지만, 그가 그곳에서 보게 된 것은 소유욕, 권력, 시기심, 애욕, 음담패설 등 악덕뿐이었다. 그럼에도 그 현명한 유대인은 다시 파리로 돌아와 세례를 받아 친구를 무척 놀라게 했다. 그 유대인 친구가 말하기를 교황과 그 밑의 주교나 그 아래의 성직자들이 오래 전부터 하느님 대신 악마를 섬기며 그리스도의 가르침을 진창에 빠뜨리려 애쓰고 있는데도 불구하고 가르침은 여전히 살아서 전파되고 있으니, 그것은 진실로 하느님의 가르침에 틀림이 없는 것으로, 만약 그렇지 않다면 이미 그 가르침은 오래 전에 파괴되어 이 세상에서 사라졌을 것이라는 얘기였다.

이 일화가 루터 박사의 시대에도 알려졌는지는 알 수 없다. 만약 그가 이 이야기를 들었다면 굉장히 즐거워했을 것이라고 확신한다.

『데카메론』에서, 그리고 그 어떤 유명한 작가에게서나 볼 수 있는 가장 아름답고 귀한 노벨레는 비극적인 사랑의 운명, 의협심 그리고 관대함에 관한 이야기들이다. 『데카메론』의 찬미자가 아니었던 페트라르카조차 그런 이야기를(제10일, 마지막 열 번째 이야기) 좋아해서 만나는 사람마다 되풀이하여 이야기해주었을 뿐 아니라 더 많은 사람들한테 전해주기 위해서 라틴어로 직접 옮기기까지 했을 정도다. 순진한 두 젊은이들의 사랑과 죽음을 너무도 아름답고 감동적으로 묘사하고 있는 이 이야기는 이미 언급한 바가 있는 "바질 단지 이야기" 못지않게 아름답고 감동적으로, 앞서 말한 밀레이의 그림뿐 아니라 영국의 시인 키츠의 아름다운 시를 탄생시키기도 했다.

하지만 가장 아름답고 고귀한 것은 아마도 제5일에 피암메타가 들려준, 페데리코 알베리기라는 젊은 귀족과 그의 매에 관한 이야기가 아닐까 싶다. 내 생각이 잘못된 것일지도 모르지만, 그 이야기는 바로 보카치오 자신의 일을 우리에게 들려주고 있는 것 같다. 어디한 군데에서도 쓸데없는 말이라고는 찾아볼 수 없고, 고귀하고 헌신적인 사랑을 슬프면서도 섬세하고 간결한 화법을 사용해서 묘사하고 있어서 어느 작가도 흉내 낼 수 없을 만큼 듣는 사람의 마음을 강하게 사로잡는다.

말할 수 없이 사랑스러운 이야기는 제4일 여섯 번째 노벨레에서 가브리토가 꾸었던, 사랑에 빠진 청년의 짤막한 꿈에 관한 이야기이다. 꿈속에서 그는 연인과 함께 창공을 날아다니는데, 그 달콤한 행복이 그에게는 특이한 모습으로 나타난다. 다음과 같은 식이다. "나는 아름답고 매혹적인 숲속에 들어온 것 같았는데, 그곳에서 사냥을 하다가 아름답고 사랑스러운 암사슴을 잡았다. 마치 눈처럼 흰 그 사슴은 금방 나를 따르면서 나한테서 떨어지려 하지 않았다. 사슴이 너무도 사랑스러워 나한테서 떠나지 않도록 나는 목에다 금목걸이를 해주고 금 사슬을 달아서 손에 꼭 잡고 있었다." 동일한 이야기에는 어느 소녀가 죽은 애인을 부드러운 실크 천에다 눕히고 이마에 장미 화환을 엮어주고 시신 전체를 온통 장미로 덮어주는 아름답고 감동적인 이야기도 있다.

그런 아름다운 이야기와 함께 자연에 관해서, 또는 인간의 삶에 관해서 특이하게 묘사한 부분도 많이 찾아볼 수 있다. 낯선 항구의 상인들의 일이나 생활에 관해서, "살라바에토 이야기"의 서두 부분은(제10일, 여덟 번째 이야기) 상인들이 상품을 어떻게 항구의 창고에 보관하고 보험에 드는지 이야기한다. 동일한 이야기에서 팔레르모의 교활하고 사기성 짙은 창녀들의 생활과 행동도 볼 수 있다. 굉장히 유명한 화가 조토는 제6일의 다섯 번째 이야기를 그림으로 옮겨놓았다. 그리고 같은 날의 두 번째 이야기에서 우리는 오늘날에도 맛이 좋기로 유명한 100퍼센트 토스카나산 포도주를 보관하고 감정하는 사람들에 관해서도 알 수 있다. 아름다운 아가씨들이 손님들이 보는 앞에서 필요한 물고기를 손으로 잡는 즐거운 야외 식탁에 관한 화려한 묘사 역시 제10일의 여섯 번째 이야기에 있다.

또한 마법의 약이나 수면제, 각종 약제와 치료법, 마술, 요술에 관해서도 여기저기 이야기가 있고, 여행과 항해, 거지, 예술가, 왕궁의 익살꾼과 식객, 사냥과 무도회, 소문만 듣고 빠진 사랑, 결혼과 축제, 법관과 형리에 관한 것도 있다. 그렇기 때문에 여러 유형의 인간들의 특성이나 생활 방식 또는 시대의 상황을 자세히 알고 싶은 사람이 있으면, 당시 사람들의 행동이나 태도를 우리 앞에 있는 거울보다 훨씬 더 정직하고 분명하게 보여주고 있는 이 책에서 배울 수 있다. 그리고 끔찍한 페스트에 대해서도 서술하고 있는데, 과연 걸작이라 할 만하다. 유명한 마키아벨리 씨의 『피렌체의 역사』*Niccolò Machiavelli: Isto rie Fiorentine*라는 책의 제2권 끝부분에서 마키아벨리는 그 공포의 시대를 회고하면서 더 이상의 언급을 자제하고 간단히 "페스트, 그것은 대가* 보카치오가 너무도 뛰어난 달변으로 묘사해놓았는데, 이 질병은 9만6,000명이 넘는 시민들의 목숨을 앗아갔다"라고만 썼다. 확실한 것은 그토록 끔찍한 불행이 피렌체의 대*페스트를 상기시키는 『데카메론』이라는 소중한 열매를 맺게 했다는 귀한 일이다.

보카치오가 사랑, 종교, 고귀한 행동, 모든 계층의 사람들의 일상생활을 어떤 식으로 이야기했는지 살펴보았으니, 이제 마지막으로 열흘간의 못된 장난, 우스개, 익살극에 대해서 생각해보려고 한다. 이런 점에서 피렌체인의 익살스러운 정신이 『데카메론』의 해학에서 독보적이라고 할 수 있다. 피렌체인은 언제나 장난을 좋아하고 이야기에서도 재치의 대가였기 때문에, 보카치오는 이 유쾌한 기술을 정말로 탁월하게 쓸 수 있었다. 그의 추종자들 가운데 그를 솜씨 있게 모방하여 비슷하게 따라한 것처럼 보이는 사람들도 있지만, 우스운 일을 우아하고 세련된 유머로 몇 자 안 되는 글 속에 나타낼 수 있는 재능을 그 정도로 가진 사람은 한 사람도 없었다.

보카치오는 그런 부분에서 소재의 빈곤을 별로 느끼지 않았는데, 그 이유는 피렌체라는 도시에 일찍부터 익살꾼, 장난꾼, 어릿광대 등이 믿을 수 없을 만큼 많았기 때문이다. 아직도 이탈리아에서 우스꽝스럽고 신랄한 풍자, 욕설, 조롱, 말장난 등을 피렌체만큼 많이 접할 수 있는 곳은 없다. 이방인들이 그런 말을 전부 알아들을 수 없는 것이 다행이다. 수많은 관리, 화가, 학자, 건축자, 세공업자, 조각가와 그 밖의 저명한 피렌체인들의 수 세기에 걸친 수많은 장난과 재미있는 일화가 전해오고 있다. 뚱뚱한 목수를 가지고 갖가지 장난을 치는 성당 지붕 건축가 브루넬레스키*나, 당시 전 세계에서 가장 유명한 영주, '일 마니피코il Magnifico'라 불리던 메디치가의 대大로렌초를 생각해보면 된다. 대로렌초로 말하자면 '일 라스카il Lasca'라는 별명의 안토니오 프란세스코 그라치니**가 오늘날 우리에게 전해주듯이 온갖 꾀를 써서 의사 마넨테를 지독하고 심하게 골탕 먹인 인물이다.

보카치오의 시대에 그의 고향에는 많은 장난꾼들이 있었는데, 익살꾼 미켈레 스칼차 외에 브루노와 부팔마코라는 화가와 그들의 친구 마소 델 사조가 있었다. 두 화가는 때로는 역시 화가이면서 순진하기 이를 데 없는 친구 칼란드리노한테, 때로는 화가인 시모네, 때

---

* 필리포 브루넬레스키(1377-1446). 이탈리아의 선구적인 건축가.
** 안토니오 프란세스코 그라치니(1503-1584). 이탈리아의 작가이자 산문의 거장.

로는 다른 사람들에게 많은 장난을 했다. 『데카메론』의 제8일에는 엘리사가 그들에 관한 이야기를 시작하자마자 이야기를 듣던 다른 사람들이 두 사람의 장난질에 관해서 웃음꽃을 피운다. 부르노와 부팔마코라는 두 친구는 착한 칼란드리노한테서 살찐 돼지 한 마리를 훔쳐놓고는 칼란드리노가 돼지를 훔쳤으니 비밀을 지켜준다며 돈까지 빼앗았다. 이것이 전부가 아니고 그 친구를 어느 창녀한테 빠지게 만들어 그녀에게 보내는 선물을 중간에서 가로챘을 뿐 아니라, 드디어 그가 사랑을 즐기려는 운명적인 순간에 화가 난 그의 아내를 현장에 데려오기까지 했다. 또다른 기회가 생기자 그들은 칼란드리노에게 임신한 것 같은 생각이 들도록 만들어놓고 며칠 후에 상당한 보수를 받고 오트밀 비방秘方을 써서 유산시켜주는 시늉까지 했다니 더 이상 할 말이 없을 정도이다.

하지만 결코 잊을 수 없는 우스운 이야기는 멋진 디오네오가 제6일에 들려준 치폴라라는 수도승에 관한 것이다. 이 이야기의 무대는 보카치오의 고향 체르탈도이다. 후원금을 모은다는 명목으로 선량한 시민들에게서 돈을 뜯어내기 위해서 체르탈도에 온 치폴라는 성당에서 놀라운 성물, 즉 천사 가브리엘의 날개 깃털을 보여주겠다고 농부들에게 약속한다. 하지만 그가 미사를 드리는 동안 장난꾼 몇 명이 그가 가져온 앵무새 깃털을 꺼내고 그 대신 숯 몇 개를 상자 속에 넣었다. 수도승이 천사 가브리엘을 찬미하는 거창한 설교를 한 후에 깃털을 꺼내어 사람들에게 보여주려는 순간, 그는 성물 상자에 숯이 가득한 것을 발견했다. 곧 그는 설교를 새로 시작해서 갖가지 세상을 돌아다닌 일을 꾸며냈고 그러다가 예루살렘에서 주교를 만나게 되는 부분에 이르자 다음과 같이 말했다.

"주교께서 너무도 많은 성물을 나한테 보여주어 그것을 전부 나열하는 것은 도저히 불가능하기 때문에 몇 가지만 말하겠습니다. 그분께서는 제일 먼저 아주 완전하고 전혀 흠 없는 성령의 발가락과 성 프란체스코에게 나타났던 세라핌*의 깃털 다발, 케루빔**의 손톱, 잠시 육화肉化된 배르붐***의 갈빗대 하나, 동방박사 세 사람을 비추었던 별빛의 일부, 성 미카엘이 악마와 싸울 때 흘린 땀이 가득 들어있는 작은 병, 그 밖에도 많은 것들을 나한테 보여주었습니다. 게다가 그분은 내가 마음에 드셨는지 신성한 십자가의 부서진 조각 한 부분과 솔로몬 성전의 종소리를 담은 병, 그리고 가브리엘 천사의 깃털을 선사하셨고 그 밖에도 거룩한 순교자인 성 라우렌시오****를 태운 후에 생긴 숯 일부도 나한테 주셨습니다."

그런 식으로 계속되었다. 그런 다음 그는 감동한 사람들에게 앵무

---

* 구품천사 중 최상급의 천사. 신의 의지를 상징한다.
** 세라핌 다음가는 천사. 신의 지혜와 정의를 상징한다.
*** 천사의 이름을 꾸며내 붙인 것이다.
**** 성 라우렌시오(225-258). 초기 기독교의 일곱 부제의 한 사람이자 순교자.

새 깃털 대신에 숯을 보여주어 많은 헌금을 모았다. 사람들은 성유물을 좀더 가까이에서 보기 위해서 앞다투어 제단으로 몰려왔고, 치폴라 수사는 모든 사람들의 말쑥한 외출복에다 숯으로 굵은 십자가를 커다랗게 그려주었다.

다음과 같은 요리사의 이야기도 유명하다. 요리사가 어느 날 부엌에서 잘 구운 두루미의 다리 한쪽을 떼어냈는데, 주인은 그것을 알아차리고 매우 화를 냈다. 겁을 먹은 요리사는 원래 두루미의 다리가 하나뿐이라고 주장했다. 주인은 그와 함께 밖으로 나갔는데 거기서 한쪽 다리로 서 있는 두루미 몇 마리를 보게 되었다. "보셨지요?" 요리사가 기뻐하면서 말했다. 그런데 그때 주인이 손뼉을 치자 두루미들이 놀라서 두 다리로 달아났다. "봐라, 네가 거짓말 했지 않느냐!" 주인은 화가 나서 소리치면서 요리사를 처벌하려 했다. "그건 주인님의 잘못입니다. 아까 식사하실 때도 지금처럼 손뼉을 치셨다면 틀림없이 그 두루미도 나머지 다리를 내밀었을 겁니다." 주인은 웃음을 터트리고 그를 용서해 줄 수밖에 없었다.

이런 이야기는 끝이 없다. 사제의 속바지(제9일, 두 번째 이야기), 바란치 가문에 관한 스칼차의 거짓말(제6일, 여섯 번째 이야기), 무뇨 계곡에서의 숙박(제9일, 여섯 번째 이야기) 그리고 다른 이야기들도 많다. 이런 이야기를 읽고 한없는 기쁨을 얻게 되면 여러분은 요즘에는 그렇게 익살스럽고 신랄한 이야기들이 있을 수 없다고 생각할는지 모른다. 하지만 그렇지 않고 이런 모험담은 영원하다. 만약 내가 위대한 조반니 보카치오의 솜씨와 재능의 10분의 1만 가졌다면 나 자신이 경험하고 본 이런 종류의 이야기를 얼마든지 말해줄 수 있었을 것이다.

구비오
Gubbio

치타디카스텔로에서 느린 지방 기차를 타고 장터에서 집으로 돌아가는 무리들 틈에 끼어 저녁 무렵에 구비오에 도착했다. 나는 배낭을 숙소에 내려놓고 넓고 휑한 광장을 건너 프란체스코 성당을 지나 저녁의 시내로 들어갔다.

춥고 비가 오락가락하는데, 산골 마을의 좁은 골목길에는 이미 어둠이 내리고 있었다. 여행을 하다 보면 때로 갑자기 이상하고 쓸데없는 생각에 빠지는 경우가 있는데, 바로 그 순간 대체 무엇을 위해서 여행을 하고 무엇 때문에 이탈리아에, 그리고 지금 구비오에 와 있나 하는 생각이 나를 사로잡았다. 그렇다. 무엇 때문일까? 나는 대체 무엇을 찾고 있는가?

피곤했지만 어쩔 수 없이 해답을 찾기 위해서 애를 써야 했다. 2주일 전에 나는 다시 한번 이탈리아에 오기 위해서, 다른 민족과 언어에 둘러싸여 낯선 도시와 아름다운 건축물과 오래된 예술품을 보기 위해서 고향을 떠났다. 무엇 때문에 일과 가족이 있는 고향에 머물지 못하는가? 휴식을 원하는 까닭이었다. 하지만 여행에서 휴식을 얻을 수 있는가? 아니다. 그렇지 않다는 것을 전부터 알고 있기 때문에 내가 여행을 떠난 것은 휴식을 위해서가 아니었다.

아니면 예술 때문인가? 아마 그것이 진실에 좀더 가까울 것이다. 피렌체의 대성당과 아름다운 산 미니아토, 프라 안젤리코의 그림들, 그리고 도나텔로*의 조각품 등을 다시 보고 싶은 욕구가 나를 사로잡은 것이다. 그래서 나는 피렌체를 떠나 새로운 작품을 구경하기 위해서 훌륭한 광장과 골목이 있는 도시들, 거대한 종탑이 있는 성, 아름다운 프레스코화가 가득 그려진 벽이 있는 성당을 찾아 계속 돌아다니는 것이다. 구비오에 관해서 나는 산의 경사면에 위치한, 동화 같은 저택과 대담한 종탑이 유명한, 과감한 건축물이 있는 놀랄 만한 도시라는 말을 들었다.

무엇 때문에 나는 구비오로 향한 것일까? 호기심도 아니고 또한 연구를 위해서도 아니다. 왜냐면 나는 역사학자도 예술가도 아니고 결코 '지식'을 모으는 일에 욕심을 부리지도 않으니 말이다. 그것은 내 내부의 뭔가가 굶주린 채 원하기 때문이었다. 그렇지 않다면 어떻게 내가 수백 킬로미터 떨어진 이곳 움브리아의 소도시로

---

* 본명 도나토 디 니콜로 디 베토 바르디(1386–1466). 피렌체 출신의 르네상스 시대 조각가. 「청동 다비드 상(David)」을 비롯한 섬세한 조각 솜씨로 유명하다.

왔겠는가? 무엇이 필요해서, 무엇이 부족해서 여기에 온 것일까?

천천히 해답을 찾아보기로 했다. 산 미니아토, 피렌체 대성당의 둥근 지붕과 종탑, 그리고 나를 매혹한 것들을 생각해보았다. 그런 것들이 왜 나를 행복하게 만드는 것일까? 이유는 그런 것들을 구경하면서 인간의 작업이나 노력이 무가치하지 않다는 것, 인간이 누구나 삶에서 겪게 되는 괴로운 고독 너머에는 모두에게 공통적인 것, 희구할 가치가 있는 것, 소중한 무엇이 존재한다는 것, 그리고 어느 시대에나 수많은 사람들이 모두에게 위안을 주고 함께 공유할 수 있는 것을 창조하기 위해서 외롭게 고통을 극복하면서 작업했다는 사실을 느끼는 까닭이다. 몇백 년 전에 예술가들과 그들의 조수들이 노력과 인내로 이룬 것이 당시뿐 아니라 오늘날에도 많은 사람들에게 긍정적으로 받아들여진다면, 우리 모두에게도 고독과 어려움 가운데 작업을 하며 어떤 일을 한다는 것은 절망적인 것이 아니다.

나는 이런 위안을 원했을 뿐, 그 이상은 아니었다. 나는 보편적인 것에 대한 지식을 항상 가지고 있었지만, 언제나 그것을 다시 체험해야 하고, 나만의 감각으로 과거의 것을 현재의 것으로, 먼 것을 가까이에서, 아름다운 것을 영원하게 느껴야만 한다. 그런 일은 언제나 놀라움과 기쁨을 준다. 미켈란젤로나 프라 안젤리코가 작업을 할 때 그들은 나도, 세상의 어느 누구도 염두에 두지 않았다. 그들은 자신을 위해서, 각자 오직 자신만을 위해서 작업했으며, 자신의 어려움 때문에 각자 불만과 피로 가운데 고통스럽게 투쟁하며 작업을 했다. 그들 모두가 자기가 만든 것이 수천 번은 불만스러웠다. 기를란다요*는 조금 더 웃음이 나는 그림을, 미켈란젤로는 훨씬 더 대담한 건축물과 기념물을 꿈꾸었다. 우리는 그들이 남긴 결과물만을 보고 있고, 우리에게 가치 있는 것은 그들이 노력했다는 사실이다. 그리고 그 결과 우리 자신은 계속 앞으로 나아갈 용기를 얻게 된다.

우리 모두가 선택받은 위대한 자가 아니라는 것은 전혀 상관없는 일이다. 예술가이든 아니든 하찮은 존재인 우리는 우연한 것을 이기는 영원한 것의 승리를 기뻐하며, 우리에게는 모든 인간적인 것의 가치에 맞서는 불신에 대한 투쟁을 지속하기 위해서 위로가 필요하다.

그러므로 오늘 나는 위대한 인간의 작품을 보면서 용기와 신념을 얻기 위해서 구비오로 온 것이다. 내 생각은 거기까지 미쳤다. 그러는 동안 점점 더 경사가 심해지는 골목길을 올라 거의 평탄한 옆길로 접어들었고, 그곳에서 나는 뜻하지 않게 이 도시에서 제일 큰 건물, 중세에 건축된 집정관의 저택과 맞닥뜨렸다. 그 바람에 모

---

* 도메니코 기를란다요(1448–1494). 피렌체 출신의 프레스코화 화가. 미켈란젤로에게 큰 영향을 주었다.

든 생각들이 사라졌다. 나는 넓은 테라스에 올라갔다가 다시 내려왔는데, 구경하면서 놀라움을 금치 못했고 그 놀라움은 지금까지도 남아 있다. 그 저택의 장엄함과 엄청난 대담함은 보는 사람을 당혹시키고 기이한 비현실감마저 줄 정도였다. 그래서 꿈을 꾸고 있거나 무대 장치를 보고 있는 것이 아닐까 하는 생각까지 들었고, 새삼 그 모든 것들이 단단하게 돌로 지어졌다는 사실을 확인해야 할 정도였다.

엄청나게 놀란 마음으로 그곳에서 나온 나는 거의 몽롱한 마비 상태에서 깨어나지 못한 채 몇 시간 시내를 돌아다녔다. 골목마다 전부 가파르고 적막하고 고집스러워 보였다. 어디를 가나 높고 밋밋한 석조 건물이 서 있고, 바닥에는 소리가 울리는 포석이 깔려 있었다. 여기저기에 작은 마당이, 기다란 한 조각의 땅이 솜씨 있게, 조심스럽게 높은 성벽으로 이어졌다. 산 위로는 엄청나게 가파른 길이, 산 아래로는 현기증 날 정도의 계단이 만들어져 있었다. 징이 박힌 내 구두 바닥은 비에 젖은 미끄러운 포석에 몇 번이나 미끄러졌다. 그토록 급경사지고 엄청나게 힘들게 지어진 도시의 발치에 수 시간 거리의 넓고 아늑한 평원이 푸르고 편안하게 펼쳐져 있다는 것이 거의 우스꽝스럽게 보였다. 건물과 성벽을 세우는 데에 상당히 많은 비용이 들었을 도시 전체의 인상은 화려하기는커녕 황폐하고 초라해 보였다.

지치고 혼란스러운 상태로 초저녁 일찍 숙소로 돌아왔다. 저녁 식사를 한 후에 붉은 현지 포도주를 마시며 잠자리에 들 때까지 깊은 생각에 잠겨 앉아있었다. 그러자 아까 세운 나의 논리가 조금 잘못되었다는 생각이 들었다. 이 기이한 도시에서 받은 혼란스러운 인상이 좀처럼 규명될 것 같지 않았기 때문에, 나는 내 여행의 동기를 그저 놀라움으로 느껴보려는 욕구였다고 설정했고 책임감에서 벗어나 잠시 구경꾼으로 생활해보기로 작정했다.

방은 굉장히 춥고 습기가 찼지만, 침대는 훌륭해서 아홉 시간을 자고 난 후에 나는 완전히 기운을 되찾았다. 아무런 결론도 없는 생각에서 벗어나 아침에 다시 길을 나섰고, 그 묘한 도시를 마치 모험을 하듯이 체험하기 시작했다. 나는 격정적인 열정으로 걸어 다녔는데, 과거에는 멋진 격렬한 몸짓으로 뜨겁게 끓어올랐지만 요즘 주민들에게서는 흔적도 찾아볼 수 없는 열정적인 삶을 과거의 건물들이 아직도 보여주고 있다는 인상을 받았다.

전쟁 중에 엄청난 어려움을 겪으면서도 이렇게 가파른 언덕에 집을 세우고, 평지라고는 전혀 없는 곳 위에다 어지러울 정도로 높은 탑과 거대한 성들을 짓기 위해서 기초를 다지고 험준한 능선 높은 곳까지 수도원과 요새들을 건설한 그 오만한 공명심은 무언가 전설적인, 거의 태곳적 분위기를 지니고 있었다.

구비오는 뒷산의 3분의 1 정도 높이까지 차지하고 있었다. 높은 성벽 너머, 높게 위치한 성문 뒤에는 나무가 헐벗은 산이 근엄하게 솟아 있었고, 산의 중간쯤에는 붉은 벽돌로 지어진, 반짝이는 오래된 예배당이, 그리고 바로 뒤에는 요새같이 생긴 커다란 수도원 건물이 보였다. 높이가 대략 1,000미터는 되어 보이는 산이 나를 유혹하고 있었다. 나는 중세 도시의 강한 인상에서 벗어나 야외로 나가서 산의 경치를 즐기고 싶은 충동을 억누를 수가 없었다. 그리고 저 위에 가보면 산악의 형상으로부터 과거 건축가들의 거칠고 고집스러운 정신을 어느 정도 이해할 수 있을지도 모른다는 생각이 들었다.

마지막 성문을 지나 천천히 산으로 올라가자 곧 녹색의 넓은 평원이 내려다보였다. 큰 커브 길을 따라서 훌륭한 차도車道가 수도원까지 이어졌는데, 한쪽에는 측백나무들이 있었다. 붉은 예배당은 무척 황폐해서 거의 무너질 정도였다.

내 아래로 강력하고 위협적인 도시가 점점 작아지면서 이상하게 평화로워 보이더니 드디어 산 아래 발치에 얌전히 놓이게 되었는데, 거의 평지였다. 섬뜩한 인상을 풍기는 성과 탑들은 장난감처럼 작고 빈약해 보였다. 꼭대기에는 강하고 차가운 눈바람이 불고 있었다.

차도가 끝났기 때문에 나는 황야와 자갈길, 암석층 너머로 산양이 지나다니는 불분명한 길을 따라서 꼭대기로 향했는데, 나중에는 그 길마저 사라졌다. 쌀쌀하고 삭막해졌다. 위에는 알프스와 비숫한 바람이 불었고 도시는 이제 거의 보이지 않았다.

드디어 꼭대기에 발을 딛고 올라서자 나는 깜짝 놀라 우뚝 멈추었다. 저편에는 거대하고 장엄한 산맥이 펼쳐져 있었고, 바로 내 앞에는 현기증이 날 정도로 깊게 깎인 험한 절벽이 나타났다. 좌우로 깎아지른 낭떠러지의 무시무시한 벽은 완전히 벌거숭이로 붉은색을 띠고 있었다. 중간 쯤에만 약간의 덤불과 풀이 자라고 있는데, 산과 계곡 사이에는 양 몇 마리와 양치기 소년이 조금씩 움직이고 있었다. 곧 정상에 도착했는데, 눈이 덮여 있었다.

푸른 초원, 과수원이 있는 언덕, 저택과 옛 도시, 그 밖에 내게 친숙한 이탈리아는 사라졌고, 나는 지금 낯설고 거칠고 황량한 곳에 와 있었다. 아무리 둘러봐도 집이나 마을은 없고 산 중턱의 양치기 소년 외에는 아무것도 보이지 않았다. 그런데 그때 붉은 계곡 아래에서 망토를 걸치고 끝이 뾰족한 모자를 쓰고 어깨에는 웬 엽총을 맨 사람이 노새를 타고 스케자를 향해서 가고 있었다.

성 프란치스코의 생애

Das leben des heiligen Franziskus

12세기 움브리아 땅 아시시에 피에트로 베르나르도네라는 상인이 살았다. 큰 재산을 가졌고 주민들의 존경을 받았으며 중요한 상인 계급에 속하는 포목상이었다. 당대의 관습상, 그리고 필요에 따라서 베르나르도네는 유명한 시장에서 옷감을 구하기 위해서 먼 도시와 나라로 여행을 했다. 특별한 장점이 있고 즐거움도 있기 때문에 그는 남부 프랑켄 지방*을 다녔고, 커다란 시장으로 유명한 부유한 도시 몽펠리에에 체류했다. 그곳에서 그는 프랑켄의 언어는 물론 관례와 풍습을 배우고 다양한 지식을 습득했다. 요즘도 마찬가지지만 당시에도 여행을 하는 상인들은 남다른 기질과 생활 양식을 가지고 있었다. 여행을 다닐 때 종종 큰 위험을 만나기 때문에 그들은 반쯤은 기사이기도 했다. 그래서 이 지방에서 저 지방으로

---

* 프랑크족은 5세기 말에 프랑크 왕국(프랑켄)을 세웠고, 그 왕국은 후에 오늘날의 독일, 프랑스, 이탈리아로 분리되었다.

뉴스와 지식을 옮기기도 하고 군주와 권력자들의 사업을 관리하기도 하고 온갖 새로운 사건, 학문, 노래나 소식 등의 의도하지 않은 전령이나 사절이 되기도 했다. 그들은 세상의 온갖 일이나 세련된 풍습을 자기 것으로 만들 뿐 아니라 여러 지방들의 소식들과 함께 현자들의 새로운 사상이나 가르침도 전파했다.

앞서의 베르나르도네는 도미나 피카를 아내로 맞았는데, 그녀는 귀족 출신이라는 것 (그래서 도미나로 불렸다) 외에는 특별히 알려진 것이 없다. 피카 부인이 프로방스 지방 출신이라는 것은 믿을 만한데, 남편이 이 지방에서 자유롭고 경쾌한 프랑켄의 기질과 프랑켄의 언어를 배워온 까닭이다. 이 귀족 태생의 부인에 대해서 과거의 필자들이 전한 말이 별로 없기 때문에 그녀의 성품에 관한 묘사는 만들어진 것이다. 그녀가 노래와 시를 사랑하고 기도에 열정적인 프로방스인의 기질을 이어받았으며 사랑스럽고 온화하고 명랑했다는 것밖에는 말할 만한 것이 없다. 아들의 삶과 생활 방식을 보면 더할 나위 없이 좋은 어머니였을 것이라고 생각된다.

당시에는 어디에서나 신앙이나 교회보다 더 많이 입에 오르는 대상이 없었는데, 교회는 겉으로는 굉장히 번창했지만, 안으로는 경직과 몰락의 길을 가고 있었다. 그 때문에 특히 가난한 사람들 사이에서 탄식이 끊이지 않았는데, 당시의 백성들은 오늘날의 우리처럼 황폐한 농토, 또는 고통과 욕망 가운데 울부짖고 두려워서 떠는 들짐승과 비슷했다. 어두운 숲에서 길 잃은 아이가 절망하여 겁을 먹고 극심한 공포에 시달리듯이, 갈증으로 고통스러운 사람은 불타는 심정으로 신선한 샘물을 갈구하며 소리치면서 괴로워했다. 여기저기에서 선지자들이 출현했고 예언자와 참회자들이 일어났으며 애태우며 공동체로 모여들었지만, 교회는 이들을 이단과 배교자로 파문하고 박해할 뿐이었다.

프랑켄 지방에서 강렬하게 시작된 이런 영적인 움직임에 관해서는 모두들 새로운 소식을 알고 싶어했기 때문에, 여행 중에 무역상은 많은 이야기들을 듣기도 했고, 어디를 가든 끊임없이 질문을 받기도 했다. 베르나르도네는 이런 일에 관해서 잘 알고 있었고, 집에서 이야기도 많이 나누었을 것이다. 왜냐하면 인류는 곳곳에서 살아 있는 신앙을 갈구하고 하느님의 소식과 영원한 것을 갈망하는데, 그런 것들이 교회의 가르침과 예식 안에서는 말라버린 까닭이었다.

그 밖에도 베르나르도네는 세상의 사건들, 전쟁, 기사들과 당대의 통치자 바르바로사*에 관해서 들었고 또 이야기했다. 레냐노에서의 승리**로 바르바로사는 이탈리아의 도시에서 많은 권력을 빼앗겼지만, 그의 뒤를 이어 하인리히 6세가 등장하자 이탈리아는 다

---

* 신성 로마 제국의 황제 프리드리히 1세(1152−1190 재위)의 별칭.
** 1176년, 레냐노에서 일어난 롬바르디아 동맹과 바르바로사 군대의 전투에서 롬바르디아가 승리했다. 이를 계기로 신성 로마 제국의 힘이 많이 약화되었다.

시 곤경에 빠졌다. 황제는 아시시에 엄격한 총독을 보냈는데, 스폴레토 공으로 불리는 슈바벤 출신의 콘라트* 백작이었다. 그는 도시 위의 요새에 머물면서 나라와 사람들을 가혹하게 통치했다.

이런 운명적인 다양한 세계의 사건은 베르나르도의 가정에 큰 영향을 끼쳤다. 하지만 가정은 다양하고 활기에 넘쳤다. 오늘날도 그렇지만 아시시는 아름답고 멋진 곳, 훌륭한 주거지였다. 아시시는 가파르게 경사진 높은 언덕 위에 있는데, 뒤에는 거대한 수바시오 산이 솟아 있다. 많은 도시와 마을, 촌락, 수도원들을 품고 있고 움브리아 전체가 내려다보이는 탁 트인 아름다운 경치를 자랑하는 아시시는 이탈리아에서도 가장 아름답고 비옥한 지역에 속한다.

주님의 해인 1182년(1181년이라고 하는 사람들도 있다), 피카 부인은 아시시에서 아들을 낳았는데, 남편은 프랑켄 지방으로 출장 중이었다. 부인은 아기의 이름을 요하네스로 정했다. 그런데 그날 어느 낯선 순례자가 집으로 들어와 아기 보기를 청하고 팔에 안더니 자애롭고 황홀한 눈으로 아기를 바라보면서 큰 소리로 아기에게 위대하고 화려한 운명을 예언하는 축복을 했다. 그후 아기는 대성당에서 요하네스, 이탈리아어로 조반니라는 이름으로 세례를 받았다.

---

* 일명 우르슬링겐의 콘라트. 대략 1183년부터 1198년까지 움브리아 일대를 통치했다.

하지만 시간이 조금 흘러 여행에서 돌아온 베르나르도네는 아기를 프란츠, 즉 프란치스코로 이름 지었고, 아기는 영원히 그 이름을 가지게 되었다. 알다시피 아버지는 프랑켄 지방과 그 지방적인 것을 특히 좋아했다. 프란치스코 역시 어린 나이에 갈리아 말을 배웠고, 훗날 기쁨에 넘쳐 아름다운 노래를 부를 때도 즐겨 사용했다.

아이는 초보 수준의 글쓰기와 라틴어를 배웠을 뿐 많은 가르침을 받지 못했다. 그는 일생 마지못해, 억지로 붓을 들었을 뿐이었다. 그는 특별한 학자로 자란 것은 아니었지만 어린 시절의 즐거움을 만끽했고 맑은 눈으로 세상을 보았는데, 명랑하고 밝은 성격으로 마음속에 아름다움과 즐거움을 품고 있는 까닭이었다.

청년으로 자라는 동안 그는 특이하고 대단한 일을 했는데, 운명처럼 어떤 동경이 마음속에 움트기 시작했다. 그의 젊은 영혼 안에는 남몰래, 막연하게 천부적인 어떤 충동이 움직이고 있었다. 그것은 목표도 확신도 없는, 마치 즐거운 날갯짓과도 같았다. 몰아치는 열정으로 그는 자신을 내던져 세상의 찬란한 가치를 모두 알아내고 낚아채려는 거대한 욕망으로 가득했다. 무엇보다도 온 마음을 사로잡는 기사의 화려한 삶에 몸을 바치는 것이 귀하고 매력적으로 보였다. 당시 남국으로부터 트루바두르Troubadour*들의 달콤하고

---

* 중세 프랑스의 궁정 음유시인.

강렬한 연애시들이 울려왔고, 그래서 프랑켄 왕국을 먼 고향처럼 사랑하는 열정적인 청년은 이 연애시에 깊은 흥미와 예감으로 마음이 동요했다. 기사가 되고 트루바두르가 되는 것이 그의 간절한 꿈이자 소원이었다.

프란치스코는 귀족은 아니었지만, 아버지가 부유하고 존경을 받았기 때문에 젊은 귀족 자제들과 좋은 우정을 맺었고, 무기 사용법과 노래를 익히고 많은 돈을 쓰면서 다른 귀족 청년들보다 완벽하게 모든 것들을 경험했다. 세상의 부귀영화를 만끽했고, 화려하고 아름다운 옷을 입고 진수성찬과 연회를 베풀었으며, 승마, 칼싸움, 게임, 춤과 온갖 오락을 즐겼다. 동료와 친구들은 그를 사랑했는데, 어느 정도는 재력 때문이었지만 대부분은 그의 즐겁고 사랑스러우며 성실한 귀족적 성품 때문이었다. 그의 섬세한 예의범절과 고상한 마음가짐이 어떤 상류층 귀족에도 뒤지지 않았다. 게다가 소비와 사치를 좋아한 덕택에 그는 진짜 기사처럼 보였다. 곧 그는 젊은 귀족 자제들 사이에서 우두머리이자 왕이라는 뜻의 '프린켑스 유벤투티스princeps iuventutis'로 불리게 되었다.

하지만 그는 부드럽고 동정심 많은 마음을 가지고 있었다. 한번은 불쌍한 거지가 아버지의 상점으로 들어와 하느님의 이름으로 작은 적선을 청한 일이 있었다. 프란치스코는 화를 내면서 거지를 꾸짖었다. 하지만 곧 가혹한 행동에 마음 아파하며 후회했고, 골목길로 그를 따라가 두 배로 베풀었다.

그 사이 불안한 시국이 도래했다. 황제의 총독인 스폴레토 공, 콘라트가 교황에게 항복을 하고 아시시를 떠나자마자 도시의 주민들은 요새로 쳐들어가 성채를 점령하고 돌멩이 하나 남기지 않고 전부 파괴했다. 하지만 주민들의 이 행동은 결코 이로운 결과를 불러오지 못했다. 하층민들은 성채 파괴로 만족하지 않고 방화와 살인을 저지르고 귀족에 맞서 싸우기 시작했고 귀족들은 심각한 위기에 봉착했다. 남작들 중의 몇몇이 곤란한 상황을 견디지 못하고 페루자 시에 도움과 보호를 탄원했고, 이 강력한 도시는 아시시 주민들과 전쟁을 일으켜 승리를 거두었다. 이 전쟁에 프란치스코 역시 많은 동료들과 함께 참여했는데, 고향을 배반한 자들의 편을 들기 위해서가 아니라 고향을 위해서였다. 많은 사람들과 함께 프란치스코는 적에게 사로잡혀 페루자로 끌려갔다. 그곳에서 1년간 수감되었고 1203년 말에야 아시시로 돌아올 수 있었다.

긴 투옥 기간에도 청년 프란치스코는 유쾌한 마음과 용기를 별로 잃지 않았다. 그는 다른 수감자들을 즐겁게 해주고 위로했으며, 전보다 더욱 열렬하게 기사의 생활과 전쟁에서의 명성을 꿈꾸었다. 페루자에서 풀려난 후에 고향으로 돌아오자마자 그는 다시 탐닉, 교만, 낭비로 가득한 사치스러운 생활을 시작했다. 목마른 사람처럼 그는 세상의 온갖 영화에 마음껏 빠지고, 세상의 온갖 화려함을 양팔 안에 끌어안고, 세상의 모든 즐거움을 마음껏 맛보려고 했다. 뜨겁게 불타오르는 그의 마음은 절약하거나 절제하는 것이 가능하지 않았다. 일생 그는 하고 있는 모든 일에 끓어오르는 마음으로 뛰어들었으며 결코 쉬거나 만족할 줄을 몰랐다.

사람들은 그의 호사스러운 생활을 비난했지만, 어머니 피카 부인은 가슴 속의 느낌대로 자유롭게 이야기를 했고, 하느님께서 이 걷잡을 수 없는 아들을 조만간 인도하시리라고 굳게 믿었다.

얼마 후 프란치스코는 중병이 들어 죽음의 손길을 느꼈다. 그는 이제 계속 즐겁게 사는 것이 전부가 아니고 마음속에 평화가 있어야 한다는 것을 깨닫기 시작했다. 선*으로 가는 다른 길을 알지 못했기 때문에, 그는 삶 전체를 커다란 사랑으로 포용하고자 했다. 그는 계속 손님들을 초대하고 호사스러운 생활로 되돌아가 화려한 명성과 진정한 명예를 얻으려고 했고, 많은 사람들 위에 군림하는 영주, 강한 지배자가 되고 싶어했다. 기사도에 모든 명예와 온갖 행복이 있다고 생각한 까닭이었다.

그때 남부 이탈리아에서 발터 폰 브리엔*이 교황을 돕기 위해서 무기를 들었다는 소식이 들려왔다. 곳곳에서 용감하고 야심에 찬 남자들과 청년들이 모여들었다. 발터 폰 브리엔은 위대한 영웅이

---

* 발터 3세(1166?-1205). 시칠리아 출신의 엘비라 공주와 결혼하여 시칠리아 왕국을 획득하기 위하여 싸웠으나, 전투 중에 사망했다.

자 기사도 정신의 크나큰 별로, 그의 명성은 칼이나 창이 부딪치는 바람 소리, 낭랑한 승리의 노래 같았다. 이 소식에 젊은 프란치스코는 열광했고 세상의 모든 화려한 영예가 앞에 펼쳐진 느낌이었다. 많은 귀족 청년들이 지휘자의 통솔에 따라서 참전을 준비했다. 프란치스코의 복장과 무기는 어느 누구보다도 화려하고 빛났기 때문에 모두들 적지 않게 놀랄 정도였다. 그는 많은 사람들에게 영웅이자 영주가 되고 싶다는 대담하고 외람된 생각을 말했는데, 모두들 어리석은 허풍으로 들었지만 그는 그런 생각을 신성한 계획으로 가슴 속 깊이 품고 있었다. 그의 뜨거운 기질로는 중간에 멈추거나 절반 정도로 만족하는 것은 있을 수 없는 일이었다. 그는 열정적으로 세상에서 귀하고 화려한 것을 얻을 생각뿐이었다.

모든 것들을 빠짐없이 최고로 갖춘 다음, 프란치스코는 다른 동료들과 함께 말에 올라앉아 작별 인사를 하고 먼 세상의 전쟁과 명예와 환희를 맞게 될 용감한 탐험가이자 모험가가 되어 화려한 무기를 선보이며 도시를 떠났다. 뿔 나팔 소리가 요란하게 울려 퍼지자 아름다운 그의 말은 화창한 대낮 속으로 성큼성큼 걸어가며 멋대로 코를 킁킁거렸고, 그의 갑옷은 태양 아래 빛나며 스치는 소리를 냈다. 이미 그에게는 저 멀리 요새에서 황금 월계관이 손짓하는 것이 보이는 듯했다.

그런데 여행 첫날, 청년 프란치스코는 하느님의 목소리를 듣고 심장이 고동치며, 욕망과 허영의 달콤한 형상이 사라져버리는 일을 경험하게 되었다. 그때 정확히 그에게 무슨 일이 일어났고 어떤 목소리가 그의 놀란 영혼을 잡아 흔들어 굴복시켰는지는 아무도 모른다. 한 사람의 내적 운명이 결정되는 순간은 신성한 비밀처럼 영원히 어둠 속에 덮여 있다. 프란치스코는 자신의 생각이나 내면의 모습에 대해서 한 번도 말을 꺼낸 적이 없다. 하지만 그의 눈앞에 갑자기 삶과 죽음의 수수께끼가 선명하게 드러나 알 수 없는 성스러운 힘이 그로 하여금 일생의 목표를 찾아 선택하도록 만든 것이 틀림없다. 그는 스폴레토에서 열병에 휩싸였다가 풀이 죽어 곧 소리 없이 아시시로 혼자 돌아왔다. 빛나는 투구는 어느 가난한 귀족에게 주었다.

부모와 도시의 다른 사람들은 놀라서 화를 냈고 비웃으며 유명한 영웅이자 영주가 돌아왔다며 그를 놀렸다. 옛 친구들은 그가 다시 낭비를 하며 방탕하게 살 것으로 예상했다.

하지만 그는 깊이 생각에 빠진 채 방황하면서 화살 맞은 사람처럼 괴로워했다. 영혼은 허무와 죽음에 대한 두려움으로 가득했고, 그는 근심과 고통에 시달렸다. 자신의 꿈이나 희망이 헛되다는 것을 알지만, 구원의 길을 가르쳐주는 사람은 아무도 없었기 때문이었다. 당시 프란치스코는 시대의 고통을 내면에서 괴로워했고, 우울과 죽음의 공포가 그를 삼켜 그는 상처 입은 마음으로 하늘에 구원을 기구하며 울부짖었다. 이렇게 분투하며 인내하고 삶의 무상함을 절감하는 동안에도 그는 세상의 많은 사람들이 같은 이유로 고통받고 있으며 어두운 감방에서 죄수들이 하늘을 향해서 울부짖고 있음을 알지 못했다. 또한 자신이 지금 수많은 사람들을 위해서 고통받고 구원을 갈구하고 있음을 알지도, 생각하지도 못했다.

옛 친구들과 술친구들은 그가 식사와 연회에 초대를 하여 전처럼 주인이나 연회의 왕이 되어 대접을 하고 즐겁게 놀아야 한다고 주장했다. 프란치스코는 어느 날 소원대로 그들을 불러모아 풍성하고 귀한 음식을 차렸다. 친구들은 와서 그를 연회의 주인공이자 왕으로 선언하고 당시의 장난스러운 풍습에 따라서 손에 왕의 상징으로 왕홀王笏로 막대기를 쥐어주었다. 흥겨워하고 왁자지껄한 가운데 그들은 잔뜩 먹고 마셨다. 밤늦도록 잔 부딪는 소리와 웃음소리가 끊이지 않았고 나중에는 모두 취하고 대담해져 깊은 잠에 빠진 거리를 뛰어다니며 소리 지르고 노래를 불러댔다. 그런데 잠시 후에 그들은 프란치스코가 사라진 것을 알아챘다. 그들은 침묵하며 어느 골목에 서서 생각에 잠겨 있는 프란치스코를 발견했다.

그들은 완전히 달라 보이는 프란치스코를 놀려대고 웃음거리로 삼았지만, 프란치스코의 억눌린 영혼은 저 멀리에서 구속과 억압의 탈출구를 보았다. 술 취한 동료들이 시끄럽게 그를 끌어내 둘러쌌다. "무슨 꿈을 꾸는 거야?" 그들이 조롱하며 소리쳤다. "무슨 수수

께끼를 꾸미는 거야, 프란치스코?" 그러다 한 명이 크게 웃으며 소리쳤다. "이봐 친구들, 프란치스코가 여자 생각을 하는 것 같지 않아?" 이 말에 프란치스코는 사람들을 달래며 창백하지만 기쁨에 넘치는 얼굴을 들고 밝은 목소리로 말했다. "그래, 맞아, 난 신부를 맞을 생각이야. 하지만 너희들이 생각하고 상상보다 훨씬 더 고귀하고 화려하고 아름다워." 이 말을 하면서 그는 미소를 지었다.

친구들은 웃으며 그를 내버려두고 갔다. 프란치스코는 손에 들고 있던 우스꽝스러운 왕홀을 집어던졌다. 그 순간 그는 지금껏 허비한 청춘 시절과 작별을 고했다. 그가 아름답고 고귀하다고 한 신부는 이제부터 진심으로 결혼하고자 하는 가난이었다.

이 글을 읽는 사람들 중에서 몇몇은 프란치스코의 친구들처럼 그를 비웃거나 바보라고 고개를 흔들지도 모른다. 하지만 그의 열망은 그가 무엇에 목말라하는지, 지혜도 교회도 쾌락도 그에게 줄 수 없는 것이 무엇인지를 알아냈다. 인류가 이 세상에서 아무것도 가진 것 없이 삶과 죽음 사이를 방황하는 순례자, 손님에 지나지 않는다는 것을 고통스럽게 깨닫고 난 후, 그는 새로워진 사랑의 열정으로 하느님의 품에 스스로를 던지고 오직 순박하고 빛나는 마음으로 진정한 삶에 이르는 길을 찾으려고 노력했다. 돌아갈 고향을 찾는 그의 눈에 그리스도와 첫 사도들의 모습이 보였다. 그는 모든 굴레에서 벗어나 율법이 아니라 오직 사랑에 헌신할 것과, 어린아이가 되어 땅의 동물과 하늘의 새에 먹을 것을 주시는 하느님의 손에 자신을 맡길 것을 결심했다.

그를 신성하게 만들고, 수없이 많은 사람들의 위로자이자 구원자로 만들었으며 고난 가운데에서도 하느님 이외의 어떤 인도자도 선택하지 않도록 만든 것은 이 단단한 신념이었다. 이러한 순수한 사랑에 영원히 묶여 그는 당시 어떤 성직자나 학자도 발견하지 못한 것, 하느님에게 돌아가는 잃어버렸던 길을 찾았고, 더 나아가 세상을 얻고 새로운 선물까지 받았다. 그런 순수한 사랑으로 그는 시대와 영원성을 포용하면서 잃어버렸던 세상의 완전성을 천부적인 시인의 감수성으로 황홀하게 되찾았다.

그때부터 부유한 베르나르도네의 아들은 사치와 향락에 물든 귀족 청년들의 사교계 대신 언제나 혼자, 아니면 가난한 사람들이나 고통받는 사람들 사이에 있었다. 그는 거지들한테 넉넉하게 베풀 뿐 아니라 그들과 진정으로 위로의 말을 나누었다. 그렇다, 겸손한 사랑의 힘이 그를 비천한 사람, 멸시받는 사람들에게로 이끌었다. 한 번은 말을 타고 가다가 나병 환자가 길에 누워 있는 것을 보고 처음에는 본능적으로 두려워서 돌아섰지만, 곧바로 자신이 부끄러워져 다시 그 길로 돌아와 말에서 내려 환자에게 자신의 옷을 주고 이야기를 나누며 손을 잡았다. 그때부터 그는 세상에서 가장 가난한 사람과의 특별한 사랑을 충실히 지켰고, 사랑과 친절을 잃지 않았으며, 보답과 호응 속에서 그들 곁에 머물렀다. 내쫓긴 사람들은 때로 불안정하고 절망에 빠진 그의 마음에 다정한 감사의 인사로 보답했다. 덕분에 그는 강해졌고 그들에게서 진정한 위로를 발견하게 되었다. 하지만 친구들과 아버지까지도 그를 바보라고 비난했다.

아직 마음이 완전히 정리되지 않았다고 느낀 프란치스코는 로마로 순례 여행을 떠났다. 그곳에서 그는 몸에 지닌 모든 것들을 성 베드로 대성전에 봉헌했다. 그는 옷을 거지와 바꿔 입고 같은 자리에 섰다. 하지만 곧 그는 로마와 휘황찬란한 교황청에서 구원을 찾는 것이 소용없는 일이라는 것을 깨달았다. 대신 그는 거지의 옷에서 처음으로 진정한 가난을 맛보았고 앞으로는 가난에 충실할 것을 다짐했다.

로마에서 돌아온 후, 그는 계속 고독에 빠져 주로 아시시 근처 언덕 위의 산 다미아노 성당에 머물렀다. 그곳에서 온 힘을 다해서 기도하는 가운데 용기와 기쁨을 찾았으며, 과거의 모든 것들을 완전히 버리고 오직 믿음 가운데 새로운 삶을 시작하기로 작정했다. 그 순간부터 그는 즐거운 기분이 넘쳐나 모든 굴욕과 고통을 참아낼 수 있게 되었다. 하지만 그에게 곧 정말 힘든 시간이 다가왔다.

그는 말과 함께 아버지 집에 가지고 있던 모든 것들을 팔고 그 돈을 산 다미아노 성당의 신부에게 맡겼는데, 성당은 폐허가 되다시피 하여 무너지기 직전인 까닭이었다. 그는 신부와 함께 지내며 자기 손으로 성당을 짓기 시작했다. 하느님에 대한 사랑을 보여주는 다른 방법을 알지 못했기 때문에 그는 자신의 삶을 봉헌하기로 했다. 극도로 화가 나서 그를 강제로 집으로 끌고 가려는 아버지 앞에서 그는 몸을 숨겼지만, 곧 이를 부끄럽게 여기고 솔직하게 아버지와 대화하기 위해서 움막에서 나와 아시시로 갔다. 거리마다 사람들이 그를 쫓아왔는데, 그들은 그가 새사람이 되었다는 소식을 듣고 분별력을 잃어버린 것이라고 여기면서 그를 비웃었다.

떠들썩하게 조롱하는 사람들과 더불어 그가 다가오자 분노한 아버지 베르나르도네는 너무나 화가 나서 아들을 붙잡아 아플 정도로 때린 뒤에 집안의 컴컴한 구석방에 감금했다. 프란치스코는 얼마 후에 어머니의 도움으로 달아났다. 그러자 베르나르도네는 그를 시에 고발했는데, 시에서는 그와 이 사건을 다시 교회 법정으로 보냈다. 그렇게 해서 프란치스코는 정해진 날짜에 주교의 법정에 서게 되었다. 그가 순순히, 기꺼이 출두해보니 호기심과 조롱으로 온 도시의 사람들이 모여 있었다. 극심한 노여움에 아버지가 아들을 내쫓고 상속권을 박탈하자 아들은 겸손하게 입고 있던 옷을 벗어서 소유권을 가진 아버지에게 넘겨주고 벌거벗은 채로 서서 자신은 앞으로 오직 하늘에 계신 아버지의 것이 되겠노라고 말했다. 그러자 아무도 그를 조롱할 수 없었고, 그의 용기와 믿음에 놀란 주교는 벌거벗은 프란치스코를 자신의 망토로 감싸주었다.

이것이 프란치스코가 성스러운 가난과 맺은 혼인이다. 이제 그는 수년을 찾아 헤매던 보석을 찾았는데, 그것은 바로 마음이 하느님과 그리고 세상과 합일을 이루는 것이었다. 이제 그는 세상살이에 관해서 아무런 걱정도 하지 않았다. 그는 아이처럼 하느님의 보호에 몸을 맡겼고, 하느님과 대화할 때 멀리 떨어져 있어 보이지 않는 혼령이 아니라 현존하며 사랑하고 믿는 아버지와 대화했다.

어렸을 때 시인, 명상가, 트루바두르가 되기를 바랐던 것처럼 이제 해방된 그의 영혼에 기쁨이 가득한 노래로 가득한 새로운 샘이 나타났다. 아무도 그 노래를 기록하지 않았기 때문에 한 편만이 지금 우리에게 전해진다. 하지만 그의 노래들은 멀리 퍼져나가 수많은 사람들의 답답한 가슴에 위로와 용기를 노래했고, 지치고 절망한 사람들에게 새로운 의욕을 가지도록 감동을 주었으며, 귀 기울이는 모든 사람들 속으로 깊이 파고들어 다른 시인들은 지피지 못한 불꽃을 지폈다.

자유를 얻어 진정으로 행복한 프란치스코는 축복받고 구원받은 사람이 되어 계곡과 푸른 언덕을 돌아다녔다. 아름다운 대지는 천진하고 정겨운 사랑에 정화된 새로운 세상이 되어 속마음을 털어놓았다. 피어나는 꽃과 여린 풀, 반짝이며 흐르는 시냇물, 파란 하

늘과 흘러가는 구름, 저 하늘의 푸른색과 들판의 초록, 새들의 유쾌한 지저귐은 사랑스러운 벗이자 형제자매가 되었다. 눈과 귀에서 장막이 걷히자 그는 빛나는 에덴동산의 복된 첫날처럼 순진무구하고 신성하게 세상을 바라보았다.

이것은 결코 잠깐의 도취나 황홀경, 또는 자기 기만이 아니었다. 왜냐하면 그는 그날부터 고통스럽고 쓰라리고 힘든 시간 속에서도 선택받은 복된 사람이 되어 죽는 날까지 나무줄기 하나하나, 시냇물 하나하나에서 울리는 하느님의 목소리를 들었고, 어떤 고통과 죄악도 힘으로 그를 누르지 못한 까닭이다. 수 세기가 지나도록 셀 수 없이 많은 사람들이 그를 사랑하고 존경했으며, 예술가, 시인, 현자들이 수천 번도 더 그의 모습과 삶 속의 이야기를 표현하고 이야기하고 노래하고 새겼는데, 다른 어떤 군주나 권력자의 모습이나 행동도 그에 미치지 못한다. 그의 이름과 명성은 생명의 노래, 하느님의 위로가 되어 우리 시대에까지 전해졌고, 그가 말하고 행한 것은 700년 전 그의 시대와 다름없이 오늘날에도 힘차고 새롭게 울린다. 그에 못지않을 정도로 영혼이 순수하고 고귀한 다른 성인들도 있었다. 그들은 조금 더 기억될 뿐이지만, 프란치스코로 말하자면 천진한 시인, 위대한 사랑의 스승, 모든 피조물들의 겸손한 친구이자 형제였다. 그래서 만약 사람들이 프란치스코를 잊는다면 돌과 샘, 꽃과 새들이 그에 관해서 이야기할 것이다. 왜냐하면 참된 시인으로서 그가 이 모든 것들에서 죄와 어리석음을 몰아내고 우리의 눈앞에 태초의 순수한 아름다움을 새롭게 보여주었기 때문이다.

그 무렵 프란치스코는 산 다미아노 성당의 보수를 마무리하기 위해서 열심이었다. 거지가 된 그는 아시시로 가서 사람들에게 돈이나 건축에 쓸 벽돌을 부탁했다. 헐뜯는 사람들도 있었지만 적선하는 사람들도 있었기 때문에 그는 일을 마칠 수 있었다. 그가 제단 램프에 쓸 기름을 얻기 위해서 밖으로 나와 (주교의 정원사가 불쌍하다고 준) 거지 옷을 입고 어느 집에 들어섰을 때, 마침 거기에서 옛 친구들이 연회 중이었다. 그는 수치심에 놀라서 돌아섰다가 다시 들어가서 옛 친구들과 쾌활한 술꾼들에게 다정하고 겸손한 태도로 교회를 위해서 기부를 부탁하는 한편, 과거에 자신이 부족했던 점과 개심改心에 관해서 솔직하게 말했다. 정직하게 가슴에서 우러난 것이었기 때문에 사람들은 그를 따뜻하게 맞아줄 수밖에 없었다.

아시시의 다른 사람들에게도 그의 새로운 모습은 더 이상 바보 짓이나 어리석은 짓이 아니라 하느님의 인사와 복된 빛으로 다가왔다. 그래서 그들은 관대함과 경외심으로 그를 맞이했다. 높은 귀족이자 기사였던 과거에 프란치스코가 많은 선물들을 가지고 찾아갔던 고통 받는 나병 환자들은 이제 가난한 형제가 되어 찾아온 그를 더할 나위 없이 사랑했다. 하지만 나팔 불고 욕을 하며 그를 멸리 내쫓는 시민들도 있었고, 나이 든 그의 부친과 형제들은 그를 멸시하고 비난하며 수치스러워했다.

산 다미아노 성당을 성공적으로 복구한 후, 그는 역시 보수와 재건이 필요한 포르치운쿨라 성당으로 갔다. 종종 우리는 어떤 사람이 어떤 장소를 유난히 사랑하는 것을 볼 수 있는데, 이 성당을 프란치스코는 일생 가장 사랑했고 계속 들러 묵상하면서 위안과 새로운 꿈과 노래를 얻었다. 이 아담하고 소박한 성당을 그는 공들여 복구했고, 이 성전에서 하느님의 목소리를 더욱더 또렷이 듣고 삶의 목표를 깨달을 수 있었는데, 교회당이나 성당을 복구하는 것 같은 외적인 일들은 가슴의 커다란 열망을 완전하게 충족시킬 수 없다는 것을 그는 절실하게 깨달았다. 그때 "가서 하늘나라가 가까이 왔다고 말하라"는 구세주의 목소리가 들렸다. 그는 가슴이 뛰었고, 마음속에서 세상의 민족들이 굶주리고 목말라하면서 자비와 사랑의 복음을 향해서 두 팔을 하늘로 벌리고 있는 것을 보았다.

그때부터 프란치스코는 설교를 시작했다. 그의 목소리는 이제 부드럽고 강하게 사랑을 부르며 너울대는 노래가 되어, 어둠 속에서 절망에 빠진 수많은 영혼들을 사랑의 등불로 가득 채우며 온 나라에 퍼져갔다. 그의 설교는 몽상가나 허풍쟁이의 말이 아니었다. 그는 농부에게는 농부처럼, 도시인에게는 도시인처럼, 기사에게는 기사처럼 설교했고, 누구에게나 스스로 마음을 움직이는 것에 대해서 설교했다. 그리고 그는 어디에서나 형제에게는 형제로, 고통받는 사람들에게는 고통받았던 사람으로, 아픈 사람들에게는 아팠던 사람으로 설교했다.

그는 아시시에서 처음으로 설교를 시작했다. 사람들이 조금이라도 모인 곳이면 시장, 골목, 성문 앞, 돌담 어디에서든지 설교를 했다. 그의 설교는 단순하며 사랑에 가득한 것으로, 자신이 할 수 없던 것을 아무에게도 강요하지 않았다. 그는 가슴속에 구세주의 형상을 품고 다니며 모두에게 보여주었다. 보십시오, 이것이 겸손입니다. 보십시오, 이것이 인내입니다. 보십시오, 이것이 사랑입니다. 설교는 많은 사람들의 마음을 움직였고, 사람들은 반성하고 묵상하지 않을 수 없었다. 어느덧 사람들은 이 설교자를 묵묵히 존경하기 시작했다. 그의 인품과 설교에는 선량하고 맑게 빛나는 별처럼 열정과 따스함이 넘쳤다. 그의 설교는 성직자들의 설교와는 달랐다. 왜냐하면 그는 스승이나 모범을 서적, 교부敎父, 현자賢者, 수사학자들에게서 찾지 않았고 자신의 뜨거운 가슴과 하늘의 새, 방랑 시인들의 노래에서 찾은 까닭이다. 또한 그는 자신을 향한 어떤 존경심도 바라지 않았다. 오히려 자발적으로 모든 사람들에게 복종하고 봉사했다. 하지만 그의 얼굴은 행복한 자비로 가득했고 눈은 영원하고 순수한 불꽃으로 반짝였으며, 마치 사랑하는 사람이 연인을 부르거나 어머니가 아이들을 계속 걱정하며 돌보는 것처럼 진지함과 사랑스러운 매력과 비유와 노래로 한 사람 한 사람의 영혼에 호소했다. 그리고 설교 후에도 거만하게 돌아서거나 성의 없이 사라지지 않았다. 사람들은 그가 엄격한 삶을 살고 있으며 열심히 일하고, 필요한 모든 사람들에게 헌신하며, 가난한 사람들의 나병 수용소를 거침없이 드나드는 것을 보았다.

얼마 후에 뜻을 같이하는 동지이자 형제가 찾아왔는데, 그에 관해서는 더 이상 알려진 것이 없다. 얼마 뒤 베르나르도*라는 사람이 하룻밤 이야기 나누기를 청했다. 이 베르나르도로 말하자면 품위 있고 존경받는, 부유한 아시시의 시민이었다. 프란치스코는 그와 다정하고 진심 어린 말들을 나누었다. 그후, 베르나르도는 돌아가서 전 재산을 팔아 모든 것들을 가난한 사람들에게 나누어주었다. 이렇게 그가 프란치스코를 따르자 프란치스코는 자신과 두 제자를 위해서 포르치운쿨라 옆에 소박한 초막을 지었다. 곧이어 에지디오**라는 한 청년이 찾아와 함께 살게 되었다. 그들은 함께 또는 홀로 움브리아 땅 이곳저곳을 돌아다녔다. 들판 곳곳에서 농부들과 함께 일을 했고 대가로 돈 대신 먹을거리를 조금 얻었다. 일을 한 뒤에는 농부들과 이야기를 나누고 설교를 하고 노래도 불러주었다.

---

* 퀸타발레의 베르나르도(1180?-1241?). 부유한 집안 출신의 성 프란치스코의 첫 제자 중의 한 사람. 선교에서 특히 많은 업적을 세웠다.
** 성 에지디오(1190-1262). 농부 출신으로, 베르나르도와 함께 프란치스코의 첫 제자로 알려져 있다.

프란치스코는 자신과 형제들을 종종 '요쿨라토레스 도미니^{jokulatores} domini'라고 불렀는데, 이는 신의 악사樂士라는 뜻으로, 스스로 트루바두르이자 노래하는 순례자가 되어 하느님을 찬미하는 노래를 널리 알린 까닭이다. 이때가 그의 생애에서 가장 행복한 시절이었다. 그는 방문자, 방랑자가 되어 순례했고 악사, 노래하는 새가 되어 누구에게나 도움이 되고자 했다. 일하는 사람들과 함께 일하며 기쁜 마음으로 자비와 위안을 주고 손을 내밀고 충고했으며, 슬픔에 빠진 사람들에게는 위로의 말과 밝고 명랑한 노래를 들려주었다. 지금도 마찬가지지만 사람들 사이에서 그는 자발적인 가난으로 인해서 농담 삼아 유쾌하게 '일 포베렐로^{il Poverello}', 즉 걸인으로 불리게 되었다.

물론 힘든 시간과 시련이 결코 없을 리가 없었다. 프란치스코를 따르는 아들이 있는 가정은 프란치스코가 청년들을 유혹하고 자식 사랑을 무시한다고 비난했고, 아이들을 빼앗길까봐 겁을 내는 사람들도 있었다. 하지만 형제들은 적대감과 멸시를 침묵과 겸손으로 대했고, 온 움브리아 땅에서 사람들은 이들을 보고 놀라고 감동했다. 많은 사람들이 그들을 받아들여 친절하게 잠자리를 마련해주었고 이 형제들은 진심으로 고마워했지만, 돈이나 다른 재물은 받지 않았고 하느님께서 매일 보살펴주신다는 것을 굳게 믿으면서 그리스도 안에서 가난을 지켰다.

형제들은 방랑을 마치면 항상 아시시의 포르치운쿨라의 보금자리로 돌아와 서로를 위로하고 사랑과 우애에 진정으로 행복해했다. 그 숫자는 어느덧 열둘이 되었다.

　그때까지 프란치스코는 영혼의 열망을 가득 채우고 하느님에 대한 무한한 헌신으로 기뻐하며 사람들에게 선행을 하고 사랑을 전하는 것 외에는 다른 목표가 없었다. 그러나 이제 그와 마찬가지로 집과 재산을 자발적으로 포기하고 가르침과 설교에 이끌려서 모여든 제자와 친구 열한 명이 생겼다. 교회가 임명한 성직자들이 이들을 시기하며 지켜보다가 마침내 설교를 금지하는 일이 여기저기에서 일어났다. 형제들의 활동과 가르침의 방식이 북쪽의 발도 파* 의 목표나 활동과 마찬가지로 이단으로 매도될 수도 있었다.

　이 점이 프란치스코에게 영혼을 짓누르는 근심이 되기 시작했다. 소박한 믿음에서 따르던 그의 어린아이 같은 마음은 이제 많은 제자들에게 길잡이가 되어야 했고, 사랑으로 불타오르는 그의 영혼은 이제 마음이 끌린 모든 형제들을 위해서 의무를 감당해야 했다. 그는 이교도나 예언자나 개혁가가 되려고 생각한 적이 한 번도 없었다. 그의 아이 같이 소박한 마음은 성실한 신앙심으로 교회의 질서에 의존했기 때문에 가능한 것이었다. 그러나 이제는 성직자의

---

* 　12세기 말에 시작된 기독교 개혁운동. 무소유, 성서 번역, 교황 비판에 앞장섰다. 베로나 공회에서 파문당한 후에 이단으로 박해를 받았다.

권력보다 강한 권력이 그에게서 나오고 있었고, 그가 어머니로 존경하고 있는 교회에서 사람들이 빠져나와 그를 둘러싼 공동체로 모여들고 있었다. 이 사실을 깨닫자 어두운 근심이 그를 덮쳐 곁을 떠나지 않았다. 그가 지닌 커다란 권력이 그를 짓누르기 시작했다. 그는 모든 인류를 사랑하고 자신의 충만함을 나누려고 한 것이지 다스리려고 한 것이 아니기 때문이었다. 어떻게 세상에서 가장 겸손한 사람이 우두머리가 되고 공동체의 주인이 될 수 있단 말인가!

이런 근심에서 프란치스코는 로마에 가서 그 자신과 형제들을 위해서 가장 높은 목자牧者인 교황의 허락과 동의를 청하는 것 외에 달리 위안이 될 만한 길을 찾지 못했다. 그는 당장 친구들과 함께 로마로 떠났다. 이 여행의 책임자로 그는 자신이 아니라 베르나르도 디 퀸타발레 형제를 택했다. 이렇게 해서 그들은 로마로 떠났다.

이 일은 구세주의 해 1210년의 일로, 당시 로마에는 교황 인노켄티우스 3세*가 다스리고 있었다. 교황은 모든 면에서 프란치스코와 반대였는데, 나쁜 의미는 아니다. 교황은 사랑과 온화한 마음씨가 부족했는데, 그는 부드러운 복자福者가 아니라 막강한 싸움꾼이자 명령자였기 때문이다. 교황은 여기저기에서 위협받는 로마 교회를 거대한 힘으로 다스려 교회를 새로운 명예이자 세계 권력으로

---

* 제176대 교황(1198–1216 재위). 중세의 교황들 중 가장 강력한 교황으로 꼽히며, 교황권의 전성기를 이룩했다.

만들어냈다. 투쟁적인 교황이 세상의 혼란에서 교회를 구해내고 영광을 드높인 것과 동시에 교회에 새로운 사랑의 정신으로 채울 선량하고 겸손한 움브리아 사람이 나타난 것은 하느님의 기적이었다.

가난과 금욕의 삶을 살면서 아무런 대가 없이 그리스도의 가르침을 전파하는 것밖에는 다른 어떤 허가나 은혜도 바라지 않는 아시시의 열두 남자들에게 로마에서는 아무런 관심도 가지지 않았다. 하지만 교황과 조반니 디 산파올로 추기경은 이 가난하고 못 배운 사람들에게 강력한 힘이 깃들어 있음을 알았고, 교황은 이 일에 관해서 진지하게 생각하기 시작했다. 프란치스코는 형제들을 위해서 짧고 간단한 규율을 적어두었는데, 거의 다 복음의 구절에서 온 것이었다. 그는 교황에게 이 규율을 승인해줄 것을 간청했고, 그 앞에서 대단한 용기와 열정으로 설명하고 호소했다. 교황은 선뜻 결정을 내리려고 하지 않았다. 형제들은 오래 기다려야만 했고 너무나 많은 질문과 경고를 받아 끝내 용기를 잃게 되었다. 드디어 조반니 추기경이 교황에게 복음에서 나온 순수하고 사심 없는 규칙을 신성한 교회가 승인하지 못하는 것은 있을 수 없는 일이라는 의견을 개진했다. 그리하여 교황 인노켄티우스는 더 이상 반대하지 않고 프란치스코를 축복하고, 그를 칭찬하고 경고하면서 지금까지 해온 활동과 설교를 계속해도 좋다는 허락을 내렸다.

친구들은 웅장한 로마 시와 교황청을 기쁜 마음으로 빠져나와 고향으로 떠났다. 더운 캄파냐 땅에는 마실 것과 먹을 것이 부족해서 기진맥진했지만, 자유와 깊은 형제애를 마음껏 누릴 수 있었다. 그들은 습관대로 일하고 노래하고 설교하면서 도시와 마을 이곳저곳을 다녔다. 봄이 오고 5월이 온 것처럼 이 기쁜 순례자들의 공동체는 마을에 반갑게 나타나 위로와 생명을 주고, 많은 사람들에게 하느님을 알게 하고 영혼을 다시 새롭게 일깨워주었다,

다시 아시시 근처에 왔을 때, 프란치스코와 형제들은 외딴 빈 헛간에 살 곳을 마련하고, 그곳을 '리보 토르토Rivo Torto*'라고 불렀다. 프란치스코는 가끔 산 입구의 그 투박하고 외딴 헛간에 며칠씩 머물며 기도하고 모임을 가졌다. 그는 게으름을 싫어하고 이웃에게 봉사하는 데에 온 힘을 기울였지만, 감수성이 예민하고 섬세한 탓에 매일 사람들의 불행을 지켜보며 깊이 괴로워했다. 그는 상처를 입으면 자주 고독으로 들어가 지친 마음을 생명의 원천에서 쉬게 하고 새롭게 했다.

자연 속의 삶에서 나날이 새로워지며 땅의 기운을 내면으로 흡수하는 이 놀랍고도 뛰어난 기술은 오직 시인들과 참된 복자들만이 가지고 있는데, 프란치스코는 누구와도 비교할 수 없는 달인이 되어 항상 그렇게 했다. 그는 어린아이나 현자처럼 꽃, 풀, 바람, 모든

---

* 이탈리아어로 구부러진 시냇물이라는 뜻.

동물들과 대화하고 찬미가를 불러주고 사랑하고 위로했으며, 그들과 함께 기뻐하고 그들의 천진한 삶에 동참했다. 오직 하느님께서 사랑하는 사람들만이 감수성이나 마음이 시들지 않고, 아이들처럼 항상 활기차고 감사의 마음으로 가득하다. 진실하고 구김 없는 선량한 마음이란 솔로몬의 불가사의한 비밀과 같아서, 사람이 동물의 언어와 풀, 나무, 돌, 산의 내면의 본성을 알게 하고 다양한 피조물이 눈앞에 완벽하게 조화로운 모습으로 나타나도록 한다. 그 마음에서는 어떤 적대적인 틈새나 어둠의 영역도 찾아볼 수 없다. 프란치스코는 하느님이 사랑하시는 그런 사람이 되어 다른 시인들이 좀처럼 이해하지 못하는 아름다운 세상을 이해했다. 그는 모든 크고 작은 피조물들을 사랑했고, 피조물들 역시 그를 사랑하며 그에게 응답했다. 사람들과 이야기하다가 피곤하면 그는 초원으로, 숲으로, 계곡으로 갔고, 샘물과 바람과 새들의 노래 속에서 달콤하고 강렬한 천국의 언어를 들었다. 그는 이 세상에 영혼이 없는 것이 없다는 것을 깨달았고, 풀이나 돌을 포함한 모든 영혼들을 형제자매에게 느끼는 외경과 사랑을 가지고 대했다.

다른 일에서도 프란치스코는 결코 우울한 참회자나 세상을 부정하는 사람이 아니었다. 오히려 농담과 유쾌한 말을 좋아하고 아무리 고생스러운 날에도 우울한 얼굴을 하지 않았다.

그가 교황의 설교 허가를 받았다는 소식이 아시시에 퍼지자 사람들 사이에서는 그의 말을 듣고자 하는 엄청난 열망이 솟았다. 그는 대성당에서 강론해야 했다(다른 성당은 너무 작았다). 압도적인 열정이 폭풍처럼 몰아쳐 그는 구름처럼 몰려온 청중의 마음을 사로잡았다. 그즈음 또다시 가난한 사람들과 높은 귀족, 아시시의 통치자 사이에 심각한 불화가 일어났다. 그의 설교와 본보기는 커다란 영향을 끼쳐 많은 사람들이 그가 파벌의 심판자가 되어주기를 진심으로 바랐다. 적들이 서로 화해하고 가난한 사람들이 이익을 보며 귀족과 평민 사이에 계약과 동맹을 만들어 성실히 지키도록 하는 그의 온화한 판결에 온 도시가 순종했다. 추방된 사람들이 돌아오고 도시는 감사와 기쁨으로 넘쳤다. 갈수록 더 많은 사람들이 그의 동료가 되려고 몰려들었다. 그는 이를 '작은 형제회'*라고 불렀다. 모든 사람들이 더욱 그를 사랑하고 존경했으며 이미 성인으로 부르는 사람들까지 있었다.

형제들은 포르치운쿨라 성당을 그에게 맡기고, 그 옆에 작은 초막들을 짓고 살기 시작했다. 그들은 프란치스코를 주인이나 아버지로 섬기며 존경했지만, 프란치스코는 지배하거나 명령하지 않

---

* 프란치스코회의 형제회에는 1회(작은 형제회, 꼰벤뚜알 프란치스코회, 카푸친 작은 형제회), 2회(클라라 수녀회) 그리고 3회(수도3회, 율수회, 재속 프란치스코회)와 재속회 등이 있다.

고 각자 자기 식대로 살아가도록 했다. 손재주가 있는 사람은 물건을 만들고, 말하는 능력이 있는 설교를 하고, 하느님 안에서 평온을 찾는 사람은 고독 속에 홀로 있었다. 포르치운쿨라 근처에는 숲이 있었는데, 이 숲에서 형제들은 프란치스코와 혹은 서로 대화를 나누었다. 때로 손님들이 찾아와 프란치스코에게 인사를 하고 대화를 나누고 형제가 되고 싶어했다. 여기에 다른 시험은 필요 없었는데, 재산을 가난한 사람들에게 나눠주고 자신을 위해서 남기지 않을 것이며 가난을 지키겠다는 서원誓願만 하면 되었다. 농부, 도시인, 귀족, 과거의 성직자, 배운 사람과 무지한 사람, 섬세한 사람과 거친 사람, 이 모두가 형제가 되어 서로가 서로를 돌보며 살았다.

주님의 해 1212년 프란치스코는 아시시 대성당에서 사람들에게 설교했는데, 청중 중에 시피 가문의 클라라*라는 젊은 여성이 있었다. 프란치스코의 강론에 감동한 그녀는 대화를 나누고 싶어했고, 그후에 가지고 있는 모든 것들을 버리고 그를 섬겼다. 프란치스코는 다른 마땅한 거처를 알지 못했기 때문에 베네딕트 수도회의 어느 수녀원으로 그녀를 데려갔다. 이어서 같은 소원을 가지고 다른 여성들이 찾아왔고, 산 다미아노 성당에 거처를 두고 환자들을 돌보는 수녀회가 탄생했다. 공동체는 빠른 속도로 커서 곧 형제자매

---

* 아시시의 클라라(1194-1253). 프란치스코회 전통을 따르는 여성들의 수도회인 성 클라라 수도회를 창설했다.

가 수백 명에 이르게 되었다.

숫자가 늘어나고 작은 형제회를 이끌어야 하는 그때부터 프란치스코는 기력을 잃어갔다. 그래서 그에 관해서 전해지는 것이 거의 없다. 그의 동료들이 기록한 간단한 이야기와 성담^{聖談}을 통해서 많은 것들을 전해 들을 수 있을 뿐이다. 프란치스코 수도회의 그후 이야기는 여기에 해당하지 않으니 교회사에서 찾아보기 바란다.

프란치스코가 모든 동물들을, 특히 새를 얼마나 사랑했는지는 많은 이야기들과 성담들이 전하고 있다. 한번은 시에나에서 멧비둘기를 데려와 손수 둥지를 만들어주고 모든 형제들과 함께 즐거워했다. 또 언젠가는 어부가 방금 잡은 예쁜 물고기를 선사했는데, 프란치스코는 고맙다고 인사를 하고 물고기를 바로 물속에다 놓아주었다. 리에티 수도원에는 새들이 많았고 형제들은 이 새들과 아름다운 우정을 나누었다.

프란치스코는 이제 수천 명의 아버지가 되었는데, 심각한 근심거리가 그의 앞에 너무도 많이 놓여 있었기 때문에 종종 몹시 지쳤다. 사랑과 겸손으로 행하는 모든 도움을 결코 줄이지 않았지만, 그는 괴로운 마음에서 벗어나 더 자주, 그리고 더 깊게 침묵과 고독 속으로 빠져들었다.

1224년 여름, 무거운 근심에 가득하고 죽음에 대한 예감 때문인

듯이 그는 사랑하는 알베르나 산을 올랐다. 너무나 지쳐 있어서 평상시와는 달리 노새를 타야 했다. 큰 숲이 있는 산에 다다랐을 때, 수많은 새들이 인사를 하고 어깨와 손에 앉자 그는 새들을 축복하고 놓아주었다. 이런 무지한 생명들도 그의 사랑을 느끼고 전혀 그를 두려워하지 않았다.

산에서 그는 함께 온 형제 셋을 남겨두고 혼자 숲속으로 들어가사 작은 움막을 짓고 거룩한 묵상에 잠겨 꽤 오랜 기간 머물렀다. 성담에서는 십자가에 못 박힌 그리스도가 나타나 그의 몸에 거룩한 성흔을 남겼다고 한다. 곧 그는 더욱 쇠약해졌고 고통스러운 눈병까지 나서 산 다미아노 성당에 오래 누워 있었다. 이 모든 고통 속에서도 그는 늘 미소하고 찬미하고 하느님을 찬양했으며, 눈이 먼 채로 혼자 오두막에 누워 있을 때면 열정적으로 찬미가를 불렀다. 그때 그는 "태양의 노래*Laudes Creaturaum*"*를 만들었다.

그후 몬테 콜롬보 그리고 리에타로 거처를 옮겼다. 고통은 더욱 심해져 의사들은 그의 이마를 달군 쇠로 지지는 일밖에는 다른 조치를 해줄 수가 없었다. 그들이 끔찍한 기구를 가지고 침대로 다가오자 중병을 앓는 프란치스코는 불에 인사를 하고 "오, 형제인 불이여, 그대는 피조물 중 가장 아름답소. 나는 항상 그대를 사랑했

---

* "태양의 노래", 혹은 "피조물의 노래"라는 제목으로 알려진 성가 성 프란치스코의 노래 중에서 유일하게 남아 있는 노래이다.

소. 그러니 이제 날 가엽게 여겨주오"라고 외쳤다. 그다음에 그는 한 형제에게 음악을 부탁했지만, 형제는 부끄러워하면서 연주를 하려고 하지 않았다. 대신 프란치스코는 밤중에 하느님의 천사가 말할 수 없이 귀한 선율을 천국에서 연주하는 것을 들었다.

겨울이 되고 환자가 추위에 시달리자 한 형제가 여우의 털을 가져와 그의 수도복 안에 꿰매려 했다. 하지만 프란치스코는 모두가 보도록 겉에 꿰매라고 했다. 위선자가 되기 싫었기 때문이다.

이제 프란치스코는 세상을 떠날 때가 된 것을 알고 엄청난 고통에 시달리면서도 고향 아시시로 옮겨달라고 했다. 죽음을 앞두고 끓어오르는 가슴으로 그는 온 인류를 생각하며 무릎을 꿇고 간청하는 편지 한 통을 받아적게 했다. 그는 말을 시작했다. "그대들의 보잘것없는 종, 나 프란치스코 형제는 그대들의 발에 입 맞추며 이 말을 받아들이길 하느님 그 자체인 사랑 안에서 부탁하며 애원합니다."

얼마나 더 살 수 있는지 의사에게 묻자 의사는 조금밖에 남지 않았다고 대답했다. 그러자 그는 두 팔을 펴고 말했다. "나는 그대를 환영합니다, 형제인 죽음이여." 그가 노래를 부르기 시작하자 옆에 있던 친구들도 따라불렀다.

세상을 떠나기 며칠 전 그는 진정으로 고향으로 여기며 사랑한 포르치운쿨라로 이송되었다. 죽음을 기다리면서 그는 미소를 지었고 자비로 가득했다. 그는 여전히 동반자들에게 위로의 말을 보냈다. 그들은 프란치스코에게 "태양의 노래"를 다시 한번 불러주었다. 프란치스코가 멀리 떨어져 있는 형제자매들과 온 인류를 축복하자 임종의 침상에서 다시금 사랑의 물결이 퍼져나갔다. 프란치스코는 1226년 10월 3일 저녁 무렵에 세상을 떠났다. 그가 세상을 떠난 그 순간 움막 지붕 위로 종달새 무리가 내려와 큰 소리로 노래를 불렀다.

태양의 노래*

지극히 높고 전능하며 선하신 주님이시여,
찬미와 명예와 영광과 모든 축복이 당신 것입니다.
이런 것은 오직 당신께만 합당하오니
누구도 당신의 이름조차 부를 자격이 없습니다.
주님, 찬미받으소서, 당신의 모든 창조물과 함께 찬미받으소서.
특별히 우리의 형제 태양과 함께 찬미받으소서.
낮을 창조하고 우리에게 빛을 주었나이다.
아름답고 찬란하게 광채를 비추니
태양은 당신을 닮았나이다.

---

* 헤세가 번역한 독일어본과 최민순, 류해욱 두 신부의 한국어 번역을 참조했다.

주님, 찬미받으소서, 우리의 자매 달과 별들에게 찬미받으소서.

환하고 귀하고 아름답게 이들을 하늘에 만드신 분이 당신이십니다.

주님, 찬미받으소서, 우리 형제 바람에게 찬미받으소서.

공기, 구름, 맑고 고요한 날씨와 온갖 기후에게 찬미받으소서.

이들을 통해서 당신은 당신의 창조물들을 지키고 살피십니다.

주님, 찬미받으소서, 우리의 자매 물에게 찬미받으소서.

물은 쓸모 있고 겸손하며 소중하고 순결합니다.

주님, 찬미받으소서, 우리의 형제 불에게 찬미받으소서.

불로 당신은 밤을 환하게 밝혀 주십니다.

불은 기쁨을 주며 힘차고 강합니다.

주님, 찬미받으소서, 우리 자매, 어머니인 대지에게 찬미받으소서.

대지는 우리를 지키고 다스리며 온갖 과일과 색색의 꽃과 풀을 키웁

니다.

주님, 찬미받으소서, 당신에 대한 사랑으로 남을 용서하며

고통과 슬픔을 인내하는 사람들에게 찬미받으소서.

묵묵히 참아내는 자들은 복되나니

그들은 당신한테 월계관을 받을 것입니다.

주님, 찬미받으소서, 우리의 형제 육신의 죽음에게 찬미받으소서.

살아있는 자 아무도 죽음을 피할 길이 없습니다.

대죄 속에서 죽음을 맞는 자는 불행할지이다!

당신의 뜻에 맡긴 채 죽음을 맞는 사람들은 복되나니,

두 번째 죽음이 그들을 해칠 수 없는 까닭입니다.

주님께 찬미와 축복과 감사를 드리오며

지극한 겸손으로 당신을 섬기나이다.

몬테팔코
Montefalco

초봄의 날씨가 다시 한번 산을 넘도록, 남쪽으로 유혹하는 바람에 나는 익숙한 길을 따라서 볼로냐와 피렌체, 아레초에 잠깐씩 머물면서 녹색의 움브리아를 여행했다. 그러던 어느 날, 소도시의 가면 무도회에 손님으로 갔다가 비 내리는 진흙탕 속에서 폴리뇨에서 산악 도시 몬테팔코로 가게 되었다. 상당히 위험한 위치에 있는 이 도시는 굉장히 대담하고 견고하고 오만하며 호전적으로 보이지만, 오늘날 세계에서 가장 평화로운 곳 중 하나이고, 프란체스코 예술의 본고장이다. 오래된 성문을 지나면 좁고 어둠침침하고 가파른 길이 산 위로 나 있는데, 보거나 지나치는 것들이 모두 오래되고 중세풍으로, 돌로 지어져 대담하고 단단한 느낌을 준다. 굉장히 좁은 길이 회반죽 없이 지은 높은 돌집, 오래된 종탑, 성문, 성곽, 교회, 성벽들 사이로 나 있다.

언덕에 올라서자 차갑고 거친 바람이 나를 맞았다. 외투를 단단히 여미고 나는 아름답고 인상적인 경치를 바라보았다. 오래된 성벽 너머로 아직도 잔설이 남아 있는 높고 거대한 산에 둘러싸인 움브리아의 풍경이 경쾌하고 푸르게 펼쳐져 있었다. 눈길 닿는 여기저기에 유명한 성지가 있었다. 스폴레토, 페루자, 아시시, 폴리뇨, 스펠로, 테르니 같은 도시들과 그 사이에 있는 수없이 많은 마을, 촌락, 성당, 농장, 수도원, 성, 시골집들 모두 온통 역사로 가득한, 로마 제국과 그 이전 시대의 유물들이 넘치는 곳들인데, 우리가 라틴어 학교 학생 시절에 책에서 자주 읽었던 클리툼누스 강이 그곳을 지나 흐르고 있었다.

공기는 습하고 차가웠으며 우중충했다. 몰려오는 탁하고 무거운 구름의 답답한 공기가 넓은 하늘을 덮고 있었고, 북쪽에서는 변덕스러운 봄날의 천둥소리가 들렸다. 요란한 노란색의 눈부신 몇 줄기 햇살이 광활하게 펼쳐진 풍경 이곳저곳을 잠깐씩 비추어 먼 곳의 도시와 수도원, 산등성이와 멀리 굽이쳐 흐르는 강줄기를 스산하게 비추더니 순식간에 사라졌다. 굵은 선을 그으며 비가 내리기 시작했고 그러다가 갑작스럽게 땅 전체와 하늘의 절반을 가로지르는 무지개가 넓게, 그리고 거만하게 나타났다.

말없이 생각에 잠긴 채 광장을 건너 성문을 나선 나는 다시 다음번 성문을 지나서 모퉁이와 가파른 골목길을 올랐다. 도시를 벗어나자마자 훌륭한 정원과 아무도 살지 않는 탓에 황폐하고 쓸쓸해

보이는 별장이 나타났다. 거기서 나는 오래된 측백나무 아래에 앉아 쉬면서 넓은 그림자와 가느다란 햇살이 푸른 평원에서 장난치듯이 번갈아 나타났다가 사라지는 것을 바라보았다. 나는 아시시를 구경하고 그 근처에 있는 포르치운쿨라 예배당도 보았는데, 성지인 두 곳 모두 성 프란치스코와 옛 움브리아의 예술이 이곳에 가져온 매력과 마법으로 더욱 신성해진 곳이다.

나는 잠시나마 프란치스코 예술의 발자취를 더듬어보기로 했는데, 아시시를 제외하고 어디에서도 이곳 몬테팔코보다 그럴 만한 더 나은 기회가 없는 까닭이었다. 성당과 예배당의 정문이나 제단 위에는 선하고 친근하고 성스러운 인물들의 오래된 프레스코화가 있었는데, 아름답고 온화한 마리아, 천진하고 우아한 성인들이 그려져 있었다. 성서의 이야기나 성인들의 생애를 그린 경건한 그림들 속 어떤 모습은 우울하게 진지하고, 또 어떤 모습은 엄청나게 겸허했으며, 또 어떤 모습은 아이처럼 유쾌하고 웃고 있었다.

나는 다른 기이하고 보기 드문 색다른 유물도 보게 되었는데, 그것을 결코 잊을 수가 없다. 이름은 잊었지만 스폴레토 성문 옆에 있는 어느 성당 안에는 15세기에 살았다는 어느 젊은 여성의 시신이 방부 처리되어 유리관 안에 잘 보관되어 있었다. 훌륭한 천의 옷이 그녀를 감싸고 있어서 얼굴만 보이는데, 형태가 온전히 보존되어 있었다. 귀족 태생의 아름다운 그 시신은 우리가 알고 있는 당대의 그림들, 기를란다요나 보티첼리, 필리포 리피 등이 그린 피렌체 귀족들의 얼굴과 너무도 흡사한 날카로운 윤곽을 지니고 있었다. 시내에서 우연히 만난 친절한 사제가 그 관을 내게 보여주었다. 그것은 제단 안에 숨겨져 여러 개의 상자들과 자물쇠들로 보호되고 있었는데, 나의 친절한 안내자가 그것을 열어주었다. 관 속에는 아름다운 주검이 마치 수백 년간 잠자고 있기라도 하듯이 기이하고 약간 섬뜩한 기분이 들지만 그래도 감동적인 기품을 지닌 채 누워 있었다. 그녀의 이름을 물어보고 싶지는 않았다. 이름이 알려져 있는지도 알 수 없었다.

저녁이 되자 하늘이 다시 컴컴해지고 성벽 안에 나무라고는 단 한 그루도 보이지 않는, 돌로 된 공허한 도시 위에 소나기가 퍼붓기 시작했다. 빗물은 작은 도랑을 이루어 매끄러운 포석이 깔린 골목을 따라서 흘러가고, 길에는 사람뿐 아니라 동물조차 보이지 않았다.

흠뻑 젖어 추위에 얼어붙은 나는 하나뿐인 여관을 겨우 찾아내어 저녁 식사를 주문했다. 천장이 높고 돌로 지어진 추운 식당에서는 내가 유일한 손님이었는데, 높게 달린 두 개의 창문으로 작은 돌계단이 이어져 있었다. 주인은 벌겋게 달아오른 석탄이 담긴 조그만 양철 화로를 가져와 벽돌 바닥 위 내 발치에 놓아주었다. 나는 외투를 두르고 머리에 모자를 쓴 채로 석탄불 위로 두 발을 뻗고 앉아 희미한 등불 아래에서 높은 벽에 걸린 왕족들의 초상화를 바라보았다. 그러고는 주인이 포도주하고 먹을 것을 가져올 때까지 추위와 어둠 속에서 슈바벤 지방의 민요를 몇 곡 불렀다.

쌀밥과 양고기 그리고 신선한 염소젖 치즈로 훌륭한 저녁 식사를 끝낸 후에도 나는 여전히 추위에 떨면서 식탁 앞에 앉아 검은빛 이탈리아 시가를 피웠다. 하지만 그곳에 계속 있을 수는 없었다. 잠시 후 나는 지나치게 크고 어둠침침하며 섬뜩할 정도로 적막한 그곳을 나와서 따뜻한 곳을 찾아 집안을 돌아다녔다. 뒤편에 있는 조그만 부엌에 주인과 그의 아내와 고령인 그의 부친이 활활 타오르는 아궁이 옆에 아늑하게 모여 앉은 것이 보였다. 아궁이 불은 밝은 빛을 내면서 활활 타올랐고 푸른빛 연기는 굴뚝의 시커먼 입구 속으로 빨려 나가고 있었다. 나는 그들 쪽으로 다가가 낮은 의자에 앉아서 기분 좋은 온기와 벽에 어른거리는 구리와 주석으로 된 그릇들 위에서 반짝거리는 따스한 불빛을 느긋하게 즐겼다.

그들은 좀 전에 내가 어떤 노래를 불렀는지 물었다. 내 노래를 들은 것이다. 나는 아까 불렀던 노래 중에서 몇 곡을 다시 부르고 나서 노래가 어떤지 물었다. 여관 주인은 미소를 보내며 찬사를 보냈지만, 그 노래가 찬송가가 아니라는 말을 전혀 믿으려고 하지 않았다. 나는 "우물가에서*Jetzt gang' I ans Brünnele*"* 같은 노래를 불렀는데, 그런

---

* 18세기에 만들어진 민요. 우물가로 가서 애인을 만나고 싶어하는 내용이다.

노래는 극히 세속적인 것, 절대로 성가로 생각할 수 없는 노래였다. 그 노래도, 내 노래 솜씨도 이곳에서는 제대로 평가받지 못하는 것 같았다. 이탈리아 사람들은 칭찬하기를 좋아하기 때문에 노래를 칭찬한 것뿐이었다. 여주인은 내 노래에 대한 감사 표시로 오래된 포도주 한 병을 가져왔고 우리는 그것을 함께 마셨다.

불은 탁탁 소리를 내며 타올랐고, 밤나무의 푸른 나뭇가지에서는 치지직하며 연기가 올라왔다. 주인이 기르는 그라페라는 이름의 영리하고 잘생긴 사냥개는 우리의 무릎에 머리를 비비면서 기분 좋게 따스한 아궁이에 꼬리를 늘어뜨리고 앉아 있었다. 우리는 피렌체, 로마, 스위스와 독일에 관해서, 그리고 세상이 얼마나 넓은지에 관해서 이야기를 했다. 때때로 노인이 올리브나무 가지를 한 줌 가득 불속에 던지거나 마디가 있는 늙은 포도 가지를 던지면 푸른색과 초록색 불꽃이 일었다. 여주인이 가끔 하품을 하더니 그 횟수가 점점 늘어나고 정도가 심해져서 나는 밤 인사를 하고 모두와 악수를 나눈 다음에 내 방으로 갔다. 방 앞의 창문에서는 차가우면서도 잠을 부르는 빗방울이 노래를 불렀다.

아우구스투스

Augustus

불행하게도 결혼 후에 얼마 되지 않아 남편을 잃은 가난한 젊은 부인이 모스타커 거리의 작은 방에 외롭게 앉아 유복자로 태어날 아기만을 기다리고 있었다. 완전히 혼자였기 때문에 하는 일은 항상 태어날 아기 생각만 하면서 아이에 관해서 아름답고 멋지고 소중한 것만을 생각하고 바라고 꿈꾸는 일뿐이었다. 아이에게는 두꺼운 유리를 낀, 마당에 분수가 있는 집이 좋을 것 같았고, 아이의 장래로 말하자면 적어도 교수나 왕은 되어야 했다.

가난한 엘리자베트 부인 옆에는 바깥출입을 거의 하지 않는 노인이 살고 있었는데, 백발의 자그마한 노인으로 털모자를 쓰고 옛날식으로 물고기 뼈로 살을 만든 녹색 우산을 들고 다녔다. 아이들은 그를 무서워했고 어른들은 그가 칩거할 만한 이유가 있을 것이라고 생각했다. 노인은 종종 아무에게도 모습을 드러내지 않았지만, 때로 저녁이면 작고 쓰러질 것 같은 그의 집에서 조그맣고 부드러운 악기에서 울려 나오는 아름다운 음악이 들려왔다. 그러면 지나가던 아이들은 어머니에게 저 안에 천사나 요정이 노래를 부르고 있느냐고 물었다. 하지만 어머니들은 아무것도 모르기 때문에 "아냐, 아냐, 저건 오르골이야"라고 대답했다.

이웃들이 빈스방거 씨라고 부르는 이 작은 노인은 엘리자베트 부인과 특이한 방식으로 우정을 나누었다. 서로 말을 건네지는 않았지만, 자그마하고 늙은 빈스방거 씨는 옆집 창문 아래로 지나갈 때면 최대한 친절하게 인사를 했고, 그러면 그녀는 감사한 마음으로 답례를 했다. 그러면서 두 사람은 '만약에 나한테 어려운 일이 생기면 옆집에 도움을 청해야지'라고 생각했다. 날이 저물고 엘리자베트 부인이 홀로 창가에 앉아 시름에 잠겨 죽은 남편 생각을 하거나 아기 생각을 하면서 꿈을 꿀 때면 빈스방거 씨는 가만히 창문을 열었고 그러면 어두운 그의 방에서 나지막하고 은은한, 마음을 위로하는 음악이 마치 구름 사이의 달빛처럼 흘러나왔다. 한편 이 옆집의 뒤쪽 창가에는 오래된 제라늄이 몇 그루 있었는데, 주인이 물 주는 것을 잊어도 언제나 푸르고 꽃이 만발해 시든 잎을 찾아볼 수 없었다. 매일 새벽에 엘리자베트 부인이 물을 주고 돌보는 까닭이었다.

가을이 되어 바람이 부는 거친 저녁 시간에 모스타커 거리에 사람이 아무도 없을 때, 이 가련한 부인은 때가 되었음을 느꼈지만,

완전히 혼자였기 때문에 두려워하고 있었다. 그런데 밤이 될 무렵 웬 할머니가 초롱불을 들고 집으로 들어와 물을 끓이고 천을 준비하여 아이가 태어날 때 해야 할 일을 완벽하게 해놓았다. 엘리자베트 부인은 가만히 보고 있다가 아기가 세상에 나와 부드러운 포대기 안에서 지상에서의 첫잠이 들기 시작했을 때, 할머니에게 어떻게 왔는지를 물었다.

"빈스방거 씨가 날 보냈어요." 할머니는 대답했고 그 말에 피곤한 부인은 잠이 들었다. 아침에 깨어나보니 따뜻한 우유가 준비되어 있었고, 방안은 깨끗하게 치워졌고 곁에는 어린 아들이 배가 고파서 울고 있었다. 할머니는 가고 없었다. 어머니는 아기를 가슴에 안고 아기가 무척 예쁘고 튼튼한 데에 기뻐했다. 아기를 보지 못하는 죽은 남편을 생각하자 눈물이 흘렀지만, 그녀는 작은 생명을 꼭 껴안고 다시 미소 지었다. 그 뒤로 그녀는 아기와 함께 잠이 들었고 다시 깨어났을 때는 우유와 수프가 준비되어 있었고 아기는 새 포대기에 싸여 있었다.

곧 아이 엄마는 건강하고 튼튼하게 회복되어 자신과 어린 아우구스투스를 직접 챙길 수 있게 되었는데, 그러자 그녀는 아이에게 세례를 해주어야 하는데 대부가 없다는 생각이 났다. 그래서 어느 날 저녁에 날이 어둑어둑해지고 이웃집에서 달콤한 음악이 들리자 빈스방거 씨에게로 갔다. 그녀가 조심스럽게 어두운 문을 노크하자 노인이 상냥하게 "들어오세요"라고 답하며 맞으러 나왔는데, 그때 음악이 갑자기 그쳤다. 방에는 어떤 책 앞에 낡고 작은 탁상 등만 있을 뿐 다른 집과 전혀 다를 것이 없었다.

엘리자베트 부인이 입을 열었다. "제가 온 것은, 좋은 아주머니를 보내주셔서 감사드리고 싶어서입니다. 제가 일을 다시 시작해서 얼마라도 벌게 되면 그분께 갚도록 하겠습니다. 하지만 지금은 다른 걱정이 있어요. 아이에게 영세를 하고, 아이 아버지 이름을 따서 아우구스투스라고 부르고 싶은데 대부가 되어주실 분이 없습니다."

"네, 저도 그 생각을 했습니다." 이웃집 남자는 말하면서 회색 수염을 쓸어내렸다. "형편이 나쁠 때 아이를 돌봐줄 수 있는 훌륭하고 부유한 대부가 있으면 좋지요. 하지만 나 역시 늙고 외로운 데다가 친구도 별로 없어서 저한테 대부를 부탁하지 않는 한 소개해줄 만한 사람도 없군요."

그 말에 가련한 어머니는 기뻐하면서 노인에게 감사하며 그를 대부로 맞았다. 돌아오는 일요일 아침, 그들은 아이를 교회로 데려가 세례를 받게 했는데, 할머니도 와서 아이에게 1탈러를 선물했다. 어머니가 받으려고 하지 않자 할머니는 이렇게 말했다. "받아요. 난 늙었고 필요한 건 다 있어요. 그 돈이 아이한테 행운을 가져올 수도 있어요. 내가 빈스방거 씨한테 좋은 일 한번 했어요. 우리는 오래된 친구니까요."

그들은 함께 집으로 돌아왔다. 엘리자베트 부인이 손님들을 위해서 커피를 끓이고 이웃 사람이 케이크를 가져오자 제대로 세례식 잔치가 되었다. 먹고 마시는 일이 끝나고 아이가 잠든 지 오래 되었을 때, 빈스방거 씨가 겸손하게 말했다. "자, 내가 이제 이 꼬마 아우구스투스의 대부가 되었으니 왕성王城하고 금이 가득한 자루를 선물하고 싶지만, 그런 건 가지고 있질 못해요. 내가 줄 수 있는 것은 대모가 주신 것에다 1탈러를 보태는 것뿐입니다. 엘리자베트 부인, 당신은 아들을 위해서 아름답고 좋은 소원을 많이 빌었지요. 이제 그 애한테 제일 좋은 것이 무엇인지 생각해두면 내가 그걸 이루어드리겠습니다. 아들을 위해서 빌고 싶은 소원을 마음대로, 딱 하나만 잘 생각해두십시오. 오늘 저녁, 내 작은 오르골 소리가 들릴 때에 소원을 아기의 왼쪽 귀에다 말하면 그 소원이 이루어질 것입니다."

이 말을 하고 그는 서둘러 작별을 고했고 대모도 함께 떠났다. 엘리자베트 부인은 멍하니 혼자 남아 있었는데, 요람에 놓여 있는 두 개의 1탈러와 테이블 위에 케이크가 없었다면 이 모든 것들을 꿈으로 생각했을 것이다. 그녀는 요람 옆에 앉아 아이를 흔들어 재우면서 멋진 소원을 생각했다. 처음에는 아이를 부자로 만들고 싶었지만, 다시 미남으로, 힘센 사람으로, 재주 있고 총명한 사람으로 바뀌었다. 모두 다 망설여졌다. 그래서 그녀는 생각했다. '아냐, 이건

저 영감님의 농담일 뿐이야.'

이미 날이 어두워졌고, 손님 접대와 수많은 소원들 때문에 피곤해져서 요람 옆에서 거의 잠이 들 순간, 지금까지 어떤 오르골에서도 들어본 적이 없는 아름답고 부드러운 음악이 너무도 감미롭게 옆집에서 울려왔다. 그 소리에 엘리자베트 부인은 정신이 들어 이웃 빈스방거 씨와 세례 선물을 믿게 되었는데, 더 깊이 생각하고 더 간절히 소원을 빌고 싶을수록 많은 생각들이 뒤죽박죽 엉켜서 아무런 결정도 내릴 수가 없었다. 그녀는 너무 마음을 졸여 눈물까지 맺혔는데 음악이 점점 조용해지고 약해지자 지금 이 순간 소원을 말하지 않으면 때가 늦어 모든 것들을 잃게 된다는 생각이 들었다.

그녀는 한숨을 쉬고 아이에게 몸을 숙여 왼쪽 귀에 속삭였다. "아가야, 내 소원은, 너한테 바라는 내 소원은……" 그리고 아름다운 음악이 끝나려는 찰나에 깜짝 놀라서 빨리 말했다. "내 소원은 모든 사람들이 널 사랑할 수밖에 없는 거란다."

이제 소리는 사라지고 어두운 방 안은 쥐 죽은 듯이 고요했다. 하지만 그녀는 요람 위에 몸을 던지고 울면서 근심과 불안에 싸여 소리쳤다. "아, 내가 아는 제일 좋은 소원을 말했지만 올바른 게 아닌 것 같아. 하지만 모든 사람들이 널 사랑하게 되어도, 엄마만큼 널 사랑하는 사람은 없단다."

아우구스투스는 이제 다른 아이들처럼 자라났다. 그는 맑고 당당한 눈을 가진 아름다운 금발의 소년으로, 어머니는 아기를 응석받이로 키웠지만 어디에서나 인기가 있었다. 엘리자베트 부인은 세례 때의 소원이 아이한테 이루어졌음을 알았다. 아이가 걷고 골목으로 나가서 사람들과 마주치자 모두들 그가 예쁘고 아이로서는 드물게 씩씩하고 총명한 것을 보고 그에게 손을 내밀어 그의 눈을 들여다보며 귀여워했다. 젊은 어머니들은 그에게 미소를 보냈고 나이 든 부인들은 사과를 주었고 뭔가 버릇없는 짓을 해도 아이가 그런 짓을 했으리라고 믿는 사람은 아무도 없었고, 설령 그것이 틀림없는 사실이어도 어깨를 으쓱이며 이렇게 말했다. "저렇게 착한 아이가 그럴 리 없어."

아름다운 이 소년에게 관심을 가진 사람들이 그의 어머니에게 왔고, 전에는 아는 사람이 없어서 바느질 일감도 별로 없었던 그녀는 이제 아우구스투스의 어머니로 유명해졌고, 바라던 것보다 훨씬 많은 후원자들을 가지게 되었다. 어머니와 아들은 잘 지냈고 두 사람이 어딘가를 함께 갈 때면 이웃들은 즐거운 인사를 보내면서 행복한 모자를 바라보았다.

아우구스투스에게 가장 멋진 일은 대부에게 가는 것이었다. 대부는 저녁이면 가끔 아이를 집으로 불렀는데, 어둠 속에서 검은 벽난로 입구만이 작은 빨간 불꽃을 발하고 있었고, 그 작은 노인은 바닥에 깐 털가죽 위에 앉아 아이를 옆에 앉히고 함께 고요한 불꽃을 바라보면서 긴 이야기를 해주었다. 때때로 긴 이야기가 끝나고 소년이 너무나 졸려 어두운 정적 속에서 반쯤 감긴 눈으로 불을 쳐다보면, 어둠 속에서 여러 달콤한 목소리들의 노래가 들려왔다. 두 사람이 오래도록 묵묵히 그 소리를 듣고 있으면 모르는 사이에 방 안이 작고 빛나는 천사들로 가득했다. 천사들은 금빛 나는 환한 날개를 달고 원을 그리며 이러저리 춤추듯이 아름답게 빙빙 돌거나 짝을 지어 노래를 불렀는데, 기쁨과 빛나는 아름다움이 넘쳐나는 노래는 수백 배로 울려 퍼졌다. 그것은 아우구스투스가 지금까지 보거나 들은 것들 중에서 가장 아름다웠다. 훗날 그가 어린 시절을 회상할 때, 대부의 고요하고 어두운 방과 벽난로의 음악, 천사들의 화려한 황금빛 마술 같은 춤과 함께 붉은 불꽃을 떠올릴 때면 그는 추억에 잠겨 다시 가슴이 뛰고 향수에 젖었다.

그런데 소년이 자라면서 종종 어머니가 슬픔에 잠겨 세례일의 밤을 회상하는 시간이 생겼다. 아우구스투스는 명랑하게 동네를 이리저리 뛰어다녔고 어디에서나 환영을 받았으며 호두, 배, 케이크와 장난감을 선물 받았다. 사람들은 그에게 먹을 것과 마실 것을 주고 무릎에 앉히고 정원에서 꽃을 꺾게 했다. 아이는 종종 저녁 늦게야 집으로 돌아와서 어머니가 만든 수프가 싫다고 옆으로 밀어놓았다. 어머니가 슬퍼하며 눈물을 흘리면 아이는 지겨워하면서 무뚝뚝하게 침대로 들어갔다. 그녀가 꾸짖고 벌을 주면 아이는 대들면서 사람들이 모두 자기를 사랑하고 친절한데 유독 엄마만 그렇지 않다고 불평했다. 그녀는 자주 슬픈 시간을 보내게 되었고 아들에게 심하게 화를 내기도 했지만, 그후 아이가 베개에 파묻혀 잠을 잘 때 촛불 아래 순진한 어린아이의 얼굴이 빛나면 굳었던 마음이 모두 풀리고 아들이 깨지 않도록 조심스럽게 입을 맞추었다. 모든 사람들이 아우구스투스를 좋아하는 것은 그녀 자신의 책임이었다. 그녀는 종종 슬픔에 잠겨, 그리고 거의 전율하며 소원을 빌지 않았더라면 더 나았을 것이라는 생각을 했다.

언제인가 그녀가 빈스방거 씨의 제라늄 곁에 서서 작은 가위로 시든 꽃을 잘라내고 있었는데 두 집의 뒤쪽에 있는 마당에서 아들의 목소리를 듣고 넘겨다보려고 몸을 숙였다. 그녀는 아이가 아름다운 얼굴에 약간 거만한 빛을 띠고 담에 기대어 서 있고 그 앞에서는 그보다 조금 큰 소녀가 서서 애원하는 광경을 보았다. "근데, 너 참 귀엽다. 나한테 뽀뽀 한번 해줄래?"

"싫거든." 아우구스투스가 말하고 양손을 주머니에 넣었다.

"그러지 말고, 좀 해줘." 소녀가 다시 말했다. "너한테 근사한 걸 줄게."

"그게 뭔데?" 아이가 물었다.

"나 사과 두 개 있어." 소녀가 수줍어하며 말했다.

하지만 그는 몸을 돌리며 얼굴을 찌푸렸다. "나 사과 안 좋아해."

무시하듯이 말하며 그가 가버리려고 했다.

하지만 소녀는 그를 붙잡고 달랬다. "예쁜 반지도 있어."

"보여줘." 아우구스투스가 말했다.

반지를 보여주자 아우구스투스는 유심히 들여다보더니 그녀의 손가락에서 반지를 빼서 자기 손에 끼고 햇빛에 비춰보면서 흡족해 했다.

"이제 해줄게." 그가 말하고 소녀의 입에 후딱 뽀뽀를 했다.

"나하고 놀러 갈래?" 소녀가 다정하게 말하면서 그의 팔에 매달렸다.

하지만 그는 소녀를 밀치면서 사납게 소리쳤다. "나 좀 내버려둬. 난 같이 놀 애들이 많아."

소녀가 울기 시작하며 마당에서 걸어 나가는 동안, 그는 지겹고 화가 나서 얼굴을 찡그렸다. 그리고는 반지를 손가락에서 빙글빙글 돌리면서 들여다보았고 휘파람을 불며 천천히 그곳을 떠났다.

꽃가위를 손에 든 어머니는 아들이 남들의 사랑을 차갑게 무시하는 것을 보고 놀랐다. 꽃을 가꾸는 것도 잊은 채 그녀는 머리를 저으며 서서 혼자 중얼거렸다. "나쁜 아이네. 인정이 하나도 없어."

그러나 곧 아우구스투스가 집으로 돌아왔을 때 어머니가 이야기를 하려고 하자 그는 푸른 눈으로 웃으며 어머니를 바라보고 죄책감은 전혀 없이 노래를 부르면서 애교를 부리기 시작했다. 너무도 우습고 상냥하고 다정했기 때문에 어머니는 웃지 않을 수 없었고 아이들의 일을 너무 심각하게 받아들일 필요가 없다고 생각했다.

그러는 동안 아이는 아무런 벌도 받지 않고 나쁜 짓을 계속 할 수 있었다. 대부인 빈스방거 씨만이 그가 두려워하는 유일한 사람이었는데, "오늘은 벽난로에 불도 없고 음악도 없다. 네가 너무 나쁜 짓을 해서 천사들이 슬프다"라고 대부가 말하면 그는 입을 다물고 집으로 돌아와 침대에 몸을 던지고 울고 난 뒤에 착하고 예쁘게 굴려고 노력했다.

하지만 벽난로의 불이 타는 일은 점점 더 드물어졌고 눈물로도 아양으로도 대부는 매수되지 않았다. 아우구스투스가 열두 살이 되자 천사들이 대부의 집에서 마법처럼 날아다니는 일은 이미 먼 꿈이 되어버렸고, 어쩌다 밤에 그런 꿈을 꾸기라도 하면 다음 날 그는 두 배로 더 거칠고 시끄러워져서 친구들한테 사령관처럼 울타리 너머로 호령을 했다.

어머니는 오래 전부터 사람들한테서 아들 칭찬을 듣는 데에 지쳐 있었다. 아무리 따뜻하고 훌륭한 말이라도 그녀에게는 걱정거리일 뿐이었다. 어느 날 교사가 와서 어머니에게 어떤 사람이 아들을 낯선 학교로 보내 공부를 시켜주겠다고 했다고 말했다. 그녀는 이웃과 의논을 했고 어느 봄날 아침에 마차 한 대가 왔다. 아우구스투스는 좋은 새 옷을 입고 마차를 탔고 어머니와 대부와 이웃 사람들에게 작별 인사를 했다. 수도로 가서 공부를 할 수 있게 된 까닭이었다. 그의 어머니는 마지막으로 아들의 금발 머리에 가르마를 타주며 축복을 빌었다. 말이 움직이기 시작하고 아우구스투스는 낯선 세상으로 떠났다.

몇 년이 지나 대학생이 되어 빨간 모자를 쓰고 콧수염을 길렀을 때, 젊은 아우구스투스는 고향으로 돌아왔는데, 어머니가 몹시 아파서 오래 살 수 없을 것이라는 편지를 대부가 보낸 까닭이었다. 젊은이는 저녁에 도착했는데, 사람들은 그가 마차에서 내리고 마부가 커다란 가죽 가방을 집으로 들어다 주는 것을 놀라 바라보았다. 그러나 어머니는 이미 낡고 천정이 낮은 방에 죽어 누워 있었고, 이 잘생긴 대학생은 이제는 눈을 감은 채로밖에 그를 반길 수 없는 창백하고 주름진 얼굴이 흰 베개 위에 놓여 있는 것을 보자 침대 머리에 주저앉아 울며 어머니의 찬 손에 입을 맞추었고, 자신의 손이 차가워지고 눈이 감길 때까지 온 밤을 꼬박 어머니 곁에 무릎을 꿇고 앉아 있었다.

어머니를 묻은 후에 대부 빈스방거 씨는 그에게 팔짱을 끼고 전에 함께 있을 때보다 더욱 낮고 어두워 보이는 자기 집으로 데리고 갔다. 그들은 오랫동안 함께 앉아 있었다. 창문만이 어둠 속에서 희미하게 빛나자 작은 노인은 마른 손가락으로 흰 수염을 쓰다듬으며 아우구스투스에게 말했다. "벽난로에 불을 지피면 등은 필요가 없어. 네가 내일 아침에 돌아가야 한다는 것은 알고 있다. 어머니도 돌아가시고 계시지 않으니 이제는 너를 금방 다시 볼 수 없겠구나."

그렇게 말하면서 노인은 벽난로에 작은 불을 피우고 의자를 가까이 끌어당겼고 아우구스투스도 그렇게 했다. 두 사람은 다시 오랫동안 앉아 불꽃이 스러질 때까지 빛을 발하며 타고 있는 나무토막을 바라보았다. 노인이 부드럽게 말했다. "잘 지내라, 아우구스투스. 잘 지내기를 바란다. 너에게는 훌륭한 어머니가 있었고, 어머니는 네가 아는 것보다 더 많은 것들을 너에게 해주었다. 한 번 더 음악을 들려주고 그 작은 천사들을 보여주고 싶다만 이젠 불가능하다는 것을 너도 알 거야. 하지만 천사를 잊어선 안 되고, 아직도 계속 노래하고 있으니 네가 언젠가 고독하고 그리움에 가득한 마음으로 그들을 찾을 때 다시 들을 수 있다는 것을 알아야 한다. 이제 악수하자. 애야, 나는 늙어서 이젠 잠자리에 들어야겠다."

아우구스투스는 그에게 손을 내밀었지만 아무 말도 할 수 없었다. 황폐한 자기 집으로 우울하게 건너와 옛 고향에서의 마지막 잠을 자려고 몸을 눕혔는데, 잠들기 전 아주 멀리서 어린 시절의 그 나지막하고 달콤했던 음악이 다시 들려오는 것 같았다. 다음 날 아침 그는 길을 떠났고 사람들은 오랫동안 그의 소식을 듣지 못했다.

곧 그는 대부 빈스방거 씨와 천사에 관해서 잊어버렸다. 풍족한 삶의 파도가 주변으로 몰려왔고 그는 그 물결에 몸을 맡겼다. 아무도 그처럼 말을 타고 말발굽 소리 울리는 포석 위를 달리면서 우러러보는 여성들에게 무시하는 시선으로 인사할 수 없었고, 아무도 그처럼 가볍고 매혹적으로 춤추는 방법을 몰랐으며, 아무도 그처럼 민첩하고 부드럽게 마차를 몰 수 없었고, 여름밤의 정원에서 그토록 요란하고 화려하게 술을 마실 수 없었다. 그를 애인으로 삼은 돈 많은 과부는 돈과 옷과 말과 그가 필요로 하고 가지고 싶어하는 모든 것들을 주었다. 그는 함께 파리로 여행을 가고 그녀의 비단 침대에서 함께 잤지만, 진짜 애인은 귀여운 금발의 시장 딸이었다. 그는 밤마다 위험을 무릅쓰고 그녀 아버지의 정원으로 그녀를 찾아갔고 여행 중에는 그녀가 길고 뜨거운 편지를 그에게 보내왔다.

그러던 어느 날 그는 다시 돌아오지 않았다. 그는 파리에서 친구들을 사귀었고, 돈 많은 애인이 싫증이 난 데에다 공부는 이미 오래 전부터 지겨웠기 때문에, 먼 나라에 머물며 화려한 세상을 살면서 말과 개와 여자들을 소유하고 큰 도박판에서 돈을 잃기도 하고, 따기도 했다. 어디에나 그를 따라다니며 자기 것을 내주고 시중드는 사람들이 있었다. 그러면 그는 마치 소년 시절에 소녀에게서 반지를 받을 때처럼 미소 지으며 그것을 받아들였다. 행운의 마법이 그의 눈과 입술에 깃들어 있어서 여자들은 다정하게 그를 에워쌌고 친구들은 넋을 잃었다. 누구도, 그 자신조차도 그의 가슴이 얼마나 비었고 탐욕스러워졌는지, 그의 영혼이 얼마나 병들고 고통받고 있는지 전혀 알지 못했다. 때로 그는 모두에게서 사랑받는 데에 지쳐 변장을 하고 낯선 도시로 가기도 했는데, 사람들은 어디에서나 어리석고 손에 넣기가 너무 쉬웠고, 그를 열심히 따라오는 사랑은 가소로워 보이고 만족을 주지도 못했다. 남자든 여자든 자존심이 없어서 역겨웠고, 그래서 그는 종일 개를 데리고 아름다운 산의 사냥 구역 여기저기를 혼자 돌아다니는 때가 많았는데, 그가 따라가서 쏜 사슴이 아름답고 사치스러운 여인의 구애보다도 더 그를 기쁘게 했다.

그러다가 언제인가 바다 여행 중에 어느 외교관의 부인인 북쪽 나라 귀족 출신의 엄격하고 날씬한 여성을 보게 되었다. 다른 많은 우아한 여성들과 사교적인 남성들 틈에서 그녀는 마치 자기 같은 사람은 아무도 없다는 듯이 두드러지고 당당하게, 조용히 서 있었다. 그가 유심히 바라보는 중에 그녀의 시선이 슬쩍 무심하게 스쳐 갔는데 바로 그때 그는 난생 처음으로 사랑이 무엇인지 알 것 같은 기분이었고, 그녀의 사랑을 얻기로 작정했다. 그 순간부터 그는 온종일 그녀의 주위와 눈앞을 맴돌았다. 그는 자신에게 매혹되어 주위로 몰려드는 남녀들로 항상 둘러싸여 있었기 때문에, 마치 부인을 동반하고 있는 후작처럼 여행객들 사이에서 품격을 지켰고, 금발 머리 여인의 남편조차도 그를 눈여겨보고 그의 마음에 들려고 할 정도였다.

낯선 여인과 단둘이 있는 것은 남쪽 어느 항구에 닿을 때까지 불가능했다. 거기에서 여행객들 모두가 배에서 내려 두세 시간 낯선 도시를 돌아다니면서 잠시 땅을 밟기로 했다. 그는 사랑하는 여자의 주위를 맴돌다가 복잡한 시장의 북새통 가운데에서 말을 걸어 그녀의 발길을 멈추는 데에 성공했다. 시장 광장 부근에는 많은, 작고 어두운 길들이 나 있었는데, 길들 중의 하나로 그는 자기를 믿고 있는 그녀를 안내했다. 갑자기 단둘이 남은 것을 보고 그녀는 불편해했는데, 일행이 더 이상 보이지 않자 그는 재빨리 몸을 돌려 주저하는 그녀의 손을 잡고 함께 이 나라에 남아서 도망가자고 애원하듯이 말했다.

낯선 여인은 창백해져서 땅바닥으로 시선을 돌렸다. "저런, 이건 기사답지 못해요." 그녀가 낮게 말했다. "나를 잊고, 나한테 한 말도 잊으세요."

"나는 기사가 아닙니다." 아우구스투스가 소리쳤다. "나는 사랑에 빠진 남자이고, 사랑에 빠진 남자는 연인밖에 모르고 그녀와 함께 있는 것만 생각합니다. 오, 아름다운 당신, 오세요, 우리는 행복할 것입니다."

그녀는 연푸른 눈으로 진지하게, 책망하듯이 바라보았다. "대체 어떻게 그런 생각을 하죠?" 그녀가 탄식하듯이 속삭였다. "내가 당신을 사랑한다고요? 난 거짓말 못 해요. 나는 당신을 사랑했고 당신이 내 남편이었으면 생각한 적도 있어요. 당신은 내가 마음 깊이 사랑한 최초의 사람이에요. 하지만 사랑이란 얼마나 실수하게 하는지 몰라요! 순수하지도 선량하지도 않은 사람을 사랑할 수 있다고 나는 생각해본 적이 없었어요. 하지만 별로 사랑하진 않아도 나는 남편 곁에 있는 것이 천 배는 더 좋아요. 내 남편은 기사로, 당신은 알지 못하는 명예와 품격을 가지고 있어요. 더 이상 아무 말도 하지 말고 나를 이제 배로 데려다 주세요. 그렇지 않으면 당신의 파렴치한 행동에 대해서 여기 낯선 사람들에게 도움을 청할 겁니다."

그러고는 그가 애원하든 이를 갈든 상관하지 않고 그녀는 몸을 돌렸다. 그가 입을 다물고 배로 데려다 주지 않았더라면 그녀는 아마 혼자 돌아갔을 것이다. 그는 거기서 자기 짐을 육지로 가져오게 하고 아무에게도 작별 인사를 하지 않고 떠났다.

어디에서나 사랑을 받는 그에게 그때부터 행복이 기울기 시작했다. 그는 덕과 명예를 미워하게 되었고, 그것들을 짓밟고 덕성 있는 여성들을 자기 매력의 모든 기술로 유혹하고, 쉽사리 친구로 삼았던 사람들을 충분히 이용한 후에 조롱하고 버리는 것이 그의 즐거움이었다. 부인과 소녀들을 가난하게 만들고 버렸으며 양갓집 젊은이들을 골라서 유혹하고 망쳐놓았다. 그가 찾아내어 몸 담가보지 않은 향락이 없었고, 배운 뒤에 다시 던져버리지 않은 악덕이 없었다. 하지만 그의 마음에는 더 이상 기쁨이 없었고 어디에서나 마주치게 되는 사랑은 그의 영혼에 아무런 울림도 남기지 못했다.

바닷가의 어느 아름다운 별장에서 그는 우울하고 게으르게 살았고 찾아오는 여인들과 친구들을 변덕과 악의로 괴롭혔다. 그는 사람들을 모욕하고 그들에게 갖은 멸시를 보낼 뿐이었다. 그는 간청하지도 바라지도 가치도 없는 사랑에 에워싸이는 것이 싫증 나고 지긋지긋했으며 주는 일 없이 늘 받기만 하는 낭비적이고 파괴적인 삶이 무가치함을 절실히 느꼈다. 때로 그는 오직 진정한 열망을 한번 느껴보고, 그리고 그것을 진정시키려고 오랜 기간 단식도 해보았다.

그가 병이 들어 휴식과 안정이 필요하다는 소식이 친구들 사이에 퍼졌다. 편지를 받았지만 그는 읽지 않았고, 걱정스러운 사람들은 그의 상태를 하인들에게 물었다. 그러나 그는 혼자 앉아 슬픔에 빠져 바다만 바라보았다. 인생은 공허하고 황폐하게 아무런 결실도, 사랑의 자취도 없이 일렁이는 회색빛 파도처럼 흘러갔다. 높은 창문 곁의 소파에 웅크리고 앉아 인생을 결산하고 있는 그는 흉해 보였다. 하얀 갈매기가 바닷바람을 타고 날자 모든 기쁨도 관심도 사라져버린 공허한 그의 눈길이 그 뒤를 좇았다. 그의 입술만이 사악하게 굳은 미소를 지었는데, 드디어 생각이 끝나자 하인을 불렀다. 그는 어느 날짜에 모든 친구들을 파티에 초대했다. 그의 목적은 오는 사람들에게 빈집과 자신의 시체를 보여주어 놀라게 하고 멸시하려는 것이었다. 그는 독약을 마시고 자살하기로 했다.

정해진 파티 전날 저녁, 하인들은 모두 내보내고 넓은 실내가 조용해지자 그는 침실로 들어가 키프로스산 포도주 한 잔에 강한 독약을 섞고 입술에 가져다 댔다.

막 마시려는 순간, 문을 두드리는 소리가 났다. 대답을 하지 않자 문이 열리고 작은 노인이 들어왔다. 그가 아우구스투스 앞으로 다가와 조심스럽게 그의 두 손에서 잔을 내려놓고 친숙한 목소리로 말했다. "안녕, 아우구스투스, 잘 있었니?"

놀란 젊은이는 화가 나고 부끄러워서 한껏 냉소를 띠고 말했다. "빈스방거 씨, 아직 살아계신가요? 세월이 흘렀는데 조금도 늙지 않으셨네요. 하지만 지금은 절 방해하십니다. 저기, 전 피곤해서 잠자는 약을 좀 마시려는 참입니다."

"알아." 대부가 조용히 말했다. "너는 지금 잠자는 약을 마시려고 하고 있지. 그게 아직 널 도울 수 있는 마지막 술인 것은 사실이야. 하지만 그 전에 잠깐 이야기 좀 했으면 한다. 먼 길을 와서 그런데 내가 한 모금 마시고 기운을 차려도 화를 내진 않겠지."

그러면서 그는 잔을 입에 대고 아우구스투스가 붙잡을 새도 없이 잔을 들어 단숨에 비워버렸다.

아우구스투스는 시체처럼 새하얘졌다. 그는 대부에게 달려들어 어깨를 잡아 흔들면서 날카롭게 소리쳤다. "저기요, 지금 뭘 마셨는지 알기나 해요?"

빈스방거 씨는 현명한 백발의 머리를 끄덕이며 웃었다. "보다시피 키프로스 포도주 아니냐. 맛이 나쁘지는 않다. 부족할까봐 걱정하지 마라. 난 시간도 별로 없고 내 말에 귀를 기울여준다면 널 오랫동안 방해하진 않을 거다."

당황한 젊은이는 눈에 경악의 빛을 띠고 그가 쓰러지는 것을 시시각각 기다렸다.

하지만 대부는 편안하게 의자에 앉아 젊은이에게 다정하게 고개를 끄덕였다. "포도주 한 모금에 내가 어떻게 될까봐 걱정하는 거냐? 걱정 마라. 내 걱정을 해주니 고맙다. 난 그런 생각을 못 했다. 하지만 이젠 옛날이야기 좀 해보자. 내가 보니 너는 이제 경솔한 삶이 싫증 난 것 같다. 그건 나도 이해한다. 내가 떠난 다음에 너의 잔을 다시 가득 채우고 마셔도 된다. 하지만 그 전에 너한테 이야기할 것이 있다."

아우구스투스는 벽에 기대고 앉아 어린 시절부터 귀에 익은, 과거의 그림자를 그의 영혼에 일깨우는 듣기 좋은 노인의 목소리에 귀를 기울였다. 자신의 순수한 어린 시절이 눈에 보이는 것 같아서 그는 깊은 슬픔과 부끄러움에 빠져들었다.

"네 독약은 내가 마셔버렸다." 노인이 말을 이었다. "왜냐하면 네 불행에 내가 책임이 있기 때문이야. 네 어머니는 너에게 영세를 줄 때 너를 위해서 한 가지 소원을 빌었다. 어리석은 것이었지만 나는 그걸 들어주었지. 그리고 너도 직접 겪었다시피 그건 저주가 되어 버렸어. 그렇게 되어 정말 마음이 아프다. 네가 다시 한번 고향의 벽난로 앞에 앉아서 천사가 노래하는 것을 듣는 날이 온다면 정말 기쁘겠다. 하지만 그건 쉬운 일이 아니고, 네 가슴이 다시 순수하고 따뜻해지는 것도 거의 불가능해 보인다. 그래도 가능한 일이니 다시 한번 시도해보기를 부탁한다. 네 불행한 어머니의 소원이 너를 잘못되게 했다. 아우구스투스, 하지만 네 소원을 내가 뭐든지 하나 더 들어 준다면 어떻겠니? 넌 아마 돈이나 재산, 권력이나 친구들의 사랑 같은 것은 충분히 가져봤으니 그런 것을 바라지는 않겠지. 잘 생각해보고 망가진 네 인생을 아름답고 좋게 만들고 널 다시 한 번 기쁘게 만들 수 있는 마법을 알 것 같으면 그걸 소원해보아라."

아우구스투스는 깊은 생각에 잠겨 입을 다물고 앉아 있었는데, 너무나 피곤하고 절망적이었다. 잠시 후 그가 이렇게 말했다. "빈스방거 대부님, 감사합니다. 하지만 제 인생은 아무리 해도 다시 바로 잡힐 것 같지 않습니다. 대부님이 들어오셨을 때 하려던 것을 하는 게 나을 것 같습니다. 하지만 와주셔서 고맙습니다."

"그래." 노인이 신중하게 말했다. "그게 너한테 쉽지 않으리라는 건 짐작이 간다. 하지만 아우구스투스, 한 번만 더 생각해보렴. 아마 너한테 가장 부족한 뭔가가 떠오를 거야. 아니면 네 어머니가 아직 살아 계시고 네가 저녁이면 자주 나한테 오던 옛날을 기억할 수는 있겠지. 그때 너는 가끔 행복했었지, 안 그러냐?"

"네, 그때는 그랬죠." 아우구스투스는 고개를 끄덕였다. 빛나는 어린 시절의 모습이 마치 오래된 거울 속에서 보이듯 행복하게 멀리 보였다. "그 시절로 다시 돌아갈 수는 없어요. 다시 아이가 되겠다고 빌 수는 없습니다. 하지만 처음부터 전부 다시 시작하고 싶습니다!"

"그래, 그건 의미 없다. 네 말이 맞는다. 하지만 네가 고향에서 지내던 시절을, 대학생 때 밤마다 그녀 아버지의 정원으로 찾아갔던 가련한 소녀를, 언제인가 바다 여행에서 만난 아름다운 금발 여성을 한 번 더 생각해보아라. 네가 한 번쯤 행복했던 순간을, 인생이 훌륭하고 가치 있어 보이던 순간을 떠올려보아라. 아마 그때 무엇이 널 행복하게 했는지 알 수 있을 것이고, 그걸 바랄 수 있을 것이다. 애야, 그걸 하도록 해라."

아우구스투스는 눈을 감고 어두운 복도에서 아득한 불빛을 바라보듯이 자신의 인생을 돌아보았다. 그리고 한때는 인생이 얼마나 밝고 아름다웠는지, 그리고 어떻게 점차 어두워져 마침내 완전한 암흑 속에서 무엇에도 기쁨을 느낄 수 없게 되었는지를 보았다. 그가 곰곰이 생각하고 기억을 더듬을수록 멀리 있는 작은 불빛은 더욱 아름답고 사랑스럽고 소중하게 보였고, 마침내 두 눈에서 눈물이 흐르는 것을 느꼈다.

그가 노인에게 말했다. "제가 바라는 것은, 더 이상 도움이 안 되는 옛날의 마법이 사라지고 그 대신 제가 사람을 사랑할 수 있게 되는 것입니다."

그는 울며 옛 친구 앞에 무릎을 꿇고 엎드려 노인에 대한 사랑이 자기 안에서 얼마나 열렬히 불타오르며 잊고 있던 말과 몸짓을 얼마나 갈망하는지를 느꼈다. 노인은 그를 다정하게 포옹하고 그 작은 몸집으로 그를 침대로 데려가 눕힌 뒤, 뜨거운 이마에 흘러내린 머리칼을 쓸어 주었다.

"잘했다." 그가 말했다. "잘했다, 애야. 전부 다 잘 될 거다."

그러자 아우구스투스는 순식간에 몇 년쯤 나이를 먹은 것처럼 심한 피로감이 엄습하는 것을 느꼈다. 그는 깊은 잠에 빠졌고 노인은 조용히 빈집을 나섰다.

아우구스투스는 집안을 가득 채우며 울리는 요란한 소리에 잠을 깼다. 몸을 일으켜 문을 연 그는 잔치에 와서 집이 완전히 빈 것을 발견한 옛 친구들로 홀과 모든 방들이 가득한 것을 보았다. 그들은 몹시 화를 내고 실망했다. 그는 예전처럼 미소와 다정한 말로 그들 모두의 마음을 사로잡으려 다가갔지만, 순간 그 힘이 사라져버린 것을 느꼈다. 친구들은 그를 보자마자 일제히 소리를 질러댔고 그가 힘없이 웃으면서 막으려고 손을 내밀자 화를 내며 그에게 달려들었다.

한 명이 소리쳤다. "이 사기꾼, 내가 꿔준 돈 어디 있어?" 그러자 다른 친구가 소리쳤다. "너한테 내가 빌려준 말은?" 그리고 성난 아름다운 여성이 소리쳤다 "네가 떠들어대서 내 비밀을 온 세상이 다 알게 됐어. 정나미가 떨어진다, 이 괴물 같으니." 그러자 눈이 움푹 들어간 한 청년은 일그러진 얼굴로 소리쳤다. "네가 날 어떻게 만들어놨는지 알기나 해? 이 악마. 젊은이를 타락시키는 놈."

그렇게 계속되었다. 모두들 욕설을 퍼부었고 모두 창피를 주고 욕을 해댔는데 전부 다 옳았다. 여러 사람들이 그를 때렸고 떠나면서 거울을 깨트리거나 값나가는 것을 집어갔다. 아우구스투스는 얻어맞고 모욕당한 채 바닥에서 일어났다. 침실로 들어가 얼굴을 씻기 위해서 거울을 들여다보았을 때, 충혈된 눈에서 눈물이 흐르고 이마에서 핏방울이 떨어지는 주름진 추악한 얼굴이 그를 마주보고 있었다.

"인과응보다." 그가 중얼거리고 얼굴에서 피를 씻어냈다. 그가 정신 차리기 무섭게 집 쪽으로 새로운 소음이 들려오고 사람들이 층계를 올라왔다. 집을 담보로 돈을 꾼 사람, 그가 유혹했던 여자의 남편, 그의 꼬임에 빠져 악덕과 불행의 길로 들어선 아들을 둔 아버지, 해고당한 하인과 하녀들, 경찰과 변호사들이었다. 한 시간 후에 그는 사슬에 묶여 감방으로 끌려갔다. 뒤에는 사람들이 소리 지르며 놀리는 노래를 불렀고, 거리의 어느 소년은 끌려가는 이 죄수의 얼굴에 창문으로 한 줌의 오물을 던졌다.

온 시내가 그토록 사랑받고 유명했던 이 남자의 범죄 행위로 가득했다. 그가 저지르지 않은 죄가 없었고 그가 속이지 않은 사람이 없었다. 그가 이제는 기억조차 못 하는 사람들까지 법정에 나와 몇 년 전의 소행에 관해서 말했다. 선물을 받으면서도 그의 물건을 훔쳤던 하인들은 그의 패륜의 비밀을 털어놓았다. 그들의 얼굴은 혐오와 증오로 가득했고 그의 편에서 그를 옹호하고 무죄를 주장하고 그의 좋은 점을 기억해주는 사람은 아무도 없었다.

감방 안이든 밖이든 판사 앞이든 증인 앞이든, 그는 이 모든 일들을 그냥 내버려두었다. 병든 눈으로 그는 놀라움과 슬픔에 차서 그 많은 악의와 분노, 증오에 찬 얼굴을 바라보며 그 모든 사람들의 미움과 날조의 껍질 속에서 비밀스러운 사랑의 씨앗과 빛이 희미하게 빛나고 있는 것을 보았다. 그들은 모두 한때 그를 사랑했지만, 그는 그들 중 아무도 사랑하지 않았는데, 이제 그는 그들에게 용서를 빌면서 각각의 사람에게서 좋은 점을 기억해내려고 애를 썼다.

결국 그는 감방에 갇혔고 아무도 그를 면회할 수 없게 되었다. 열에 들뜬 꿈속에서 그는 어머니와 첫사랑과 대부 반스빙거와 배에서 만났던 북쪽 나라의 부인과 이야기를 나누었다. 잠에서 깨어 무서운 낮 시간 동안 쓸쓸하게 멍하니 앉아 있을 때면 그리움과 외로움의 고통이 그를 괴롭혔고 그는 지금까지 어떤 향락이나 어떤 부귀를 탐냈던 것보다도 더 간절하게 사람들의 시선을 그리워했다.

감방에서 나왔을 때, 그는 병들고 늙었으며 아무도 그를 알아보지 못했다. 세상은 여전히 제 궤도를 돌고 사람들은 차를 타거나 말을 타고 거리를 산책하고 했으며 과일, 꽃, 장난감, 신문을 팔고 있었지만, 아우구스투스에게 시선을 보내는 사람은 아무도 없었다. 한때 그가 음악과 샴페인에 파묻혀 두 팔에 안았던 아름다운 여인들은 마차에 타고 그를 지나쳤고 마차가 남기는 먼지만이 그에게 밀려왔다.

하지만 화려한 생활의 한 가운데에서 그를 질식하게 만들던 끔찍한 고독과 공허감은 이제 완전히 그를 떠났다. 따스한 햇볕을 잠시 즐기려고 어느 집 문 안으로 들어서거나 뒷마당에서 물 한 모금을 얻어 마실 때면 그는 전에 거만하고 차가운 그의 말에도 감사하고 밝은 시선으로 대답하던 사람들이 이제 퉁명스럽고 적대적으로 대하는 것에 놀랐다. 그러나 모든 사람들의 시선이 이제는 그를 기쁘게 하고, 매혹하고, 기쁘게 했다. 그는 학교에 가는 중이거나 길에서 놀고 있는 아이들을 사랑했고, 집 앞의 나무 의자에 앉아 늙은 손을 햇볕에 쬐고 있는 노인들을 사랑했다. 어떤 소녀를 그리운 눈길로 바라보는 젊은이를 보거나, 집으로 돌아가 풍성한 저녁 식사 앞에서 아이들을 팔에 안은 노동자를 보거나, 환자를 생각하며 침착하게 하지만 서둘러 마차를 타고 가는 점잖고 현명한 의사를 보거나, 저녁에 교외의 가로등 아래에서 손님을 기다리다가 심지어 자기같이 버림받은 인간까지도 유혹하려는 형편없는 차림의 창녀를 볼 때면 그들 모두가 형제자매로 여겨졌다. 각자가 그리운 어머니에 대한 추억과 더 나은 출생과 더 아름답고 귀한 사명의 징표를 지니고 있어 모두가 그에게는 사랑스럽고 귀하고 그를 생각에 잠기게 했다. 그 자신보다 더 나빠 보이는 사람은 아무도 없는 것 같았다.

아우구스투스는 온 세상을 방황하다가 가능하면 자신이 쓸모가 있고 자신의 사랑을 보여줄 수 있는 곳을 찾아보기로 작정했다. 그는 자신의 모습이 더 이상 아무도 기쁘게 하지 않는다는 사실에 익숙해져야 했다. 그의 얼굴은 초췌하고 옷과 신발은 거지꼴이었고 목소리와 걸음걸이도 옛날처럼 사람들을 즐겁게 하거나 매혹하지 못했다. 헝클어진 흰 수염이 길게 늘어져 있었기 때문에 아이들은 그를 무서워했고, 잘 차려입은 사람들은 불쾌하고 자기까지 더러워지는 것 같아서 곁에 오기를 꺼렸고, 가난한 사람들은 자기들의 몫을 빼앗는 낯선 자로 여겨 그를 경계했다. 하지만 그런 일에 익숙해진 그는 그런 것을 꺼려하지 않았다. 그는 빵집의 손잡이에 팔이 닿지 않아 애쓰는 아이를 보았다. 그 아이를 도와줄 수 있었고 때때로 자신보다 더 불쌍한 사람, 장님이나 불구자를 보면 길 가는 것을 좀 도와주거나 할 수 있었다. 그것조차 할 수 없을 때도 그는 자기가 가진 사소한 것, 밝고 선량한 눈길과 친밀한 인사, 이 해와 연민의 모습을 보여줄 수 있었다. 그는 떠돌며 사람들을 보면 서 남들이 자기에게 무엇을 기대하고, 어떤 것을 좋아하는지를 배 웠다. 어떤 사람은 활기차고 발랄한 인사를, 다른 사람은 말 없는 눈길을, 또다른 사람은 피해를 주거나 방해하지 않는 것을 좋아했 다. 이 세상에는 얼마나 많은 불행이 있는지, 그런데도 인간들은 얼 마나 즐겁게 살아갈 수 있는지 그는 매일 놀랐다. 모든 고통 곁에 는 기쁜 웃음이 있고, 모든 죽음 곁에는 아이의 탄생이 있고, 모든 어려움과 비천함 옆에는 정중함과 유머, 위로, 미소가 있음을 항상 볼 수 있다는 것이 그에게는 굉장하고 매혹적인 일이었다.

그가 볼 때 인간의 삶은 훌륭하게 만들어진 것이었다. 모퉁이를 돌다가 한 무리의 학생들과 마주하면, 모두의 눈에서 용기와 활 력, 젊음의 아름다움이 빛나고 있었다. 아이들이 다소 조롱하고 놀 려도 그는 별로 괴롭지 않았다. 그는 진열장 앞이나 물을 마시려고 몸을 구부린 우물에 스스로를 비춰보면서 자신의 외모가 얼마나 늙고 보잘것없는지를 알았다. 이제 더는 사람들 마음에 들거나 사 람들에게 영향을 미친다는 것을 생각할 수 없었다. 그런 일은 전에 충분히 해보았다. 이제 그에게 아름답고 기쁜 일은 다른 사람들이 각자의 길에서 노력하며 깨닫는 모습을 보는 일이었다. 그 길은 전에 그도 갔던 길이었다. 모든 사람들이 그토록 열심히, 그토록 넘치는 힘과 자존심과 기쁨으로 목표를 향해서 가고 있는 것이 그에게는 놀라운 광경이었다.

그러는 동안 겨울이 되고 여름이 되었고, 아우구스투스는 오랫동안 구빈원救貧院에 누워 앓았다. 여기에서도 그는 가난하고 비참한 인간들이 끈질긴 힘과 희망을 가지고 삶에 매달려 죽음을 극복하는 것을 보는 행복을 말없이, 감사하며 누렸다. 중환자들의 모습에서 인내심을, 회복기 환자들의 눈에서 삶의 기쁨이 넘쳐나는 것을 보는 일은 즐거웠다. 죽은 사람들의 고요하고 위엄 있는 얼굴 역시 아름다웠고, 이 모든 것들보다 더 아름다운 것은 예쁘고 순수한 간호사들의 사랑과 인내였다. 하지만 그 시기도 지났다. 가을바람이 불자 아우구스투스는 다시 방랑을 시작했고 겨울이 다가오면서 더욱더 많이 돌아다니며 더 많은 사람들을 보고 싶은 이상한 초조함에 사로잡혔다. 머리는 백발이 되었고 눈은 병든 붉은 눈꺼풀 아래에서 둔하게 미소하고 있었으며, 그의 기억 또한 불투명해져서 세상을 오늘과 다른 모습으로 본 적이 없는 것 같았다. 그러나 그는 만족스러웠고 세상이 정말 멋지고 사랑스럽다고 생각했다.

겨울로 접어들자 그는 어느 도시로 왔다. 어두운 거리에는 눈이 쌓였고, 늦게까지 놀던 골목의 아이들이 방랑자에게 눈송이를 던졌지만, 그 외에는 사방이 조용한 저녁 시간이었다. 아우구스투스는 너무나 피곤해서 골목길로 들어섰는데, 어쩐지 잘 아는 곳 같았다. 다른 골목으로 들어서자 거기에는 작고 낡은 어머니의 집과 대부 빈스방거 씨의 집이 차가운 눈보라 속에 있었다. 대부 집의 창문 하나에 환하게 불이 켜진 채 어두운 겨울밤 사이로 환하고 평화롭게 빛나고 있었다.

아우구스투스는 안으로 들어가 거실문을 두드렸다. 작은 노인이 나와서 말없이 그를 방으로 안내했는데, 따뜻하고 조용한 방에는 벽난로에 작고 환한 불이 타고 있었다.

"배고프지?" 대부가 물었다. 하지만 아우구스투스는 배고프지 않았다. 그는 미소만 보내며 고개를 저었다.

"피곤하지?" 대부가 다시 물어보고 낡은 모피를 바닥에 깔았다. 두 노인은 나란히 앉아 불을 바라보았다."먼 길을 걸어왔구나." 대부가 말했다.

"네, 하지만 참 아름다웠습니다. 그저 좀 피곤할 뿐이에요. 여기서 자도 될까요? 전 내일 다시 떠나겠습니다."

"그래, 그렇게 하거라. 그런데 천사가 춤추는 것을 다시 보고 싶지 않니?"

"천사요? 네, 그래요, 다시 어린아이가 될 수 있다면 그러고 싶습니다."

"우리는 오랫동안 만나지 못했어." 대부가 말을 이었다. "넌 좋아. 착해졌어. 눈은 네 어머니가 살아 계시던 옛날처럼 다정하고 부드러워졌어. 날 찾아주니 고맙다."

해진 옷을 입은 방랑자는 친구 곁에 앉아 있었다. 그렇게 피곤한 적이 없었다. 그리고 아름다운 온기와 불빛 때문에 혼란스러워 그는 지금과 옛날을 뚜렷이 구별할 수가 없었다.

"빈스방거 대부님," 그가 말했다. "제가 못되게 굴어서 어머니는 집에서 울고 계셨습니다. 어머니께 제가 다시 착해질 것이라고 말해주세요. 그래주실 거지요?"

"그래." 대부가 말했다. "걱정하지 마라, 어머니는 널 사랑하셔."

불빛이 스러지고 아우구스투스는 옛날 어린 시절처럼 커다랗고 졸린 눈으로 희미한 붉은 빛을 응시했다. 대부가 아우구스투스의 머리를 그의 무릎에 올려놓자 수백의 작고 빛나는 천사들이 쏟아져 나와 공중에서 아름답게 뒤엉켜 즐겁게 원무를 추면서 서로 짝을 지었다. 그것을 보고 들으면서 아우구스투스는 행복한 어린아이의 마음으로 다시 찾은 낙원에 빠져들었다.

어디에선가 어머니가 그를 부르는 것 같았지만, 그는 너무 피곤했다. 그리고 어머니에게는 대부가 말을 전해주기로 되어 있었다. 그가 잠이 들자 대부는 그의 양손을 모아주고 방안에 완전히 밤이 올 때까지 그의 멈춘 심장에 귀를 대고 있었다.

여행에 관하여

über Reisen

여행의 감성에 관해서 글을 쓰려면 무엇보다도 현대의 여행 열기에 대한 혐오감을 마음껏 토로해보고 싶은 생각부터 든다. 무의미한 여행 붐, 썰렁한 현대의 호텔, 인터라켄처럼 낯선 도시, 영국인과 베를린 사람들, 흉측하게 변한 데다가 엄청나게 비싸진 바덴의 슈바르츠발트, 대도시에서 떼로 몰려와 알프스에서도 자기 집처럼 구는 사람들, 루체른의 테니스 코트, 식당 주인, 웨이터, 호텔 풍속과 숙박 요금, 지역 상표를 붙인 가짜 포도주, 민속 의상 등에 대해서 말이다. 하지만 언젠가 베로나에서 파도바로 가는 기차에서 어느 독일 가족한테 이런 생각을 드러냈다가 조용히 하라는 쌀쌀맞으면서도 예의 바른 충고를 받는 적이 있다. 그리고 루체른에서는 어느 상스러운 웨이터의 뺨을 때린 적이 있었는데, 그때는 충고 정도가 아니라 좋지 못한 꼴로 급히 쫓겨나야 했다. 그후 나는 자제를 배웠다.

그렇지만 규모가 작은 여행에서는 정말 즐거움과 만족을 맛보았고, 매번 크든 작든 소중한 보물들을 가져왔다. 그러니 여행을 욕할 이유는 없다.

현대인이 어떻게 여행해야 하는가에 관한 책자들은 많다. 하지만 내가 아는 한 좋은 책은 없다. 재미로 여행을 떠나려면 여행에서 무엇을 할지, 왜 여행을 떠나는지부터 알아야 한다. 그런데 요즘 도시인들은 그것을 모른다. 도시인들은 단지 여름에 도시가 덥기 때문에 여행을 떠난다. 분위기를 바꾸고 싶어서, 다른 환경과 사람들을 보면서 피곤한 일에서 벗어나 쉬려는 생각에서이다. 자연, 대지, 초목에 대한 막연한 동경과 알 수 없는 욕구에 들떠서 도시인은 산으로 간다. 그런 것이 교양이라고 생각하고 로마로 간다. 하지만 그가 여행을 떠나는 가장 큰 이유는 친구와 이웃이 모두 여행을 떠나기 때문이다. 그래야 나중에 함께 이야기를 할 수가 있고 자랑도 할 수 있기 때문에, 여행이 유행이고, 그래야 집에 돌아와서 다시 편안하게 느낄 수 있기 때문이다.

이 모두가 이해가 되고, 또한 솔직한 이유이기도 하다. 그런데 왜 크라카우어 씨는 베르히테스가덴으로 여행을 가고, 뮐러 씨는 그라우뷘덴으로, 쉴링 부인은 상트 블라지엔으로 갈까? 크라카우어 씨는 자신이 아는 상당수가 베르히테스가덴으로 여행을 가니까 그리 가는 것이고, 뮐러 씨는 그라우뷘덴이 베를린에서 멀리 떨어진 데다가 최근 유행이라서 그리 가는 것이고, 쉴링 부인은 상트 블라지엔이 공기가 좋다는 말을 들었기 때문에 그리 가는 것이다. 그런데 이 세 사람은 각자의 여행 계획과 루트를 서로 바꾸어도 마찬가지이다. 아는 사람이야 어디에서나 만들 수 있고, 돈 쓰는 것도 어디에서나 할 수 있고, 공기 좋은 곳이라면 유럽에 셀 수도 없이 많으니까.

그런데 왜 베르히테스가덴인가? 왜 상트 블라지엔인가? 여기에 잘못이 있다. 여행이란 경험을 의미하며, 가치 있는 것은 정신적인 것과 연관이 있는 환경에서만 경험할 수 있다. 가끔 나가는 즐거운 소풍, 야외 식탁에서의 흥겨운 저녁, 아름다운 호수의 증기선 여행은 경험이라 할 수 없고, 그런 것은 우리의 삶을 풍성하게 하지도, 지속적으로 영향을 끼치는 자극이 되지도 못한다. 그렇게 되는 경우도 있는지는 모르겠지만 크라카우어 씨나 뮐러 씨에게는 별로 그렇지가 않다.

그런 사람들은 세상의 어느 장소와도 특별히 깊은 정신적 유대를 맺지 못할 것이다. 그들은 어떤 나라, 어떤 해변이나 섬, 어떤 산, 어떤 고대 도시에 가더라도 예감의 힘을 느끼거나 유난히 끌리는 감정이 없으며, 바라보기만 해도 아름다운 꿈이 이뤄지고 그곳을 알게 되는 것이 보물을 얻는 기쁨이 되는 그런 장소가 없다. 그렇기는 해도 일단 여행을 떠나야 한다면 더 행복하게, 더 멋지게 여행할 방법은 있다. 여행 전에 지도상으로라도 가는 여행지의 상황을 간단하게 알아두는 것이다. 위치와 지형, 기후, 민족이 여행자의 고향이나 익숙한 환경과 얼마나 다른지 알아보는 것이다. 그리고 낯선 곳에 체류하는 동안 그 지역의 특성에 적응하려는 노력도 해야 한다. 산, 폭포, 도시들을 지나갈 때 마치 무대 장치처럼 쳐다볼 것이 아니라 그 하나하나를 필연적인 것, 토속적인 것, 그렇기 때문에 아름다운 것으로 인식하도록 배워야 한다.

이렇게 하면 소박한 사람들은 어려움 없이 쉽게 여행 방법의 간단한 비밀을 터득하게 된다. 그들은 시라쿠사에서 뮌헨 맥주를 마시려고 하지 않고, 설령 뮌헨 맥주를 구한다고 해도 김빠지고 비싸기만 하다고 생각한다. 또한 여행지의 언어를 어느 정도 이해하기 전까지는 낯선 나라를 여행하지 않는다. 외국의 자연, 인간, 풍습, 음식 그리고 포도주를 고향의 기준으로 판단하지 않고, 베네치아 사람이 더 씩씩하기를, 나폴리 사람이 더 조용하기를, 베른 사람이 더 예의 바르기를, 키안티 사람이 더 상냥하기를, 리비에라 해변이 더 시원하기를, 석호 호숫가가 더 가파르기를 바라지 않는다. 자신의 생활 방식을 여행지의 습관과 특성에 맞추려고 노력할 것이며 그린델발트에서는 일찍 일어나고, 로마에서는 늦게 일어날 것이다. 특히 어디에서나 그곳 사람들에게 가까이 다가가고 그들을 이해하려고 할 것이다. 해외 여행사에 끼여 다니거나 세계적인 호텔에 숙박하지 않고, 주인과 종업원이 본토박이인 숙소를 이용하고 서민들의 가정생활을 알 수 있는 민박을 택할 것이다.

아프리카에서 프록코트와 실크해트 차림으로 낙타를 탄다면 우스울 것이다. 하지만 사람들은 체어마트나 빙겐에서 파리식의 옷차림을 하거나, 프랑스 도시에서 독일어를 사용하거나, 괴세넨에서 라인 포도주를 마시거나, 오르비에토에서 라이프치히 음식을 먹는 것은 당연하게 생각한다. 이런 유형의 여행자에게 베른의 고지대가 어땠느냐고 물어보면 극히 흥분해서 융프라우 철도 가격이 너무 비싸다고 화를 낸다. 그리고 시칠리아에 관해서 이야기를 나누다 보면 그곳에 난방시설을 갖춘 방이 없다는 것, 그리고 타오르미나에 가면 꽤 괜찮은 프랑스 요리를 먹을 수 있다는 등의 말을 듣게 된다. 주민들이나 생활에 관해서 물어보면 그곳 사람들은 다들 똑같이 우스꽝스러운 옷을 입고 다니고 알아들을 수 없는 사투리를 쓴다고 할 것이다.

됐다. 나는 여행의 아름다움을 이야기하려는 것이지 많은 여행자들의 어리석음을 이야기하려는 것이 아니다.

여행의 감성은 일상의 단조로움, 일, 스트레스에서 벗어나서 휴식을 취하는 것이 아니다. 다른 사람들과의 우연한 만남과 사귀는 것도, 색다른 풍경을 감상하는 것도 아니다. 또한 호기심을 충족하는 것도 아니다. 여행의 감성은 경험에, 즉 더욱 풍요로워지는 것,

새로운 수확물을 나의 내면에 유기적으로 통합하는 것, 다양성 속의 조화에 대한, 그리고 대지와 인류라는 거대한 조직組織에 대한 우리의 이해력을 증진하는 것, 완전히 새로운 상황에서 옛 진리와 법칙을 재발견하는 데에 있다.

거기에 덧붙여 특별히 여행의 낭만이라고 부르고 싶은 것이 있는데, 그것은 바로 다양한 인상, 놀라운 일을 항상 즐겁게, 혹은 가슴두근거리며 기대하는 것, 그리고 무엇보다도 우리에게 낯설고 익숙하지 않은 사람들과 나누는 소중한 교류이다. 사람을 훑어보는 문지기나 웨이터의 시선은 베를린이나 팔레르모나 차이가 없다. 그러나 그라우뷘덴의 외딴 목초지에서 갑자기 마주쳐 깜짝 놀란 레테엔의 소년 목동의 눈빛을 여러분은 잊지 못할 것이다. 그리고 피스토이아 지방에서 2주일간 숙박했던 어느 집의 조촐한 가족들도 잊지 못할 것이다. 이름을 잊어버릴 수도 있고 식구 각자의 소소한 걱정거리나 살아온 이야기가 조금도 기억나지 않지만, 그들 가족과 가까워진 순간을, 처음에는 아이들과 그다음에는 창백하고 몸집이 자그마한 어머니, 그다음에는 아버지나 할아버지와 가까워졌던 행복한 시간을 결코 잊지 못할 것이다. 왜냐하면 그들과는 잘 아는 이야기를 찾아낼 필요가 없고, 대화의 실마리가 되어줄 옛이야기나 공통점을 찾을 필요도 없기 때문이다. 서로가 낯선 이방인이기 때문에 말을 걸기 위해서는 구태의연하고 인습적인 화법을 버리고 자신의 뿌리로 되돌아가 온전히 자신의 목소리를 내기만 하면 된다. 아마 그들과 나눈 대화는 사소한 것이었을 것이다. 하지만 여러분은 이방인을 조금이라도 이해하고 그들의 본성과 생활을 조금이라도 알고 자신의 것으로 받아들이려는 희망으로 탐색하고 질문하면서 인간 대 인간으로 이야기를 나누었을 것이다.

외국의 풍경과 도시에서 유명하거나 유난히 눈에 띄는 것만 찾지 않고 본질적이고 좀더 심오한 것을 찾아 사랑으로 이해하려는 여행자들이 있다. 그런 사람들의 기억 속에는 대개 우연히 마주친 작은 사건들이 특별한 광채를 내며 남아 있다. 피렌체를 생각할 때 내 머릿속에 제일 먼저 떠오르는 장소는 대성당이나 중세의 궁전이 아니라 보볼리 정원에 있는 작은 금붕어 연못이다. 처음으로 피렌체를 방문했던 날 오후, 나는 그곳에서 몇몇 부인들, 아이들과 이야기를 나누었고 처음으로 피렌체의 언어를 몸소 체험했다. 나는 그곳에서 피렌체 사람들과의 대화로 그동안 많은 책들을 통해서 잘 안다고 생각했던 피렌체라는 도시가 실존하는 것임을, 대화를 나누고 손으로 만질 수 있는 살아 있는 대상임을 비로소 느낄 수 있었다. 그 덕택에 대성당과 중세의 궁전 같은 피렌체의 다른 명소들도 기억에 남아 있다. 나는 관광 안내 책자를 손에 들고 부지런히 명소를 돌아다니는 다른 여행자들보다 그곳을 더 잘 경험하고 마음속 깊이 간직할 수 있었고, 도시는 사소하고 부차적인 체험들로부터 훨씬 더 확실하고 명확하게 내 마음속에 자리 잡았다. 우피치 미술관에서 본 아름다운 그림들은 잊어버릴지라도 부엌에서 여주인과 나누었던 대화, 작은 술집에서 포도주를 마시며 다른 손님들과 이야기를 나눈 밤은 잊을 수 없다. 또 문 앞에 앉아 찢어진 내 바지를 꿰매주던, 손으로는 바느질하면서 입으로는 정치적 견해를 열렬하게 토로하고 뛰어난 노래 실력으로 오페라의 아리아와 유쾌한 민요를 불러주던 변두리 동네의 수다스러운 재단사도 잊을 수 없다. 그런 하찮은 일들이 종종 소중한 기억의 씨앗이 된다. 여관집 딸에게 빠진 젊은이와 권투 시합을 하느라고 오래 머물지 못하고 두 시간 만에 떠나와야 했지만, 내게는 작고 예쁜 도시 초핑겐 역시 잊을 수 없는 여행지이다. 바덴 지방 블라우엔 남쪽의 매혹적인 함머슈타인, 그날 숲속에서 길을 잃고 힘들게 헤매느라고 늦은 밤에 전혀 예기치 않게 그 마을에 도착하지 않았더라면 나는 그곳의 아름다운 지붕과 골목길의 모습을 이토록 생생하게 기억하지 못할 것이다. 아무 생각도 기대도 없이 산모퉁이를 돌았는데 갑자기 계곡 아래에 마을이 나타났다. 서로 다닥다닥 붙어 조용히 잠든 집들 뒤편으로 달이 막 떠오르고 있었다. 편안한 국도를 따라서 걸었더라면 그런 광경은 결코 마주하지 못했을 것이다. 그곳에 한 시간밖에 머물지 않았지만, 덕분에 나는 평생 고즈넉하고 아름다운 모습을 마음에 간직할 수 있게 되었다. 그리고 그 모습 덕에 함머슈타인

마을만의 고유하고 독특한 풍경을 눈앞에 보듯이 생생하게 그려낼 수 있다.

젊은 시절 돈을 몇 푼만 가지고 짐도 없이 좀 멀리 돌아다녀본 사람은 이런 기억을 이해할 수 있을 것이다. 클로버 벌판이나 신선한 건초더미 속에서 보낸 밤, 외딴 방목지 오두막에서 얻어먹은 빵 조각과 치즈, 여관에 도착해보니 시골 결혼식이 열리고 있어 뜻하지 않게 하객으로 초대받은 일 등이 기억으로 남아 있다. 하지만 단지 우연한 것으로 인해서 본질적인 것을, 낭만적인 것으로 인해서 감성을 잊어서는 안 된다. 발길 닿는 대로 다니면서 아름다운 우연에 몸을 맡기는 것은 좋은 경험이지만, 즐거우면서도 보다 심오한 경험이 되려면 모든 여행은 확고하고 확실한 내용과 의미가 있어야 한다. 그냥 지루하거나 막연한 호기심으로 여러 나라를, 그 내부의 본 모습은 알지 못한 채 무관심하게 그냥 돌아다니는 것은 죄악이며 우스운 일이다. 우리가 사랑과 우정에서 정성을 들이고 제물도 바치는 것처럼, 책을 심사숙고하면서 고르고 돈을 내고 사서 읽는 것처럼, 관광을 위한 여행이든 교양을 위한 여행이든 애정과 학구열과 열정이 있어야 한다. 여행에서는 어느 나라와 민족, 도시나 풍경을 여행자의 마음에 간직하겠다는 목표가 있어야 하고, 사랑과 헌신으로 낯선 것에 귀를 기울이면서 그것의 본질의 비밀에 다가가기 위해서 지속적으로 노력해야 한다. 허영심에 사로잡혀서, 또는 교양이란 것을 오해해서 파리나 로마로 떠나는 부유한 소시지 상인에게는 그런 열정이 없다. 그러나 뜨겁고 기나긴 청소년 시절 내내 알프스, 바다, 이탈리아의 고대 도시를 동경하며 마음에 품고 있다가 드디어 여행할 수 있는 시간과 빠듯한 경비를 손에 넣은 사람은 이국의 길가에서 마주치는 표지석에, 덩굴장미로 뒤덮인 양지바른 수도원 담장에, 눈 덮인 산봉우리에, 바다 멀리 보이는 수평선에 마음을 뜨겁게 뺏긴 채 마음에서 내려놓을 수가 없다. 그러다 보면 여행자는 자신이 사로잡힌 사물의 언어를 이해하게 되고, 이미 죽은 것을 살아있는 것처럼 느끼며, 침묵이 말하는 소리를 듣게 될 것이다. 그는 여유로운 유람을 다닌 사람보다 훨씬 더 충만한 체험을, 훨씬 더 많은 즐거움을 하루 만에 얻게 될 것이며, 평생 기쁨과 깨달음과 행복한 충족감이라는 보석을 간직하게 될 것이다.

반면에 돈과 시간을 아낄 필요 없이 여행을 즐기는 사람들이 있다. 그들은 열망과 매혹의 나라를 찾아다니며 하나하나 눈과 마음으로 소유하고 싶은 욕구에, 또한 여유 있게 즐기며 느리게 배우는 식으로 세계의 일부를 획득하고 많은 나라들에 자신의 뿌리를 내리고자 하는 욕구에, 그리고 대지와 대지의 생명을 포용하고 이해하는 멋진 건물을 쌓기 위해서 동서양의 돌들을 수집하려는 욕구에 불타는 사람들이다.

지금의 관광객 대다수가 피곤한 도시인들이고 그들이 여행에서 바라는 것이 잠시라도 싱그러운 자연에 최대한 가까이 머물면서 마음의 위안을 얻으려는 것임을 나는 모르지 않는다. 그들은 "자연"을 즐겨 화제에 올리며, 어느 정도는 두려워하고 어느 정도는 보호자인 듯이 자연을 사랑한다. 하지만 어디에서 자연을 찾고, 과연 얼마나 많은 사람들이 자연을 찾게 될까?

아주 널리 퍼져 있는 흔한 착각이 있는데, 그것은 "자연"과 가까이하고 "자연"의 힘과 위로를 경험하려면 아름다운 곳으로 여행하면 된다는 생각이다. 물론 햇볕 때문에 뜨거워진 포장도로를 피해 달아난 도시인에게 바닷가나 산속의 시원하고 깨끗한 공기가 도움이 되는 것은 분명하다. 그것만 있으면 도시인은 만족한다. 그는 상쾌한 기분으로 깊이 심호흡 하고 밤에는 잠도 더 잘 잔다. 그리고 자신이 "자연"을 한껏 즐겼고 "자연"을 내면 가득 품었다는 감사한 믿음으로 집으로 돌아간다. 자신이 지극히 피상적인 표면만을 받아들이고 이해했으며 정작 가치 있는 핵심은 길에 버려두고 왔음을 그는 알지 못한다. 그는 보고, 찾고, 여행하는 법을 알지 못한다.

대개 여행자가 피렌체나 시에나를 둘러보면서 마음에 참된 인상을 새기는 것보다 스위스 어느 곳이나 티롤, 북해나 슈바르츠발트를 이해하는 편이 더 쉽고 간단하다고 믿는데, 이것은 근본적으로 잘못된 생각이다. 피렌체에서 베키오 궁이나 대성당의 둥근 지붕만을 기억할 줄 아는 사람은 슐리어제에 가더라도 벤델슈타인 산의 윤곽만 쳐다볼 것이고, 루체른에서도 필라투스 산의 모습과 호수의 푸른 안개만을 기억하기 때문에, 여행에서 돌아와 몇 주일이 지나면 그의 영혼은 여행을 떠나기 전과 마찬가지로 초라해질 것이다. "자연"은 문화나 예술과 마찬가지로 쉽게 굴복하지 않는다. 순진한 도시인이 많은 것들을 버리고 희생한 다음에야 "자연"은 베일을 벗고 자신을 선물로 내주는 것이다.

기차나 우편 마차를 타고 고트하르트, 브렌네르, 심플론을 지나 여행하는 것은 아름답고, 리비에라 해변을 따라서 제노바에서 리보르노까지, 혹은 베네치아 석호에서 배를 타고 키오자로 가는 것도 멋지다. 하지만 그런 여정에서 받은 인상을 계속 간직하는 것은 쉽지 않다. 스쳐가는 거창한 풍경에서 특색 있는 것을 포착하고 간직할 수 있는 여행자는 뛰어나게 섬세하거나 훈련이 잘된 사람들뿐이다. 대부분의 사람들에게는 바다의 공기, 푸른 물빛, 해안선의 윤곽 등 일반적인 풍경만 남고, 그마저도 연극의 한 장면처럼 빠르게 날아가버린다. 인기 있는 지중해 단체 관광 여행의 여행객들이 바로 그렇다.

무엇이든 다 보려고 하고, 무엇이든 다 알려고 할 필요가 없다. 두 개의 알프스의 산과 두 계곡을 샅샅이 돌아다닌 사람은 순환선 티켓으로 스위스 전체를 같은 기간 돌아다닌 사람보다 스위스에 관해서 더 잘 안다. 나는 루체른과 비츠나우를 적어도 다섯 번은 가보았지만 이번에 일주일간 혼자서 배를 타고 노를 저으며 호수의 기슭으로 가서 경치를 빼놓지 않고 구경하기까지는 피어발트슈테터 호수를 마음 깊이 간직하고 이해하지 못했다. 그후 호수는 내 것이 되었고, 나는 그 어느 순간에도 지도나 사진이 없어도 호수의 아주 사소한 부분까지 모두 머릿속에 확실하게 그릴 수가 있고 호수를 매번 새로이 사랑하고 새롭게 향유할 수 있게 되었다. 호숫가의 모양과 식물, 주변 산의 형태와 높이, 교회 종탑과 선착장이 있는 호숫가 마을, 매 순간 다른 물의 빛깔과 수면에 반사되는 색채들, 이런 이미지들을 감각 속에 간직한 다음에야 나는 그곳 주민들을 이해할 수 있었고, 호숫가 마을 사람들의 행동과 사투리, 특유의 외모와 성씨姓氏, 마을과 지역의 특성과 역사를 구별하고 이해할 수 있게 되었다.

베네치아를 열렬히 사랑하긴 하지만 언젠가 멍하니 바라보기만 하는 것이 싫증이 난 나머지, 토르첼로 섬의 어느 어부의 집에서 함께 여드레 밤낮을 지내면서 그의 보트와 빵과 침대를 나눈 일이 없었다면 베네치아는 나에게 영원히 낯설고 이상하고 알 수 없는 호기심의 대상으로 남아 있을 것이다. 나는 섬을 따라서 노를 저었고 뜰채를 들고 갈색 진흙 속을 걸었다. 석호의 물과 식물, 동물을 알게 되고 석호 특유의 공기를 호흡하고 관찰했는데, 그후 베네치아의 섬들은 친근한 친구가 되었다. 나는 그 여드레의 시간을 티치아노나 베로네제*의 그림을 보면서 보낼 수도 있었다. 하지만 아카데미아Academia**나 두칼레 궁이 아니라 갈색 삼각돛이 달린 어부의 고깃배에서 나는 티치아노나 베로네세를 더 잘 이해하는 법을 배웠다고 할 수 있다. 나의 경험은 그림을 몇 점 본 것이 아니라 베네치아 전체를 체험한 것이다. 그 덕분에 베네치아는 더 이상 아름답고 두려운 수수께끼가 아니라, 더 아름다운 나의 것, 실제의 것이 되었고 나는 그것을 이해하는 자의 권리를 가지게 되었다.

황금빛 여름 저녁의 풍경을 한가롭게 감상하거나 가볍고 신선한 산 공기를 들여 마시는 것은 "자연"을 내면으로 이해하고 받아들이는 것과 거리가 멀다. 따뜻한 햇살이 쏟아지는 초원에 누워 멍하니 즐기는 휴식의 시간은 멋지다. 그러나 그런 휴식을 수백 배나 더 충만하고 심오하게 누릴 수 있는 사람은 초원뿐 아니라 그 너머의 산과 시내, 오리나무숲과 멀리 솟은 산봉우리까지를 친숙한 대지의 한 부분으로 잘 알고 있는 사람뿐이다. 발을 딛고 있는 땅에서 법칙을 읽고, 대지의 형태와 색상에서 자연의 불가피성을 파악하며, 그런 법칙과 불가피성을 그곳에 사는 현지인의 언어와 의복, 역사, 그곳의 기후나 건축과 관련하여 느끼려면 애정과 헌신 그리고 연

---

* 파올로 베로네제(1528–1588). 르네상스 시대의 화가. 역사화를 주로 그렸다.
** 18세기에 지어진 미술관(Accademia di Belle Arti di Venezia)을 말한다.

습이 필요하다. 그런 노력은 가치가 충분하다. 여러분이 열성과 사랑으로 친해져 자신의 것으로 만든 나라, 여러분이 휴식하는 모든 초원이나 기대앉은 모든 바위들은 그들의 비밀을 털어놓고, 다른 여행자에게는 베풀지 않는 특별한 힘으로 그대를 성장시킨다.

　일주일 휴가를 떠나는 모든 여행자들이 전부 지질학자, 역사학자, 방언 연구가, 식물학자, 경제학자가 되어 그곳의 땅을 연구할 수는 없다고 말할지도 모른다. 물론이다. 중요한 것은 이름을 아는 것이 아니라 느끼는 것이다. 학문은 누구도 행복하게 해주지 않았다. 하지만 공허하게 돌아다니는 여행을 원치 않는다면, 전체성과 하나가 되어 계속 살아 있다는 느낌, 세계의 직조織造 속에 함께 들어와 있다는 느낌을 갈망한다면 그런 여행자에게는 특징적인 것, 진정한 것, 토착적인 것이 금방 눈에 띌 것이다. 그는 우연한 것들을 좇는 대신 한 나라의 대지, 나무, 산의 형태, 동물과 인간에서 공통적인 것을 찾아내고 따를 것이다. 그리고 이런 공통성과 전형성을 작은 꽃들, 극히 희미한 대기의 색조, 토속어에 깃든 가벼운 억양, 건물의 형태, 민속춤과 노래에 나타나는 사소한 뉘앙스에서 발견하게 될 것이다. 그리고 여행자 자신의 소질에 따라서 토속적인 농담 하나, 나뭇잎 냄새 하나, 교회 종탑 하나, 혹은 진기한 작은 꽃 하나가 그에게는 한 나라의 본질을 간단하지만 확실하게 포괄하는 공식이 될 것이다. 그런 공식은 망각되지 않는다.

충분하다. 단지 요즘 유행하는 유별난 "여행 능력"이라는 것을 나는 믿지 않는다는 말을 덧붙이고 싶다. 여행 중에 낯선 것에 빨리 적응하고 친해지는 사람, 진실하고 가치 있는 것을 볼 줄 아는 사람은 삶에서 의미를 찾아낸 사람, 자신의 별을 따라갈 줄 아는 사람과 같은 사람이다. 삶의 근원에 대한 뜨거운 그리움, 모든 살아 있는 것, 활동하는 것, 성장하는 것과 친구가 되고 하나가 되고 싶다는 갈망이 바로 세계의 비밀로 들어가는 그들의 열쇠이다. 그들은 먼 나라를 여행할 때뿐 아니라 반복되는 일상의 삶과 리듬 속에서도 그런 비밀을 열렬히 추구하면서 행복을 느낀다.

짤막한 자서전*

나는 근대의 마지막, 중세로 돌아가기 시작하기 직전, 목성이 다정하게 빛나는 가운데 궁수^{弓手}자리에 태어났다. 나는 7월의 더운 날 초저녁에 태어났는데, 이 시간의 따스함을 일생동안 무의식적으로 좋아하고 찾아다녔으며, 따뜻한 기후가 아니면 지내기가 힘들었다. 나는 추운 나라에서는 도저히 살 수 없었고, 자발적으로 떠난 여행은 일생 모두 남쪽을 향했다. 나는 독실한 부모의 아이였고, 부모를 진심으로 좋아했다. 만약에 너무 일찍 나에게 제4계명**을 주입하지만 않았더라면 나는 더 따뜻하게 양친을 사랑했을 것이다. 유감스럽지만 계명은 나한테는 언제나 좋지 않게 작용했다. 물론 그것은 올바른 것, 선의에서 나온 것이지만, 천성이 순해서 비눗방울처럼 민감했던 나는 모든 종류의 계명에 거부감을 느꼈다. 어린 시절 내내 나는 그랬다. 나는 "해야 한다"라는 말만 들으면 마

---

* *Gesammelte Schriften in 7 Bänden*, Bd. IV, Frankfurt am Main, 1978. pp.469−489.
** 십계명 중의 네 번째, "안식일을 기억하여 거룩하게 지켜라".

음속의 모든 것들이 뒤틀려 고집불통이 되었다. 이런 성격은 학교 생활에 크게 나쁜 영향을 주었다. 세계사라는 재미있는 과목 시간에 교사들은 우리에게 이 세계는 스스로 법칙을 만들고 전해오는 법칙을 파괴한 사람들이 지배하고 좌우하고 변화시킨다면서, 이런 사람들을 존경해야 한다고 가르쳤다. 하지만 다른 모든 수업들과 마찬가지로 이 수업 역시 거짓이었다. 왜냐하면 우리 중에서 누군가가 선의든 악의든 한번 용기를 내어 어떤 계명이나 혹은 어떤 어리석은 관습이나 시류에 거역을 했다가는 존경을 받고 모범적이 되는 것이 아니라, 처벌과 조롱을 받고 교사들의 비겁한 위력에 짓밟히기 때문이었다.

다행히도 학교생활이 시작되기 전에 인생에서 중요하고 가치 있는 것을 배웠다. 나는 활기차고 예민하고 섬세한 감각을 지니고 있어서, 스스로 이 감각을 믿고 거기에서 많은 즐거움을 찾아낼 수 있었다. 후에 내가 치명적으로 형이상학의 유혹에 빠져 종종 감각을 억제하고 돌보지 않았어도 시각과 청각은 변하지 않고 남아 추상적으로 보이는 내 관념 세계에까지 영향을 끼쳤다. 앞서 말한 대로 나는 학창 시절이 시작되기 훨씬 전부터 이미 삶을 위한 일종의 무기를 지니고 있었다. 나는 고향, 양계장, 숲속, 과수원과 수공업자들의 작업장을 잘 알았고, 나무, 새, 나비들도 잘 알았으며, 노래를 부르거나 이 사이로 휘파람을 불 줄 알았고, 그 밖에도 삶에서 가치 있는 많은 것들을 이미 알고 있었다. 그러다가 학교 공부를 시작하게 되었는데, 쉽고 재미있었다. 특히 라틴어가 재미있어서 독일어로 시를 쓰기 시작한 것과 거의 같은 시기에 라틴어로 시를 쓸 수 있었다. 거짓말과 기지機智는 2학년 때 배웠는데, 순진한 솔직함과 사람을 믿는 성격 때문에 다른 아이의 사고를 내가 대신 뒤집어쓰게 되었을 때 어떤 교사와 조교가 나한테 이런 능력을 가지게 만든 것이다. 이 두 교육자는 그들이 학생들에게서 추구하는 것은 정직성과 진리에 대한 사랑이 아니라는 것을 나에게 성공적으로 깨우쳐주었다. 그들은 학교에서 일어난, 나와 전혀 관계없는 하찮은 비행을 나한테 책임 지우고, 나를 범인으로 자백시키는 데에 실패하자 이 사소한 사건을 엄청난 재판으로 확대했다. 두 사람은 나를 고문하고 몽둥이질을 했지만, 바라던 자백을 듣기는커녕 오히려 나한테서 교사 계급의 고귀함에 대한 신뢰를 앗아갔을 뿐이었다. 다행히도 세월이 흐르면서 나는 공정하고 존경받을 만한 교사도 있다는 것을 알게 되었지만, 한번 입은 상처는 교사들에 대한 관계뿐 아니라 모든 권위를 거짓되고 불쾌한 것으로 만들었다. 대체로 나는 7–8학년까지는 모범생이어서 적어도 학급에서 언제나 우등생 축에 들었다. 하지만 개성 있는 사람이 되려는 사람이면 피할 수 없는 투쟁이 시작되면서 나는 차츰 학교와 갈등 속으로 빠져들었다. 이 투쟁을 이해하게 된 것은 그로부터 20년이 지난 후이다.

당시에 이 투쟁은 뜬금없이 나타나 나의 의지와는 어긋나게 나를 무거운 불행으로 에워쌌다.

 사실은 이렇다. 열세 살 때부터 나는 작가나 시인이 아니면 아무것도 되지 않겠다는 결심이 확고했다. 그러나 이 뚜렷한 결심에 다른 괴로운 인식이 서서히 뒤따라왔다. 누구나 교사, 목사, 의사, 수공업자, 상인, 우체국 직원이 될 수 있고 음악가나 화가, 건축가도 될 수 있었다. 이 세상의 모든 직업들에는 그런 직업을 가지게 되는 길이 있고 전제 조건이 있고 학교가 있고 초보자를 위한 교육도 있었다. 단지 작가나 시인이 되는 데에만 그런 것이 없었다. 작가나 시인이 되는 것은 가능하며, 심지어는 명예로까지 간주되었다. 즉, 그 말은 작가나 시인으로 성공하여 유명해진다는 뜻인데, 하지만 그런 일은 보통 유감스럽게도 세상을 떠난 다음의 일이었다. 그래서 작가나 시인이 된다는 것은 불가능한 일이고, 그렇게 되고 싶어 한다는 것은 우습고 창피스러운 일이라는 것을 나는 곧 체득하게 되었다. 이런 상황에서 나는 배워야 할 것을 재빨리 배웠다. 즉 작가나 시인이란 그냥 저절로 되는 것이지, 노력으로 될 수 있는 것이 아니라는 사실이었다. 게다가 문학이나 문학적 재능에 관한 나의 관심은 교사들한테서 의심을 받았고, 미움받고 조롱당하고 때로 몹시 모욕을 당하기도 했다. 작가나 시인은 영웅과 마찬가지로 강하고 아름답고 믿음직스러운 모습이지만, 결코 평범한 인물이 아니고 노력해서 되는 것도 아니었다. 옛 이야기 속에서 그런 사람들은 훌륭하고 교과서마다 칭찬으로 가득하지만, 현재와 현실에서는 사람들이 미워하는 대상이었다. 교사들은 마치 훌륭하고 자유로운 사람들의 성장이나 위대하고 훌륭한 행동을 될 수 있는 대로 막기 위해서 고용되고 양성된 사람들 같았다.

그리하여 나는 나와 내 먼 목표 사이에 심연만이 놓여 있음을 깨달았다. 내게는 모든 것들이 불확실했고, 모든 것들이 무가치했다. 오직 하나 남은 것은 어렵든 쉽든, 조롱당하든 존경을 받든 작가나 시인이 되고 싶다는 마음뿐이었다. 이런 결심, 아니 이런 숙명의 외적 결과는 다음과 같았다.

열세 살이 되어 갈등이 시작되자 집에서도 학교에서도 내 행동에는 가능성이 없어 보였다. 그래서 나를 다른 도시에 있는 라틴어 학교로 전학 보냈다. 1년 후에 신학교*의 학생이 되어 히브리어 알파벳 쓰기를 배웠는데, 발음법을 조금 알기 시작했을 때 갑자기 내면에서 소용돌이가 일어나 나는 신학교에서 도주했고, 그 결과 집에 감금당하고 학교에서 쫓겨났다.

그 뒤로 나는 한동안 다시 김나지움에서 공부를 계속해보려고 했지만, 이번에도 감금과 퇴학으로 끝나고 말았다. 그 후에 나는

---

* 마울브론 신학교 입학을 말한다.

사흘 동안 상인 견습생 노릇을 하다가 그곳을 뛰쳐나와 며칠 동안 행방불명이 되어 부모님이 밤잠을 이루지 못하고 걱정하도록 만들었다. 반년 동안 나는 아버지의 조수 노릇을 했고, 1년 반 동안 기계 작업장과 탑시계 공장에서 수습공으로 일했다.

한마디로 사람들이 나한테서 시도하던 모든 일들은 4년 이상 실패로 돌아갔다. 어떤 학교도 나를 받아 주려고 하지 않았고, 나는 어떤 교육도 견딜 수가 없었다. 나를 쓸모 있는 인간으로 만들려던 모든 시도들은 실패로 끝났고, 그것도 대개는 치욕과 물의, 욕설과 추방으로 끝이 났다. 그래도 사람들은 어디에서나 나의 뛰어난 재능과 심지어 어느 정도의 노력은 인정해주었다! 나는 굉장히 부지런했다. 나는 항상 여유를 부리는 고매한 미덕에 외경심을 가지고 경탄했지만, 결코 여유를 갖춘 인물은 되지 못했다. 학교생활이 좌절되었을 때 나는 열다섯 살이었는데, 깨달은 바가 있어 열심히 독학을 시작했다. 부모님 집에 고서로 가득한 할아버지의 서재가 있는 것은 행운과 기쁨을 안겨주었다. 그 방에는 18세기 독일 문학과 철학 서적이 모두 갖춰져 있었다. 열여섯 살에서 스무 살까지 나는 엄청난 양의 종이에다 초기의 시들을 쓰고, 세계 문학을 반쯤 읽고 예술사와 어학과 철학도 열심히 공부했는데, 정상적인 학교 공부에 비교해도 모자라지 않을 정도였다.

그러다가 경제적인 독립을 하려고 서점 직원이 되었다. 날이 갈

수록 나는 수습공 시절의 나사 조이개나 톱니바퀴들보다 책하고 점점 더 친숙한 관계를 맺게 되었다. 처음 얼마 동안은 근대, 현대 문학에 빠져 거의 익사할 정도였고, 마치 문학에 중독된 사람 같았다. 얼마 되지 않아 나는 오직 현재 속에, 눈앞의 현실에 갇혀 산다는 것이 정신적으로 견딜 수 없이 무의미하다는 것을 깨달았고 과거, 즉 역사나 낡고 아주 오래된 것과의 끊임없는 관계만이 정신적인 생활을 가능하게 한다는 것을 알게 되었다. 초창기의 즐거움이 사라지자 최신의 것에 대한 탐닉에서 낡고 오래된 것으로 돌아갈 필요가 생겼고, 고서점으로 자리를 옮기면서 그것을 실행했다. 나는 생활을 이어나갈 만큼만 직업을 가졌다. 스물여섯 살이 되자 나는 이 직업을 작가로서 첫 번째 성공 덕에 그만두었다.

수많은 고난과 희생 가운데 이제 목표는 달성되었다. 마침내 나는 그처럼 불가능한 것으로 생각되던 작가가 되었고, 오랫동안 세계를 상대로 끈질기게 지속해오던 싸움에서 이긴 것이다. 그처럼 자주 파멸의 주변을 맴돌던 학창 시절과 성장기의 고난을 나는 이제는 잊고 미소 지으며 회상할 수 있게 되었다. 지금까지 나한테 절망했던 가족이나 친지들도 이제는 나에게 친절한 미소를 보내었다. 나는 승리한 것이었다. 이제는 내가 완전히 어리석고 쓸데없는 짓을 해도 내가 스스로에게 도취되듯이 사람들은 내 행동이 매력 있다고 생각하게 되었다. 내가 얼마나 몸서리치는 고독과 고행과 위험 속에서 한해 한해를 살아왔는지 나는 비로소 깨달았다. 나를 인정해주는 따스한 바람이 불어와 기분이 좋았다. 그리고 나는 만족한 인간이 되기 시작했다.

나의 외적인 생활은 한동안 평온하고 쾌적하게 지속되었다. 나는 결혼을 하고 아이를 낳았고 집과 정원을 가졌다. 작들을 계속 집필했고, 인기 있는 작가 중의 한 명이 되었고, 세계와 평화로운 관계 속에 살았다. 1905년에는 어떤 잡지*를 창간하는 데에 참여했다. 잡지는 무엇보다도 빌헬름 2세의 개인적 통치 방식에 반대 입장이었는데, 근본적으로 나는 당시 이런 정치적 목적에 대해서는 진지하게 생각하지 않았다. 나는 스위스, 독일, 오스트리아, 이탈리아, 인도 등지로 아름다운 여행을 했다. 세상만사가 순조로워 보였다.

그러다가 1914년 여름이 되자 갑자기 내외 정세가 급변했다. 지금까지 누려온 우리의 행복이 불안한 지반 위에 서 있다는 것이 드러났고 몰락이, 커다란 교육이 시작되었다. 이른바 '위대한 시대**'가 도래한 것이다. 이 시대를 내가 다른 사람들보다 더 준비된 상태로, 보다 품위 있고 훌륭하게 맞이했다고 말할 수 없다. 그 당시 내가 다른 사람들과 달랐던 점은 그 많은 사람들이 가졌던 커다란 위안, 즉 열광이 내게는 없었다는 것뿐이었다. 그래서 나는 다시 나

---

* 잡지 「메르츠(Merz)」를 말한다.
** 나치 독일의 제1차 세계대전을 비판적으로 지칭한 것이다.

자신으로 되돌아왔고 주위와의 갈등으로 빠져들었다. 나는 다시 학교에 입학한 것이었고, 나 자신과 세계에 대한 만족을 잊어야 했다. 하지만 이 체험과 더불어 나는 비로소 봉헌의 문턱을 넘어 삶으로 들어가게 되었다.

제1차 세계대전 중의 작은 체험을 나는 결코 잊을 수가 없다. 나는 대형 군병원을 방문 중이었는데 지원병으로라도 이 변화된 세계에 어떻게든 적응해볼 방법을 찾기 위해서였다. 당시 그것은 가능해 보였다. 이 부상병들의 병원에서 나는 어느 나이 든 독신 여성을 만나게 되었다. 재산 덕에 과거에 좋은 환경에서 살아온 그녀는 이 군병원에서 간호인으로 일하고 있었다. 그녀는 이 위대한 시대를 체험할 수 있다는 것이 얼마나 기쁘고 자랑스러운지 감격해서 내게 말했다. 그 말이 나도 이해는 되었다. 이 여성에게는 게으르고 순전히 이기적으로 살아오던 독신 생활에서 벗어나 활동적이고 보람 있는 생활을 위해서 전쟁이 필요했던 것이다. 하지만 붕대를 감고 총에 맞아 웅크린 병사들로 꽉 찬 복도, 팔다리를 잃은 사람과 죽어가는 사람들로 가득한 회랑 사이에서 그녀가 행복을 말할 때, 내 마음은 뒤틀렸다. 그녀의 감격이 이해는 되지만 그에 공감할 수 없었고, 옳다고도 할 수 없었다. 부상자 열 명에 한 명 꼴로 그런 열광적인 간호인이 있다면 그녀의 행복은 너무도 값비싼 것이었다.

그렇다. 나는 이 위대한 시대의 기쁨에 공감할 수 없었다. 그래서 나는 전쟁 중에 처음부터 비참하게 괴로워했고, 외부에서 마른하늘에 날벼락처럼 나타났다는 이 불행을 막아보려고 몇 해 동안 절망적으로 노력했다. 내 주위의 세계는 마치 이 불행에 신나서 열광하는 것 같았다. 이 전쟁을 찬양하는 작가의 신문 기고나 교수들의 격려문, 또는 유명작가들이 서재에서 쓴 전쟁시를 읽게 되면 나는 더욱 비참해졌다.

1915년 어느 날, 나는 이런 비참함을 공개적으로 고백했는데, 이른바 지성인들까지 증오심을 조장하고 허위를 퍼트리며 대재앙을 칭송할 줄밖에 모른다는 유감의 말이었다. 하지만 아주 부드럽게 표현한 이 호소의 결과는 내가 조국의 신문에서 반역자로 낙인찍히는 것이었다. 이는 나에게 새로운 경험이었다. 신문과 많은 접촉을 해오는 동안 다수의 사람들한테 공격당하는 상황은 처음인 까닭이었다. 나를 공격하는 기사는 스무 개의 고향 신문에 실렸다. 신문과 관련해서 가까운 많은 친구들 중에서 두 명만이 나를 변호해주었다. 오랜 친구들까지 마음속으로 나를 증오했으며, 앞으로 그들의 가슴은 황제와 조국만을 위해서 고동칠 것이며 나 같은 변절자와는 상종도 하지 않겠다고 했다. 나를 비방하는 편지가 모르는 사람들로부터 무더기로 날아왔고, 도서 판매자들도 나처럼 혐오스러운 정신 상태를 가진 작가와는 상종하지 않겠다고 했다. 이런 많은 편지들에서 당시 나는 처음으로 어떤 도안을 하나 발견했다. "영국을 벌하소서"라고 찍은 작고 둥근 스탬프였다.

이런 잘못된 생각을 내가 굉장히 비웃었으리라고 생각할 것이다. 하지만 그럴 수 없었다. 그 자체로는 별로 중요하지 않은 이 경험은 나의 생애에서 두 번째 큰 변화를 가져오게 했다.

돌이켜보면 나의 첫 번째 변화는 시인이 되겠다고 결심한 순간에 일어났다. 그전에는 모범생이던 헤세가 그 순간부터 불량 학생이 되었고, 처벌받고 쫓겨나고 어디에서나 말썽을 부렸고, 자신과 부모에게 걱정거리가 되었다. 이 모든 것들은 단지 현존하는 세계와 나 자신의 가슴에서 울리는 소리 사이에서 화해할 방법을 찾지 못한 데에서 비롯된 것이었다. 이제 전쟁이 벌어지고 있는 이 시간에 같은 일이 되풀이되었다. 지금까지 편안하게 살아왔던 세계와 나 사이에 다시 갈등이 일어난 것이다. 다시 만사가 틀어졌고, 다시 나는 혼자이고 비참한 상태가 되었고, 다시 내가 말하고 생각하는 모든 것들을 남들이 적대적으로 오해했다. 내가 바람직하고 이성적이고 좋다고 생각하는 것과 현실 사이에 절망적인 심연이 놓여 있음을 나는 다시 깨닫게 되었다.

하지만 이번에 나는 성찰을 할 수 있었다. 오래지 않아 내 고통의 책임을 외부가 아니라 내 내면에서 찾을 필요가 있다는 것을 깨달았다. 세상이 온통 광란과 야만의 상태라고 비난할 권리는 인간에게도 신에게도 없고, 더군다나 나에게는 더더욱 없다는 것을 깨달은 것이었다. 내가 세상과 갈등한다면 내 내면에 무질서가 잠재하는 것이 틀림없었다. 그런데 정말로 거기에 커다란 혼란이 숨어 있었다. 이 혼란을 내면에서 찾아내어 정리하는 것은 즐거운 일이 아니었다. 거기에서 찾은 것 중 하나는 내가 가지고 세상을 살아온 그 선량한 평화라는 것이 나만 값비싼 대가를 치른 것이 아니라는 것, 세상의 모든 외적인 평화와 마찬가지로 내적인 평화 역시 부패했다는 것이었다. 나는 내가 젊은 날의 길고 고통스러운 투쟁을 통해서 이 세상에서 자리를 얻고 작가가 되었다고 믿었다. 그러는 동안에 성공과 행복은 나에게도 별수 없이 영향을 끼쳐 나는 만족하고 안일한 생활을 누렸고, 엄밀히 말해 시인*이 통속 작가와 구별되지 않았다. 내 일은 너무 잘 풀렸다. 풀리지 않은 것은 착하고 부지런한 학교생활이었지만, 이제 충분히 해결된 셈이었다. 서서히 나는 이 세상 돌아가는 일은 내버려두어야 한다는 것을 알게 되었고, 전체의 혼란과 죄과에 있어 나의 몫에만 전념하게 되었다. 나의 저술에서 이런 노력을 찾아내는 일은 독자에게 맡길 수밖에 없다. 하지만 나는 언제나 속으로 희망을, 시간이 흐르면 내 동포가 전부는 아니지만 적어도 각성을 하고 책임감 있는 많은 개인들이 유사한 시련을 겪고 수천의 가슴 속에서 사악한 전쟁과 사악한 적, 사

---

* 독일어의 Dichter(시인, 작가)라는 말은 원래 저술가(Schriftsteller) 혹은 문사(Literat)보다 더 높은 수준의 글을 쓰는 사람, 예언자나 구도자의 의미가 있다.

악한 혁명에 대해서 한숨과 욕설 대신 나도 공범자가 아닐까, 어떻게 하면 내가 다시 죄에서 벗어날 수 있을까 하는 의문을 가지게 되기를 바랐다. 왜냐하면 우리가 책임을 남에게 전가하는 대신 고통과 죄를 인식하고 그것을 끝까지 견딘다면 언제라도 그 죄에서 다시 벗어날 수 있는 까닭이었다.

이 새로운 변화가 나의 저술과 생활에서 나타나기 시작했을 때, 많은 친구들이 고개를 저었다. 나를 떠난 사람들도 많았다. 달라진 삶의 결과는 이것이었고, 나는 집과 가족과 다른 자산과 안락한 생활마저 잃었다. 이 시절은 매일 내가 이별을 고하고, 매일 내가 이별을 스스로 견뎌내는 것에 놀라워하던 시절이었다. 그러면서도 나는 여전히 살아갔고, 내게 오직 고통과 환멸과 손실만을 가져다주는 것처럼 보이는 이 괴상한 삶에서 무엇인가를 사랑했다.

그런데 이런 것을 보완하듯이 전쟁 기간에도 나에게는 행운과 수호천사가 있었다. 내가 고통 속에서 외로워하면서 변화가 시작될 때까지 시시각각 내 운명을 불행으로 느끼면서 저주하는 동안, 바로 나의 이 고통과 그를 통한 신들린 상태는 외부 세계에 대한 방어의 갑옷이 되어주었다. 전쟁 기간에 나는 정치, 첩보, 매수의 기술과 기회주의가 몸서리치게 뒤얽힌 환경 속에서 지냈다. 이처럼 온갖 것들이 한꺼번에 집중된 곳은 당시 지구상에서 거의 찾아볼 수 없을 것이다. 전쟁 동안 나는 독일과 중립국과 적국의 외교 세력에 둘러싸인 채 하룻밤 사이에 외교관, 정치 밀사, 간첩, 신문 기자, 투기업자, 밀수업자들이 들끓는 도시, 즉 베른에 있었다. 나는 외교관과 군인들 사이에서 살았고 게다가 적국을 포함한 여러 나라에서 온 사람들과 사귀었다. 나를 둘러싼 분위기는 간첩과 이중간첩, 정탐, 음모, 정치적 활동과 개인적 활동이 얽힌 엄청난 그물이었다. 그런데 나는 이 모든 것들을 전쟁이 끝날 때까지 전혀 눈치채지 못했다. 나는 감시받고, 미행당하고, 정탐의 대상이 되었고, 때로는 적에게, 때로는 중립국 세력에게, 때로는 동포들에게서 혐의를 받았다. 그런데도 나는 이 모든 것들을 알아채지 못했다. 오랜 뒤에야 비로소 이런 상황을 알게 되었고, 어떻게 내가 그런 분위기에서 어디에도 말려들지 않고 다치지 않고 살아날 수 있었는지 이해가 되지 않았다. 아무튼 그렇게 지내왔다.

전쟁이 끝나면서 나의 변화의 완성과 시련의 고통의 정점은 일치했다. 이 고통은 전쟁이나 세계의 운명과 아무 상관이 없었다. 외국에서 우리들이 2년 전부터 확신하고 기대해온 독일의 패전 또한 전혀 놀랄 일이 아니었다. 나는 완전히 나와 나 자신의 운명 속으로 빠져들었으며, 때로 나는 이것이 모든 인간들의 운명과 관련된 문제라고 느꼈다. 모든 전쟁들과 세계의 모든 살의, 모든 경솔함, 모든 야만적인 향락 욕구, 모든 비겁함을 나는 나 자신의 내면에서 발견했다. 나는 처음으로 나 자신을 소중히 생각했고 나에 대한 멸시감에서 벗어났다. 혼돈의 피안에서 다시 자연을, 다시 순수함을 찾기 위해서 나는 때로 타오르는, 때로는 꺼져가는 희망을 가지고 혼돈을 끝까지 들여다보는 수밖에 없었다.* 각성하여 정말로 다시 의식을 갖게 된 사람이라면 누구나 한 번, 혹은 여러 번 황야의 좁은 길을 가기 마련이다. 이에 관해서 다른 사람한테 말해보려는 것은 헛된 노력일 뿐이다.

친구들이 나를 떠날 때, 나는 때로 슬픔을 느꼈지만, 불쾌하지는 않았다. 오히려 나는 그것을 내가 어떤 길을 가고 있는지에 대한 확인으로 받아들였다. 과거의 친구들이 내가 전에는 공감을 주는 인간이며 작가였는데 지금 나의 문제 제기는 마음에 들지 않는다고 할 때, 그들은 옳았다. 오래 전부터 나는 취향, 혹은 개성의 문제는 관심 밖이었다. 내 언어를 이해하는 사람은 없었다. 내 글이 아름다움과 조화를 잃었다는 그들의 말은 옳았을 것이다. 하지만 그런 말들은 나를 웃게 만들 뿐이었다. 사형 선고를 받고 무너져 내리는 벽 사이에서 살려고 날뛰고 있는 사람에게 아름다움이나 조화가 무슨 상관이란 말인가. 내 평생의 신념과 반대로 나는 어쩌면 전혀 작가가 아니고 모든 미학적 작업들은 단지 오류에 불과한 것 아닐까? 그럴 수도 있었다. 하지만 그것은 중요하지 않았다. 지옥과 같

---

* 이때의 상황은 헤세의 작품 『황야의 이리(*Der Steppenwolf*)』에 잘 드러나 있다.

은 여행에서 나 자신을 통해서 대면한 것은 실은 대부분이 속임수이고 가치가 없다는 것이었다. 나의 천직이나 재능에 관한 망상도 그런 것일지 모르는 일이었다. 그것은 얼마나 하잘것없는 것인가. 내가 한때 허영과 유치한 기쁨에 사로잡혀 나의 과제로 생각했던 것들은 이제 존재하지 않았다. 나의 과제, 아니 구원에 이르는 길을 나는 이제 시나 철학, 또는 그런 특수 이야기의 영역이 아니라, 별로 생생하지도 강하지도 않지만, 내 내면에서 삶을 살아가도록 해주는 것, 나의 내부에 아직도 살아있다고 느끼는 것에 대한 무조건적 신뢰에서 보았다. 그것은 삶이고, 그것은 신이었다. 훗날 이처럼 생명을 위협하는 고도로 긴장된 시간이 지나고 나자 이 모든 것들은 이상하게 보였는데, 당시의 생각이나 표현이 의미를 잃어버리고 과거에 성스럽게 보였던 것이 거의 우습게 보인 까닭이었다.

마침내 나에게도 전쟁이 끝났고 1919년 봄, 나는 스위스의 어느 산골에 들어가 은둔자가 되었다. 일생을 두고 내가 (부모와 조부모의 유산으로) 인도와 중국의 지혜에 빠져들었고, 나의 새로운 체험들도 부분적으로 동양적인 비유의 언어로 표현했기 때문에 사람들은 나를 흔히 '불자'라고 불렀는데, 나는 거기에 대해서 웃을 수밖에 없었다. 무엇보다도 불교에 관해서 도대체 아는 것이 없는 까닭이었다. 그럼에도 불구하고 나는 이 종교에 무엇인가 올바른 것, 진리의 씨앗이 숨어 있다는 것을 훗날 깨닫게 되었다. 개인적으로 어떤 종교의 선택이 필요하다면 나는 내면의 욕구에 따라 유교나 불교나 천주교 같은 보수적 종교에 합류할 것이다. 하지만 이 선택은 타고난 성향 탓이 아니라 반대편 극단에 대한 동경에서 비롯된 것이다. 왜냐하면 나는 우연히 독실한 프로테스탄트의 아들로 태어났을 뿐 아니라 성격도 본성도 프로테스탄트이기 때문이다(오늘날의 프로테스탄트 신조에 대한 나의 깊은 반대 역시 이것과 조금도 모순되지 않는다). 진짜 프로테스탄트는 그가 가진 본성이 변화를 현존보다 더 높게 수용하기 때문에 다른 교회에 대항하는 것과 마찬가지로 자신의 교회에 대해서도 대항하는 까닭이다. 그리고 이런 의미에서 보면 아마 부처 역시 프로테스탄트였을 것이다.

나의 내면에 변화가 일어난 이래 나의 작가 의식과 창작 활동에 대한 신념은 송두리째 없어졌다. 글을 쓴다는 것이 내게는 이제 아무런 즐거움도 되지 못했다. 그러나 사람에게는 한가지라도 기쁨이 있어야만 하기 때문에, 어려움을 겪는 와중에 내게도 그런 즐거움이 필요했다. 나는 정의와 이성과 인생과 세상의 의미를 포기할 수 있었고, 이런 모든 추상적 개념 없이도 세상이 훌륭하게 움직인다는 것을 알았다. 그러나 얼마간의 즐거움은 포기할 수 없었다. 작은 즐거움에 대한 이 욕망은 내 내면에서 타오르는 조그만 불꽃 가운데 하나로, 나는 그 불꽃을 믿었고 그것에서 세상을 다시 새롭게 만들어낼 수 있다고 믿었다. 나는 자주 한 병의 포도주에서 즐거움과 꿈과 망각을 찾았고 술은 나를 자주 도와주었는데, 정말 칭찬할만하다. 그러나 술로 충분하지는 못했다. 그런데 보라, 어느 날 나는 전혀 새로운 기쁨을 발견했다. 마흔 살에 나는 갑자기 그림을 그리기 시작했다. 스스로 화가로 생각하거나 화가가 되기 위해서가 아니었다. 하지만 그림 그리기는 굉장히 아름다운 일이었고 사람을 즐겁고 참을성 있게 만들었다. 그림을 그리고 나면 글을 쓰고 났을 때처럼 손가락이 까맣게 되지 않고 빨갛고 파랗게 되었다. 내가 그림을 그리는 데에 대해서도 많은 친구들이 화를 냈다. 이런 점에서 나는 별로 행복하지 못한 사람이었다. 언제든 내게 상당히 필요한 일이나 행복하게 느끼는 일, 또는 마음에 드는 일을 하면 사람들은 못마땅해 했다. 사람이 변하지 않는 것, 얼굴을 바꾸지 않는 것을 사람들은 좋아한다. 그러나 내 얼굴은 그렇지 않다. 내 얼굴은 자주 변하기를 원한다. 변화가 필요하기 때문이다.

사람들이 나를 비난하는 다른 이유는, 내가 생각해봐도 정말 맞는 이야기 같다. 사람들은 나한테 현실에 대한 감각이 없다고 말한다. 내가 쓰는 작품뿐 아니라 내가 그리는 그림도 현실과 맞지 않는다는 것이다. 글을 쓸 때 나는 교양 있는 독자들이 정상적인 책에다 기대하는 모든 요구들을 자꾸 잊어버린다. 현실을 존중하는 마음이 나한테 결여된 것은 사실이다. 나는 현실을 조금도 관심 가질 필요가 없는 것으로 생각한다. 왜냐하면 현실은 정말 부담스럽고 항상 곁에 있지만, 현실보다는 더 아름답고 더 필요한 것들이 우리의 관심과 눈길을 끄는 까닭이다. 현실이란 우리가 결코 만족해서 안 되고 결코 숭상하거나 존중해서도 안 되는 것인데, 왜냐하면 현실이란 우연이며 삶의 찌꺼기이기 때문이다. 썰렁하고 언제나 환멸을 주는, 아무리 해도 변화시킬 수 없는 이 황량한 현실이라는 것은 우리가 그것을 부정하고 우리가 현실보다 강하다는 것을 보여주는 수밖에 도리가 없다.

사람들은 흔히 내 글에 현실감이 없다고 말한다. 내가 그림을 그리면 나무한테 얼굴이 있고 집이 웃고 춤을 추고 우는데, 정작 그 나무가 배나무인지 밤나무인지 대개 알아볼 수 없다고 한다. 이런 비난을 나는 감수하는 수밖에 없다. 고백하건대 나는 내 삶마저 동화 같다. 나는 종종 외부 세계가 내 내면과 서로 결합하여 일치하는 것을 느끼는데, 이런 것은 마술 세계magisch라고밖에 부를 수 없다.

몇 번 바보 같은 일이 일어난 적이 있다. 예컨대 언젠가 내가 유명한 작가 쉴러*에 관해서 무심코 어떤 말을 한 적이 있는데, 이것이 발단이 되어 남부 독일 전체의 구주희九柱戲** 연합회가 들고 일어나 나를 조국의 신성 모독자라고 선언했다. 그래서 나는 오래 전부

---

* 프리드리히 쉴러(1759–1805). 고전주의 극작가로, 걸작 「빌헬름 텔(*Wilhelm Tell*)」을 남겼다.
** 볼링과 비슷한 게임이다.

터 신성한 것을 모독하거나 사람들을 화나게 하는 말은 하지 않는 것을 터득하게 되었다. 이런 것을 보면 나도 대단히 발전한 셈이다.

소위 말하는 현실이라는 것이 내게는 별로 중요하지 않고, 과거가 종종 현재처럼 나를 가득 채우고 현재가 한없이 멀게 느껴지기 때문에, 나는 흔히 사람들이 하듯이 미래를 과거에서 명확하게 분리할 수 없다. 나는 미래에도 오래 살 것이니까 이 자서전을 현재에서 끝내지 않고 계속 전개되도록 놓아두려고 한다.

짧막하게 내 생애가 완전히 어떤 곡선을 그리는지 이야기하겠다. 1930년까지 몇 해 동안 나는 몇 권의 책을 더 썼다. 그러고나서 나는 이 직업에서 등을 돌리려고 했다. 도대체 나를 작가로 생각할 수 있는가 하는 문제가 부지런한 젊은이들이 쓴 두 편의 박사 논문에서 논의되었는데, 해답은 나오지 않았다. 현대 문학을 면밀하게 관찰해서 내린 결론은 작가를 규정짓는 품격 같은 것이 현대에는 희석되었기 때문에 작가와 문사의 구별이 확실하지 않다는 것이었다. 이 객관적인 현상에서 두 박사 학위 청구자는 서로 다른 두 가지 결론을 내렸다. 우호적인 한 사람은 우스꽝스럽게 희석된 포에지*는 절대로 포에지가 아니고, 문학 이상의 것이 되지 못하는 문학은 아예 존재할 가치마저 없는 것이니, 오늘날 문학이라고 부르

---

* 포에지(Poesie)는 흔히 산문(Prosa)과 대비되는 개념이지만, 여기서는 예술을 창작하는 상상력, 정신, 혼, 혹은 그런 것이 포함된 문학을 말한다.

는 것은 조용히 사멸하는 것이 낫다는 의견이었다. 하지만 포에지에 무조건 열광한 다른 사람은 비록 희석된 상태라고 해도 순수한 문학적 혈통을 한 방울이라도 간직하고 있는 한 명의 작가라도 부당하게 취급하는 일이 일어나지 않게 조심하려면 수백 명의 비非작가도 함께 평가를 해주는 것이 낫다는 의견이었다.

나는 주로 그림 그리기와 중국의 마법에 몰두했는데, 그 후 몇 년간 음악에 점점 더 관심을 가졌다. 인간의 삶이란 것이 이른바 현실 속에서 별로 진지하게 받아들여지지 못하고 심지어 우롱당하기도 하지만, 삶의 영원한 가치가 신성神性의 형상, 또는 순간적인 모습으로 빛을 발하는 일종의 오페라를 쓰는 것이 만년의 야심이었다. 삶을 마술적으로 파악하는 것에 익숙한 나는 결코 '현대인'이 되지 못했다. 그래서 항상 세계사나 자연과학사보다 호프만의 『황금 단지Der Goldene Topf』나 노발리스의 『푸른 꽃Heinrich von Ofterdingen』을 더 가치 있는 교과서로 생각했다(이런 책을 읽을 때, 항상 거기에 매혹적인 이야깃거리가 담겨 있음을 발견하게 된다). 지나치게 완성되어 개별화된 개인을 계속 확장하는 것은 아무런 의미가 없으므로, 그 대신 이제는 소중한 자아를 다시 세상으로 내보내 과거와 마주하고, 영원하고 초시간적인 질서 속으로 들어가야 한다는 과제를 깨우칠 인생의 시기가 시작된 것이다. 이런 생각이나 인생관을 표현하는 것은 동화라는 수단을 통해서만 가능하다는 생각이 들었고, 나는 동화의 최고 형식이 오페라라고 생각했다. 오용되어 죽어가는 우리의 언어 속에서 언어의 마력을 믿을 수 없게 된 까닭이었다. 그와 반대로 음악은 내게 여전히 가지에 낙원의 열매가 매달릴 수 있는, 살아 있는 나무로 보였다. 내가 문학 작품에서 한 번도 완전히 성공하지 못한 것, 즉 인간의 삶에 높고 훌륭한 의미를 부여하는 일을 나는 오페라에서 실현해보려고 했다. 나는 자연의 천진함과 무한함을 칭송하고 싶었고, 자연이 그것의 극한적 대립점인 정신에 종사하도록, 피할 길 없는 수난을 겪으며 나아가는 자연의 행로를 보여주고, 자연과 정신이라는 양극을 오가는 삶의 진동이 무지개의 포물선처럼 밝고 즐겁고 완벽하게 표현되는 것을 보여주고 싶었다.

그러나 이런 오페라를 완성하는 일은 유감스럽게도 성공하지 못했다. 오페라도 문학의 경우와 같았다. 내가 말하고 싶은 중요한 것이 이미 『황금 단지』나 『푸른 꽃』에 내가 할 수 있는 것보다 수천 배나 더 명료하게 표현되어 있음을 알고 난 후, 나는 문학을 포기해야 했다. 그런데 오페라의 경우도 마찬가지였다. 몇 년이나 음악을 준비하며 공부를 하고 몇 개의 초안을 작성하고 나서 다시 한번 내 작품의 원래 생각과 내용을 철저하게 생각해보았을 때, 나의 오페라가 이미 오래 전에 「마술피리^{Zauberflöte}」*에서 훌륭하게 이루어진

---

* 모차르트의 오페라 작품.

것을 내가 이제 와서 다시 시도하는 것에 지나지 않음을 갑자기 깨닫게 된 것이다.

그래서 나는 작업을 그만두고 완전히 실제의 마법으로 방향을 바꾸었다. 내 예술이 망상이고, 나에게 『황금 단지』도 「마술피리」도 쓸 만한 능력이 없다면, 나는 그저 마법사가 되기 위해서 태어난 것이었다. 이른바 현실이라는 것의 우연성과 가변성을 알 만큼 알게 된 나는 오래 전부터 『노자老子』와 『역경易經』이라는 동양의 길에 깊게 들어가 있었다. 나는 이른바 현실을 마법을 통해서 내 감각으로 끌어왔고 큰 즐거움을 느꼈다. 그러나 나는 백마법이라는 아름다운 정원에만 항상 머물지 않았다. 마음속에서 타오르는 작은 불꽃은 점점 더 나를 검은 쪽*으로 끌고 갔음을 고백하지 않을 수 없다.

두 대학에서 명예박사 학위를 받은 후 나이가 일흔이 넘었을 때, 나는 젊은 여성을 마법으로 유혹했다는 혐의로 법정으로 끌려갔다. 나는 감방에서 그림을 그릴 수 있게 해달라고 청했고 허락을 받았다. 친구들이 나에게 그림물감과 그림 도구를 가져다주었고 나는 감방의 벽에다 조그만 풍경화를 그렸다. 다시 미술로 되돌아간 것이었다. 예술가로서 내가 체험했던 모든 실패들도 이 사랑스러운 잔을 내가 다시 한번 비우는 것을 막을 수는 없었다. 다시 나

---

* 흑마법.

는 장난치는 아이처럼 작고 사랑스러운 유희의 세계를 내 앞에 만들고 그것으로 마음을 채웠다. 또다시 모든 지혜와 추상을 나한테서 떨쳐버리고 나는 창조의 원시적 쾌락을 좇았다. 다시 그림을 그리게 된 것이다. 그림물감을 섞고 물에 붓을 적시며 나는 다시 한번 황홀하게 이 끝없는 마법을 만끽했다. 진홍의 밝고 즐거운 색조, 노랑의 충만하고 순수한 색조, 파랑의 깊은 감동적 색조, 그리고 아주 아득한 연회색에 이르기까지 뒤섞인 음악을 만끽했다. 나는 행복하고 천진하게 창조의 유희에 몰두하여 감방의 벽에 풍경화를 그렸다. 이 풍경화에는 내 삶에서 즐거움을 느끼게 했던 거의 모든 것들이 들어 있었다. 강과 산, 바다와 구름, 추수하는 농부들, 그리고 내가 좋아했던 많은 아름다운 것들이 있었다. 그림의 가운데에는 아주 작은 철길이 나 있었다. 선로는 산 위로 나 있었는데, 마치 사과를 파먹는 벌레처럼 앞부분을 산속에다 박고 있었고, 기관차는 이미 작은 터널 안으로 들어가버려서 터널의 어두운 입구에서 솜털 같은 연기가 밖으로 나오고 있었다.

나의 놀이가 이번처럼 나를 기쁘게 해준 적이 없었다. 이렇게 미술로 돌아온 데에 정신이 팔린 나머지 나는 내가 죄수이고 피고라는 것, 내 생애를 감방이 아닌 다른 곳에서 끝마칠 전망이 거의 없다는 사실만 잊은 것이 아니었다. 심지어 마법 연습까지 잊어버리고 나는 가느다란 붓으로 작은 나무나 작은 구름을 만들어낼 때마다 마법사라는 사실에 만족했다.

그러는 동안 나를 완전히 파괴해버린 이른바 현실이라는 것이 내 꿈을 비웃고 부수기 위해서 온갖 애를 쓰고 있었다. 거의 매일 나는 감시를 받으면서 아주 기분 나쁜 곳으로 불려나갔다. 그곳에는 많은 서류들을 늘어놓은 기분 나쁜 사람들이 앉아 나를 심문하고 내 말을 믿지 않고 호통을 치고, 나를 때로 세 살 먹은 어린애처럼 때로 교활한 범죄자처럼 다루었다. 이 괴상하고 정말로 지옥 같은 사무실이나 문서와 서류의 세계를 알아보려고 피고가 되어볼 필요는 없다. 놀랍게도 인간이 만들어내지 않으면 안 되었던 모든 지옥들 가운데에서도 이곳이 나한테는 가장 지옥으로 보였다. 이사나 결혼을 하려면, 또는 여권이나 거주 증명서를 발급받으려면 바로 이런 지옥 가운데에 서서 숨 막히는 서류의 공간에서 아까운 시간을 보내야 한다. 지루하고 참을성 없고 즐거움을 모르는 사람들한테서 심문받고 질책당하고 단순명료한 진술에 대해서도 의심받고, 때로는 학생처럼 때로는 범죄자처럼 취급당한다. 자, 이런 것들은 누구나 다 알고 있는 이야기이다. 내 그림물감이 언제나 나를 위로하고 즐겁게 해주지 않았더라면, 그리고 내 그림, 내 아름다운 풍경화가 나에게 다시 공기와 삶을 주지 않았더라면 나는 이미 오래 전에 이 서류의 지옥 속에서 질식해서 말라 죽었을 것이다.

한번은 내가 감방에서 이 그림 앞에 서 있는데, 교도관들이 지켜운 심문 소환장을 가지고 달려와 나의 행복한 작업을 중단시키려고 했다. 나는 피곤했고, 이 모든 일들과 극히 야만적이고 어리석은 현실에 역겨움 같은 것을 느꼈다. 이제는 이 고통을 끝내야 할 시간 같았다. 아무런 방해도 받지 않은 채 나의 죄 없는 예술가 놀이를 하는 것이 허용되지 않는다면, 나는 이제 그렇게 여러 해 몰두해온 단호한 술책을 쓸 수밖에 없었다. 마법 없이는 이 세상을 견딜 수 없었다.

나는 중국식 처방을 생각해내서 1분 동안 숨을 멈추고 있다가 현실이라는 망상으로부터 나를 분리시켰다. 나는 교도관들에게 그림 속의 기차를 타고 그곳에서 잠깐 살펴볼 것이 있으니 잠시만 기다려 달라고 정중하게 부탁했다. 그들은 나를 정신병자로 생각하고 있었기 때문에 여느 때처럼 웃어댔다.

그래서 나는 몸을 축소시켜 그림 안으로 들어가 조그만 기차를 타고 작고 까만 터널 안으로 들어갔다. 한동안 그 둥근 구멍에서 구름 같은 연기가 나오다가 연기가 사라졌고 연기와 더불어 그림 전체가, 그리고 그림과 함께 내가 없어졌다.

교도관들은 매우 당황해서 서 있었다.

헤세의 생애

출생   헤세는 1877년 독일의 남부 산악 지대 슈바르츠발트에 위치한, 당시 인구가 4,000명밖에 되지 않는 작은 마을 칼프에서 태어났다. 친할아버지는 에스토니아의 의사로 러시아 국적이었다. 헤세의 아버지인 요하네스 헤세는 인도에서 선교사로 일하다가 건강 때문에 독일로 돌아와 훗날 장인이 되는 헤르만 군데르트 박사를 도와 종교 서적 출판을 하고 있었다.

외할아버지인 헤르만 군데르트는 23년간 인도에서 활동한 선교사이자 동양학자였다. 헤세의 어머니가 되는 마리 군데르트는 인도에서 출생하여 그곳에서 영국인 선교사 찰스 이젠버그와 결혼, 남편이 세상을 떠나자 두 아들과 함께 칼프로 돌아와 있었다.

헤세는 누나 아델레에게 쓴 편지에서 "우리를 교육시킨 것은 할아버지의 슬기, 어머니의 무한한 상상력과 사랑의 힘, 그리고 고통을 극복하는 아버지의 힘과 양심이었다"라고 말한 바 있다.

학창 시절　　　　　　헤세의 부모는 결혼 후 독일 국적을 취득

했고 헤세는 라틴어 학교에 입학했다. 언어 영역에서 뛰어난 재능을

보인 헤세는 놀랍게도 이미 "열세 살에 시인이 아니면 아무것도 되

고 싶지 않다"라고 생각했다고 한다. 1891년 6월 국가시험에 합격하

여 부모의 바람대로 마울브론 신학교에 입학한다. 당시의 학창 시절

이야기를 우리는 『수레바퀴 아래서』에서 읽을 수 있다. 마울브론 신

학교는 훗날 『나르치스와 골드문트』와 『유리알 유희』에서 아름다운

수도원의 풍경으로 등장한다. 그런데 목사를 양성하는 이 기숙 학교

에 헤세는 적응하지 못했다. 1년도 견디지 못하고, 다음 해 3월에 학

교를 무단으로 이탈했고 결국 자퇴한다. 이후 헤세는 첫 시집을 출

간할 때까지 5년 이상 방황의 시절을 보내게 된다.

방황　　　　　　　　열다섯 살에 신학교를 자퇴하고 방황하

던 헤세는 아버지의 결정에 따라서 때로는 목사, 때로는 의사에게 심

리 치료를 받았지만, 효과를 거두지 못했다. 시계 공장, 서점 등에 취

직했지만, 오래 일하지 못했다. 문제는 있는 그대로를 인정받으려는

헤세와 엄격한 기독교 신앙을 고수하는 부모와의 갈등이었다. 이런

두 세계의 갈등은 『데미안』의 전반부에 잘 드러난다. 이후 헤세는 튀

빙겐으로 옮겨 서점에 취직했고, 밤이면 독일 낭만주의 시인들에 빠

져 시를 썼다. 스물두 살에 첫 시집 『낭만적인 노래』를, 그다음 해에

는 『자정 뒤의 한 시간』을 출간했다. 후자를 아버지의 생일 선물로 고향으로 부쳤지만, 아버지는 읽지 않았고, 어머니는 저속한 부분을 지적하는 편지를 보냈다고 한다. 헤세는 1899년 바젤로 이주, 대형 서점에서 일하면서 처음으로 많은 사람들을 사귀고 1901년에는 이탈리아를 여행했다.

첫 성공 1903년 봄에 헤세는 이탈리아를 두 번째로 여행하는데, 일행에 마리아 베르누이가 있었다. 바젤 출신인 연상의 베르누이와 헤세는 1904년에 결혼한다. 그 해는 『페터 카멘친트』로 대성공을 거둔 해이기도 하다. "드디어 많은 폭풍과 희생 뒤에 내 목표는 달성되었다. 나는 전에는 전혀 불가능해 보였던 작가가 되었고, 세계와의 길고 끈질긴 싸움에서도 이겼다"라고 그는 썼다. 헤세는 가이엔호펜에 있는 농가를 개축하여 안정된 생활을 시작했다. 연이어 아들들이 태어났고 작가, 화가 등과 사귀었다.

하지만 곧 헤세는 숨 막히는 가정의 분위기에서 1911년 9월 초 친구와 함께 일종의 도주 여행을 떠난다. "인도 여행"이라고 불리는 이 여행에서 헤세는 북이탈리아를 거쳐 페낭(말레이시아), 수마트라, 바탕하리, 팔렘방(인도네시아)까지 갔지만 건강 때문에 인도는 포기해야 했다. 여행에서 돌아온 후 헤세는 1912년 베른으로 이사했다. 침체된 그의 내면은 화가의 불행한 결혼생활을 보여주는 소설 『로스할데』의 배경이 되었다.

세계대전, 자아 찾기, 융 심리학　　제1차 세계대전에 일어나자 혜세는 근시로 군대에 입대하지 못했다. 부친이 사망하고 아내가 정신과 치료를 위해서 요양원으로 들어가고 막내아들까지 뇌막염으로 입원하게 되었다. 혜세는 카를 융의 제자인 랑 박사로부터 60회에 걸친 상담 치료를 받았다. 이 고통의 끝에서 혜세는 "내가 할 일은 오직 혼돈의 세계를 끝까지 들여다보면서 때로는 불타는 듯한, 때로는 꺼져버릴 듯한 희망 속에서 혼돈 너머의 자연과 순수함을 찾는 것"이라고 생각했다.

새로운 출발　　　　1919년 혜세는 루가노 호수 근처의 몬타뇰라로 이주, 에밀 싱클레어라는 필명으로 『데미안』을 발표했다. 그림을 그리기 시작했고 『클라인과 바그너』, 『싯다르타』를 썼다. 스위스 국적을 취득, 다음 해인 1924년에 루트 벵거와 결혼했지만, 두 번째 결혼 역시 오래가지 못하고 1927년에 끝났다. 신경증과 류머티즘으로 요양지를 찾아다녔고 이탈리아 등지로 여행도 많이 했다. 『요양객』, 『그림책』, 『황야의 이리』가 출간되었다. 1930년에는 『나르치스와 골드문트』가 출간되어 호평을 받았다.

만년, 관조와 명랑성, 마술의 세계　　　1931년에 헤세는 니논 돌빈과 결혼, 『동방여행』을 발표했다. 시공을 초월해서 여행하는 이 공간은 『유리알 유희』에서는 카스탈리엔으로 불린다. 이 대작에서는 '잡문 시대'인 19세계와 20세기가 지나고, 2400년경 한 무리의 지성인들이 엄격한 정신적 규범 속에 살면서 음악, 수학, 철학을 연구한다. "훌륭한 유리알 유희 연기자는 마치 잘 익은 과일이 달콤한 즙으로 가득하듯 명랑성으로 가득해야 한다.……그것은 고귀한 인식이고 사랑이자 모든 현실에 대한 긍정이며, 깊은 심연 가에 깨어 있음이다."

　　1946년에 헤세는 노벨 문학상을 받았다. 조언을 구하는 편지들이 그의 집으로 날아들었다. 그는 많은 답장들을 보냈지만, 외부활동은 하지 않았다. 헤세는 1962년에 세상을 떠났다. 『유리알 유희』의 부록 "요제프 크네히트의 유고*Joseph Knechts hinterlassenen Schriften*"에 실린 "단계*Stufen*" 라는 아름다운 시는 헤세의 만년 세계관을 잘 보여주고 있다.

옮긴이 후기

오래 전부터 이탈리아는 독일의 작가, 예술가들이 사랑하는 나라이자 일종의 피난처였다. 대표적인 것이 괴테의 이탈리아 여행으로, 이 여행을 통해서 괴테가 질풍노도의 격정에서 벗어나 독일 고전주의를 완성했다고 말한다. 괴테가 이탈리아에서 발견한 것은 고전적이고 이상적인 아름다움, 조화의 균형, 우아함, 감각의 세계, 관능, 밝은 자연이다.

헤세 역시 마찬가지이다. 「짤막한 자서전」의 서두에서 그는 "추운 나라에서는 도저히 살 수 없었고, 평생 자발적인 여행은 모두 남쪽을 향했다"라고 말하고 있다.

알프스 자락의 작은 마을 칼프에서 태어난 헤세는 베른, 취리히 같은 스위스의 도시를 거쳐 후반 약 50년 동안은 스위스와 이탈리아의 접경인 몬타뇰라에서 살았다. 헤세가 이탈리아를 처음 여행한 것은 1901년, 스물네 살 때의 일로 1904년까지 여섯 번에 걸쳐 대략 여섯 달 정도를 이탈리아에 머물렀다. 항상 봄에 출발했는데 걷거나 열차를 타고 갔다.

헤세의 이탈리아 여행기는 폴커 미헬스^{Volker Michels}가 정리하여 출간했는데(*Hermann Hesse : Italien*. Suhrkamp, 1983), 500페이지가 넘는다. 그로부터 5년 후에 같은 편집자는 헤세가 자주 방문했던 이탈리아 북부 여행을 중심으로 여행기를 다시 출간했다(*Mit Hermann Hesse durch Italien : Eine Reisebegleiter durch Oberitalien*. Insel, 1988). 이 번역서는 위의 방대한 두 권의 헤세의 이탈리아 이야기에서 우리에게 비교적 익숙한 도시들을 중심으로 번역한 것이다.

2022년 봄

박광자

단계

모든 꽃들이 시들 듯, 그리고 나이에

청춘이 굴하듯 인생의 모든 단계는

지혜를 꽃피우고 덕망도 잠시 피어날 뿐,

영원히 계속되지 않는다.

생의 외침을 들을 때마다

마음은 이별을 준비하고 새 출발 하여

용감히, 그리고 슬퍼하지 말고

새로운 속박에 몸을 내맡겨야 한다.

새로 시작할 때면 언제나 마술의 힘이

우리를 보호하며 살아가도록 도와준다.

우리는 쾌활하게 공간에서 공간으로 나아가야 한다.

어느 곳에도 고향처럼 집착하면 안 된다.

세계 정신은 우리를 속박하거나 붙잡지 않고

우리를 단계마다 더 높이고 더 넓히려 한다.

우리가 어떤 생활권에 안주하여

습관이 들면 태만해지기 마련이다.

헤어져 출발의 각오를 한 사람만이

습관의 마비 상태에서 벗어나리라.

죽음의 순간에도 또한 새로운 공간이

우리를 새롭게 맞이할 것이고

우리에게 삶의 외침은 결코 그치지 않을지니

이제 마음이여, 작별을 고하고 건강하라.